幻想の坩堝

ベルギー・フランス語幻想短編集

岩本和子 編訳 三田順

岡本夢子　小林亜美 訳 松下和美　村松定史

Maurice Maeterlinck
Georges Rodenbach
Edmond Picard
Franz Hellens
Michel de Ghelderode
Thomas Owen
Jean Ray
Marcel Thiry

松籟社

幻想の坩堝

ベルギー・フランス語幻想短編集

目次

序——ベルギーの魔に魅せられて

東雅夫

幻想と怪奇のベルギー——その消息を最初に垣間見た日のことは鮮明に記憶している。
一九七二年秋、鎌倉の神奈川県立近代美術館で開催された「仮面劇の巨匠　ジェームズ・アンソール展」である。おそらくそれは、当時十四歳の私が初めて、自分の意志で赴いた美術展だったとおぼしい。横須賀在住のおばけずき中学生にとって、瀟洒な美術館や魅力的な古書店や妖しい史跡のある鎌倉は、恰好の遠征先だったのだ。その前年に刊行され、たちまち虜《とりこ》になった幻想文学アンソロジー『暗黒のメルヘン』の編者である澁澤龍彥が、鎌倉の人らしいという情報も、かの地への憧れをいっそう掻きたてた。

さて、不思議な仮面で埋め尽くされたポスターに誘われるまま、おそるおそる歩み入った展覧会場は、背伸びしたい年頃の中坊にとって、まさに幻想の坩堝と映じた。

アンソールが多彩な技法で描き出す、奇々怪々な仮面と髑髏と海産物の狂想曲。かれらが嬉々として跳梁跋扈するカーニヴァルや最後の審判の光景に、私は手もなく圧倒され、眩惑された……そう、本書に収められたゲルドロード「魔術」の主人公さながらに。

今にして思えば、七〇年代初頭には幻想美術の世界で、ちょっとしたベルギー旋風が渦巻いていたフシがある。

鎌倉近美ではアンソール展に先立って、同年春にブリューゲル展が開催されており、同じくフランドル派の異色画家ヒエロニムス・ボス（当時の表記はボッシュ）も各処で注目を集めるようになっていた（平凡社版『ファブリ世界名画集8　ボッシュ』の刊行は一九七〇年。大画面で眺める「悦楽の園」は格別だった）。近代以降のベルギー絵画では、初のルネ・マグリット展が開催されたのも、やはり七一年のことだ。

ボスやマグリット、さらにはポール・デルヴォーなどの紹介にも先鞭をつけた澁澤龍彥は、当時の文化状況を指して「魔的なものの復活」（『芸術新潮』一九六九年六月号に掲載されたエッセイの表題）と呼んだが、現在の目から見ると、その復活劇のかなりの部分を、ベルギーから到来したカーニヴァルの魔物や妖艶な裸女たちが担っていたような印象すら受けるのである。

ここで私自身の記憶に話を戻せば、やはり右と前後する時期に文学方面でも、幻想と怪奇のベルギーとのファースト・コンタクトがあった。より正確に申せば、コンタクトへの予感めいたものだが。

白水社の文庫クセジュから一九六一年に邦訳刊行された、ルイ・ヴァックス『幻想の美学』(窪田般彌訳)は、当時としては唯一の包括的な幻想文学／美術の入門新書で、私なども手垢がつくくらい愛読したものである(私が所持しているのは七一年刊行の第七刷)。その中から、後に「ベルギー幻想派」と通称されることになる作家たちに関する言及部分を引用しておこう。管見によれば、これはベルギーの怪奇幻想文学シーンに関して、日本で紹介がなされた嚆矢ではなかろうか。

また、ベルギーの作家も挙げておかねばなるまい。ジャン・レイにはフランドルの画家の獰猛さが見出されるが、かれは、最も気狂いじみた想像をリアリズムと結合させている(『幽霊の書』)。かれはまた、現代世界への異教神たちの帰還というテーマを発展させている(『マルペルテュイス』)。――トーマ・オウエンはより古典的で、より慎み深いが、人を捉えてはなさぬ力を持っている。かれはわれわれを、幼年期や、最初の肉のおのののき、吸血鬼と呪いの猛り狂う国へと誘う（『ひき蛙の洞穴』、『不思議の道』）。──ミシェル・ド・ゲルドロードには獰猛さやグロテスクな趣味、或は、かつてフランドルの画家に霊感を与えた、いささか重くるしい享楽趣味が見出される（『呪い』）。

言及されている作品は、いずれも当時は未訳。「フランドルの画家の獰猛さ」「最も気狂いじみた想像をリアリズムと結合」「吸血鬼と呪いの猛り狂う国」などといったヴァックス先生特有の名調子と相俟って、猛烈に好奇心を掻きたてられたことを、懐かしく想いだす。

それと同時に、かくも奇矯な作家たちを輩出しているらしい、ベルギーという国への関心も……つかのま高まりはしたものの、いかんせん肝心の作品が一向に訳される気配もなく、また私自身も、先述の『暗黒のメルヘン』や同じく澁澤の評論集『偏愛的作家論』（七二）、そして三島由紀夫の『小説とは何か』（七二）や川村二郎の『銀河と地獄　幻想文学論』（七三）といった名著に導かれるまま、もっぱら日本幻想文学の探究へと向かっていったため、そのときはそれきりで終わってしまった。

アンソールの仮面たちに眩惑されてから十年後の一九八二年春に、私は『幻想文学』という季刊誌を、大学時代の友人たちと旗揚げした。創刊号の巻頭インタビューに御登場いただいたのは、余人ならぬ澁澤龍彥氏──十年前には漠たる憧れの対象だった御当人に、北鎌倉の澁澤邸で面と向かって取材をさせていただくというなりゆきは、これまた目眩《めくるめ》く体験となった。

たまさか同じ年の十一月から翌年にかけて、東京・兵庫・北海道を巡回する「ベルギー象徴派展」が開催されたのも、奇遇というほかはない。

なによりもクノップフ！　そしてデルヴィルやロップスやメルリやルブランや……それぞれに強烈な個性を放ちつつも、その底流に幽暗なベルギーの風土的特質を共有する幻想画家たちの作品が、「ベルギー象徴派」という明確な括りのもとに一堂に会する、真に画期的な展示であった。

その間、文学方面でも、一九七八年にトーマス・オーウェンの短編「黒い玉」（新人物往来社版『怪奇幻想の文学7　幻影の領域』所収）、翌七九年には、待ちに待ったジャン・レーの長編『マルペルチュイ』（月刊ペン社）と短編集『幽霊の書』（国書刊行会）の邦訳が実現、飛びつくように読了し、ヴァックスの評言が正鵠を射ていたことを確信した。

このあたりが文学畑における、ベルギー幻想文学邦訳紹介の起点といってよかろう（ただしジャン・レーに関しては、七七年に「メリーゴーランド」が『ミステリマガジン』八月号に、「こうのとりの家」が『月刊ペン』十月号に、それぞれ訳載されている）。

期待どおりの面白い作家作品と出逢えば、もっと読みたくなるのが読書家の常である。

自前で雑誌を出していれば、そこに載せたくなるのが編集者の性《さが》である。

とはいえ、『幻想文学』は研究批評誌を標榜していたため、小説作品を載せる紙幅はあまりない。そこで増刊号的な位置づけで、単行本では出そうもない内外の埋もれた名作佳品を発掘紹介する場を設けようという、とことん趣味に偏して時代に背を向けたポリシーの雑誌を、一九八六年二月に創刊した。

三号雑誌どころか、わずか二号で潰えた『小説幻妖』（幻想文学会出版局）である。

早速、創刊号にジャン・レーの乙りきな怪奇短編「マーリウェックの墓地」を、仏文学者の森茂太郎氏の推挽・翻訳で載せたのだが、森さんによれば、ベルギーには他にもまだまだ紹介されるべき未知の凄い作家がわんさかいるとの由……悪魔の囁きであった。

かくして八六年十一月発行の『小説幻妖』第二号で実現することになったのが、「ベルギー幻想派」特集だったのである。

森さんにはジャン・レーの傑作「闇の路地」とオーウェンの「女豚」、プレヴォーの「複製《レプリカ》」の翻訳・解説に加えて、「『まつろわぬもの』の影——ベルギー幻想文学私記」という気魄のこもった長文の論考を御寄稿いただいた。ベルギーの風土的歴史的特質から説き起こし、「幻想的現実派」と「ベルギー幻想派」の対比、その特異な有り様の深層に征服／被征服の重層的時間のつらなりを幻視する、たいそう刺戟的な内容だった。

さらに故・田中義廣氏にロニー兄の中編「超自然の殺人者」を、利光哲夫氏には「ミシェル・ド・ゲルドロード珠玉選」と題して「崩れ落ちたカテドラル」「末期」の二編を、それぞれ懇切な解説とともに訳載していただいた。

あれからちょうど三十年を経た今、斯界の精鋭諸賢による本書『幻想の坩堝――ベルギー・フランス語幻想短編集――』が誕生したことは、まことに感慨深く、かの地の怪奇幻想文学に惹かれてやまない一愛読者として歓びに堪えない。

編集部から送られてきたゲラ刷りを手にして目次を一瞥――象徴派からマーテルランク、ローデンバック、ピカール、幻想的現実派からエレンスとティリー、ベルギー幻想派からオーウェンとジャン・レー、そしてゲルドロードと、以てベルギー幻想文学の全貌を窺うに足るバランスのとれた布陣である（とはいえ現在のベルギー文学研究においては、そうした流派による括りは、あまり一般的ではないらしいので、念のため付記しておく）。

巻頭のマーテルランク「夢の研究」と巻末のティリー「劇中劇」が、あたかも仄暗い夢と幽明の水路で繋がる円環構造を成すかのような構成の妙も、称讃に値する。

ちなみに、死者が愛する生者に語りかける体《てい》の「劇中劇」には、川端康成の「抒情歌」（一九三二）を思わせるところがあるが、川端をして同作を書かしめた若き日の心霊学への傾倒は、栗原古城訳『死後は如何』を経由してマーテルランクへと環流している。

マーテルランクといえば、『遠野物語』（一九一〇）第二二話の名高い幽霊譚――通夜の席に当の死者が帰宅し、衣服の裾が炉辺の炭取に触れて「くるくるとまわりたり」という土俗の物語に註して「マーテルリンクの『侵入者』を想い起さしむ」と記したのは、柳田國男であった。

その前年（一九〇九）には小川未明が、マーテルランクの「タンタジルの死」を「タンタジールの夢」と題して『早稲田文学』に訳載しており、翌年（一九一一）には永井荷風が、長崎紀行「海洋の旅」に「そして悲しいロオダンバツクのように唯《た》だ余念もなく、書斎の家具と、寺院の鐘と、尼と水鳥と、廃市を流るる堀割の水とばかりを歌い得るようになりたい」と切々と記しているのだった。

耽美と憂愁と幻想に彩られた新たなる文学が、明治末の日本に生まれ出ようとしていた渦中にあって、その担い手たちに、闇に揺らめく蠟燭の灯さながら、ひとつの啓示をもたらしたのが、ベルギーの幻視者たちによる幽暗な文学であった事実は、今こそ特筆大書されて然るべきだろう。

ああ、さるにてもジャン・レー、「夜の主」よ！

彼の「闇の路地」こそは、泉鏡花の「高桟敷」、アーサー・マッケンの「N」と並ぶ世界三大異界参入小説（次点にラヴクラフト「エーリッヒ・ツァンの音楽」と萩原朔太郎「猫町」）であると信じて疑わない（右の三編は『書物の王国1　架空の町』というアンソロジーにセットで収録したことがある）私だが、本書に収められた「夜の主」もまた、あの傑作におさおさひけを取らない「次元を異にする別世界への憂鬱な狂熱」（ラヴクラフトを評して述べた江戸川乱歩の言葉）が横溢する逸品であった。

よしなし事を記してきたが、本書の刊行によって、蠱惑に満ちたベルギー幻想文学の世界が、日本の読書界に、より多くの理解者と愛好家を得られることを切望する次第。かつて『小説幻妖』のベルギー幻想派特集に唆《そそのか》されたという翻訳家・垂野創一郎氏の言葉を引いて、結びとしたい。

「あのアンソールの絵そのままに誰も彼もが仮面を被っていて、金持ちも貧乏人もひとしなみに何かに怯えている、脂肪《あぶら》気の抜けた、生活感の希薄な登場人物たちが織りなす物語は、一度はまりこむと病み付きになる魅力を持っている」（トーマス・オーウェン『青い蛇』創元推理文庫版解説より）

二〇一六年七月　　浜町の某所でベルギービールを傾けつつ

幻想の坩堝

ベルギー・フランス語幻想短編集

【表記について】

ベルギーはオランダ語・フランス語・ドイツ語の三つの公用語およびそれらの言語圏を持つため、同国内の都市名・地域名については言語ごとに表記、名称が異なる。日本の書籍・雑誌・TV等でこれら地名が言及される際にも、どの言語に準拠するかによって表記が変わってくる（ブリュージュ／ブリュッへ、フランドル／ヴラーンデレン等。ともにフランス語方式／オランダ語方式の順に記載）。本書収録作品は、現在のオランダ語圏でもフランス語が公の場で使用されていた時代背景のもと、フランス語で執筆された。この事情に鑑み、本書では地名の表記はフランス語方式で統一した。

夢の研究　*Onirologie*

モーリス・マーテルランク　Maurice Maeterlinck
岩本和子 訳　Kazuko Iwamoto *trans.*

少なくともこれだけは確かだ、
心にとって忘れることは不可能なのだ。[*1]
トマス・ド・クインシー

僕はオランダの古い家柄の出である。父はジャワ島ルバックの、オランダ語で知事補佐と呼ばれる地位にあった。残念ながらその人生も数々の冒険も僕は全く知らない。ただ、現地人の摂政ラーデン・アディパッティ・カルタ・ナッタ・ネガラとの当時有名だったいざこざだけは、アムステルダムの『ジャワ通信』や『日刊ニュース』のバックナンバーで、風変わりだけれどもさほど心配には及ばない話として幾晩も読んだことがある。父は僕の祖母を伴って植民地に赴き、そこで亡くなった。そのとき僕はまだ二歳にもなっていなかった。

母は――虚弱で青白い顔のイギリス人で、愛のためにオランダへ出奔して――（以下もすべて、あの奇妙な事件以後に調べて知ったことだ）、ユトレヒトに落ち着いた。僕たちはパルデンヴェルト近くのシンゲル通り、街を囲む運河沿いといってもよいが、そこの狭くて古めかしい屋敷に住んでいた。母は、父の死後幾月もたたないうちに亡くなった。たぶん、眼前に蘇っては妙に不安をかきたてることになった、あの事故の直後でもあった。当時の僕はまだ目の見えない子供で、人生の茫漠たる真っ白な空間と混沌にいる、眠れる森の哀れな魂にすぎなかった。だから自然に（字義通りの普通の意味で自然にと使っている）このころの記憶は全く残っていなくて、僕の周りの親しい人々の顔も永久に消え去っていた。

その後かなり年月がたって、子供時代のあの不動の夜から目覚めたときのことでおぼろげに覚えているのは、アメリカの古都セイラム[*2]の古い家の中で、並はずれて太った、顔色の悪い、寡黙な清教徒の叔父と向かい合っているところだ。結局この叔父自身の声が発せられるのは一言も聞いたことがなく、それ以後二度と会うこともなくて、彼の姿も消えてしまった。記憶に残るのは、年月のせいで緑がかった木造の家にいる彼の巨体のぼんやりした姿のみ。その家は極端に、本当に異様なくらい小さかったので、叔父は太古の生き物のように、家には重すぎ、はみだしそうだった。叔父は、僕が一人で遊んでいた薄暗く湿気の多い庭に面した窓を開けて、そこに一日中寄りかかっていた。こうして、今でもほとんど形をなさない過去に何のつながりもなく、子供時代をめぐる女の顔も手の影もなかった。何とかひとりで立てるようになると、マサチューセッツの太古の森の奥に

＊1　『阿片常用者の告白』より。
＊2　アメリカ合衆国・マサチューセッツ州の都市。十七世紀に起きた「魔女狩り」で有名。

打ち捨てられた古い孤児院の、石造りの高い建物に囲まれた中庭の中に、僕はいた。それからやっと、はっきりと覚えている日々に至る。出口のない、悲しみと先の見えない孤独の数年で、アイザック・ジョンソン[*1]の清教徒たちのあの不機嫌で陰気な子孫、つまり、薄笑いを浮かべ横目で見る子供たちにまじり、建物は頻繁に嵐に襲われるという恐怖にさらされ、暗い丸天井の共同寝室で途方に暮れていた。でももう、思い出したくはない。それに、必要なことではあったがはるか遠いものになった前歴はここで終わるのだ。今や、あの異常な事件の直前に起こった諸状況や、それ以降ずっと僕の心に影を落とすことになった謎について、もっと詳細に検討せねばならない。

　アメリカのこの単調な孤児院で僕と一緒にいた子供たちはみな、ぼろぼろの服を着てほとんど口をきかなかったが、その中に苦しんで悲しみに打ちひしがれた子がいて、彼だけが僕の孤独を和らげてくれていた。その懐かしい名前を今でも言えるし、姿もはっきりと胸の中に刻まれている。しかし、すぐあとでわかるだろうが、悲しいわけがあって、ここでその名を明かすことはできない。この話の信憑性をどうしても確認したいと思う人にも言いたくない。僕の不幸な友が自分で話さない限りは、誰も永久にその名を知ることはないだろう。

　当時、僕は十八歳になったばかりだった。僕の無二の友——ここではウォルターと呼んでおこう、本当の名前に少しは近いから——無二の、このふさぎがちな友はほぼ同い年だった。そのころの僕は、この修道院生活につきまとう倦怠のせいで、病気がちで異常なほどやつれていた。また内的な神経障害にも悩まされて、夜ごと苦しんでいた。いくら訴えても、施設付きの横柄で意地悪な医者は治療もしないで僕を放っていた。しかしそのうちに、先生たちが少し心配してくれて、僕の苦しみに何か気晴らしを与えようと懸命に考えた。そんな時にあのかわいそうなウォルターが助けに来てくれたのだ。ウォルターにはW・K夫人という叔母がひとりいて（今は、イニシャルでしか書くことはできない）、ボストン近郊の、海に近い瀟洒《しょうしゃ》な別荘に住んでいた。ある晩のこと、彼は叔母の家に僕を連れて行く許可を得た。十五年以上の間、僕は谷間に面した両開きの大門の閾《しきい》を一度もまたいでいなかったので、この夜のことはもう忘れることはないだろう。家に着くと、W・K夫人は見たところ屈託なく僕を迎えてくれた。それにこの時は、僕たちはこの女性の尋常でない仕事のことも妙な目論見のことも知らなかった。この話をお聞きの方々も知らない方がいい、しかも永久に。

すでに何日も、母親のようなもてなしに甘えて僕は滞在を延ばしていた。その危険にその時は気づいていなかった。そして周囲の人たちにも勧められて、あの忘れられない十月、時につらい午後の終わりには少量の阿片を喫《の》むようになっていた。さていよいよ、事件のあった宵と夜のことをすべて事細かに、順を追って語らなければならない。というのも、その現象についての説明や研究の

＊1　アイザック・ジョンソン（Isaac Johnson, ?-1630）ジョン・ウィンスロップとともに新大陸アメリカに渡り、マサチューセッツ湾植民地建設に加わった。

観点から、いくつかの細部が特別な重要性を持つかもしれないからだ。ただ残念なことに、出来事のどうにも不明な部分は割愛するしかなかった。

ある晩、お茶の時間の後で、阿片の吸飲者だけが想像できる不可視の微妙なあの陶酔状態に僕はいた。人通りのない道で足音が聞こえてそちらを振り返るように、時々W・K夫人の方へ目を向けていた。W・K夫人はテラスの菩提樹の下で肘をついて、アメリカの街の上に星々が輝きだすのを眺めていた。ウォルターは留守だった。そこで、その日僕はアニーと一緒に——アニーというのはウォルターの叔母の一人娘だ。ああ、おそらく純真無垢だったアニー！　この時は悲惨な運命について何も知らなかった！——アニーと一緒に庭の奥まで行ったのだった。そこには古い、深くて暗い森があった。冒険の数々が期待できそうな相当古い森で、僕たちはよくここでひそひそと話し込んでいた。色とりどりの絹糸のように森に散らばる遠くからの音楽を追いかけて行き、僕たちは腰を下ろした。さて、この宵に見た何が、その夜の僕に影響を及ぼしたのだろうか？　菩提樹が映る水を湛《たた》えたあの大理石の泉盤だったのか？　それとも記憶の中では異様な姿になっている木々だったろうか。まるでガラスの下にあるかのような木々をアニーは緑の闇と呼んだ。それとも遠くからは無口な花に見えた、大西洋の上に輝く月か？　それとも悲しい未来を暗示するこの森全体か？それとも何より、アニーの旅立ちが迫っていたことだろうか？　帰ってくることはないとすでにわかっていた旅立ちなのだ。黒い手袋を嵌《は》めたそのほっそりした手が、起こるかもしれない最悪のことを僕に告げているように思われた。はたまたそれは、彼女が泉盤の中に落とした金の指輪だったのか？　冷たい水から指輪を拾い上げたとき、彼女はある奇妙な分身を呼びさませたのだ。アニーは何かを知っていたのだろうか？　わからない、わからない、永久にわからないだろう。今では彼女の上にも無数の土地、幾星霜もの時が積み重なっているのだから。

以上のことを、僕は正確に書いておいた。さきほど言った研究において、類似の実験を何度も試みることが重要と思われるからだ。こうして、たまたまであれこの種の魔術的効果で目覚めさせられるかもしれない、魂の奥底に眠る何かの場面に触れることになる。最後に付随的ないきさつも一つ付け足しておこう。付随的とは言え、それはきっと役に立つはずである。もっともそれはもう少し後になってわかるだろう。

森の中にいたあの時、遠くの街灯りは秋に森の木の葉が散り落ちるように消えようとしていた。宵を庭で過ごしたあと、僕は部屋に戻った。そして——たぶん泉水のイメージに導かれて思い立ったのだが——いっぷう変わってよく水をテーマにするイギリスの詩人トマス・フッド[*1]の詩集を一冊手に取って、夜更けまで、そのすばらしい「ウォーター・レディ」や「ケンタウロスのリュコス」や「ヘーローとレアンドロス」に次々と描かれる海底の蒼白い光景に身を任せて僕も漂っていた。

＊1　トマス・フッド（Thomas Hood, 1799-1845）「ため息の橋（The Bridge of Sighs）」や「シャツの詩（The Song of Shirt）」などの詩で知られる。ユーモア作家としても有名。

何よりも（間違いなく阿片の効果もあって）最後の詩が僕の眼にとまった。それは、海の中をどこまでも沈んでいく、可哀そうなレアンドロス*1のためだった。レアンドロスはセイレンの腕に抱かれ、丸い眼をした無言の生き物たち、卵色の植物、褐色《アニリン》のアネモネ、蛋白色のダリアなどに囲まれて沈んでいく。振動する暗緑色の渦となって彼らが沈んでいく、その通り道の様相の変化を、単調な詩行が詩節ごとに描き出していく。

薄暗い緑の中を下へ　さらに下へ

この緑の水の渦の中をずっと、セイレンは、レアンドロスが息絶えていくさまをその眼に映し、半透明の泡でその胸を包み、意識のない恋人に接吻をしながら進む。恋人の唇の上ではヘーロー*2の名がいくつもの大きな真珠となって消えていく。やがて海の草原の幻想的な底に着き、海の純粋な乙女セイレンは、ほとんど動かなくなり目を閉じた美しい体を見て、子供のようにびっくりする。そしてレアンドロスの傍らにひざまずき、彼が大洋の青い網目を逃れようと最後の力をふりしぼるのを感嘆して見ている。

そのうちに僕は寝入った。暖炉の鏡に映しだされる海辺に、レアンドロスの詩に出てきた渦巻きが襲い掛かる様子を目にしながら——寝入るまで——。以下はその直後に僕が見た夢だ。

何の前触れもなく突然、僕は井戸の底にいた。少なくとも、壁、高く狭い壁と思えるものに囲まれた水の底にいた。そして透明な水の絶え間ない流れの中でもがき続けている自分が見えていた。それは、意思がはたらく現実の生活ではたとえようのない、夢特有の責め苦の一つである、動けずにもがいているという状態だった。このとき僕はまさに死の間近にいた。ここで、僕の夢のもっとも不思議な現象の一つを特にていねいに説明しなければならない。

夢はいつでも例外なく自己中心的であることはみな知っている。しかもこの自己中心主義はとくに強く盲目的かつ集中的なものなので、脳の中の世界を支配しているその瞬間を優先して、過去も未来も無効にしてしまう。

言い換えれば、眠っている人の意識内ではすべてが現在性を持つのだ。夢を見ているその時点において、予測的だとか回顧的だと言えるような夢は存在しない。この原則を僕は改めて記憶にとどめておこう。あの時のどうにも不可解な僕の精神状態を後で明らかにするのに役立つだろうから。ただ、睡眠中の脳内時計の、実に特異で非論理的に見える動きを解明しようという意図はない。さて、あのように僕が水の底で死にかけていた時、まず、きわめて異常な現象が起こった。その説

＊1　恋人ヘーローの掲げる灯を目当てに毎晩、ヘレスポント海峡を泳ぎ渡って行ったが、嵐で溺死した。
＊2　アフロディーテの女神官で、レアンドロスの恋人。レアンドロスの溺死を嘆いて自らも海に身を投じた。

明がつくのは何年もあとになってからである。あれは昔読んだ本の記憶だったのだろうか？　その本の中で、おぼれた人は死ぬ瞬間に全生涯をごく微細に鏡に映すように振り返るのだと知った。*1 それとも僕が夢で見た光景は実際に溺死と結びついていて、自然にここで蘇っていたのだろうか？　わからない。ただ、鏡のことは考えてみた。夢を見ている人の精神は幼い子供とよく似ていて、抽象化する能力がなく、思考はすべてイメージになり、すべての意図は行動に変えられる。そこで僕は、自分が夢に見たものを映し出すその鏡をすぐに手にして、その中を注意深く見始めた。

ここに、僕の驚きをうまくお伝えできればと思う（睡眠中、たいてい判断は保留されたままで、夢は例えば面白おかしく思えることだってある。夢の中での笑いは、エロー*2が言うような落差とか脈絡のなさによって生じるとは限らず、もっと不可解な原因があるかもしれない）。つまり、ありえない光景のことをじっくりと考えてみたときの僕の驚きを説明したいと思うのだ。ありえない光景、というのはこの鏡はほとんど何も映っていなかったからだ。それでも僕の過ごした年月を数えれば、悲しい出来事がたくさん映っていたはずなのだ！　一方で、鏡のある一つの角度からだけ、うごめく靄《もや》となって半ば消えかかった、色あせたいくつかのぼんやりしたイメージが見えた。まるで子供の描く絵のようだった。その中に、いくつかの膨らみかけた胸の形や、丸い緑の葉、一筋の光、一枚の産着、新生児の少し開いた小さな手を僕は認めた。それ以外はすべて、検討する暇がないまま闇の中に消えかかっていた。しかしそこには、まだ未知の、たぶんそれ以前の多くのものが現れていたはずだ。でも僕の視線から鏡は消滅し、僕の夢は続いた。だから、これ以上この付随的な鏡の件にはこだわらないことにする。

さてそれから、井戸の開口部に目を上げると、荒れ模様の空を背景にかがみこんだ女の顔、同時に恐怖にかられてともかく逃げ出そうとする動作がおぼろげに見えた。ついでに注意しておかねばならないが、薄れた記憶に基づいてしていることの話の中では、ここのところは、昼間の理性に基づく諸事と同様に、必然的に論理的な様相をまとっている。それは夢の様相とは全く異なっている。夢の中では無数の出来事が、継続的に起こってはいるがもつれ合っている。それに、夢はどんなに長く見えても心臓が一回打つ間くらいしか続かず、数々の冒険やイメージもほんの一瞬の間に押し寄せてくるにすぎないものだ。さて僕があの動作を一瞬見て、そのとたんにそれは消えたのだ。すぐに次の考えに襲われた。それが消え去るときに、独特な聞いたことのない意味不明の叫び声のようなものが一緒に聞こえたはずなのだ。だが話を先に進める前に、この件については簡単な注釈をしておかねばならない。

夢の中ではふつうに音が聞こえるというのは、僕は信じない。つまり夢の本当の音のことであ

＊1　ここで語り手が言及している「本」はクインシー『阿片常用者の告白』だと思われる。エピグラフでの引用箇所の直前にこの鏡の比喩もある。
＊2　エルネスト・エロー（Ernest Hello, 1828-1885）フランスのカトリック作家、思想家。

る。夢はどんどん変わっていくので、その中の話のどれか一つにぴったり合うこともあるかもしれない、実際の外からの音のことではない。それどころか、夢はほとんどいつも無言だし、夢に出てくる人々は、やわらかくて全く響かない物質に囲まれて歩いたり、話したり、動いたりするように思われる。眠っている人の耳はすでに役に立たなくなっているが、昼の間はまだ完成されていない発明品を、まさに夢が用いているのである。それは電信や電話といったとても幼稚な発明などすぐにも無意味にしてしまう。僕が言いたいのは、精神の交感とかあらゆる知能の相互内観、つまり以心伝心とでも呼べるもののことだ。それは、どんな魂でも、決まった時間に通信したいと思う別の精神といつでもどこでもつないでくれるだろう。そのためには互いを結びつけている絆を見出し、もとはばらばらの糸を磁気とテレパシーがつなぎ直してくれればいいのだ。

　こうして僕は眠る者のこの直観のおかげで、奇妙な叫び声が発せられたことがわかったのだ。何年もたってから、この叫び声の性質や正確な意味を知ることになった。しかしそれはもっとあとで教えよう。目覚めた瞬間に耳に残った叫び声をそのまま、僕は翌日すぐにメモした。家族についても幼年時代のことも出自もまったく知らなかったときのことだ。その上、反駁は不可能だと証明できなかったなら、意味はあるがかなり子供じみたこの細部をあえて報告することはなかっただろう。

　それに続く出来事については、いくらかの混乱が生じている。夢の一番重要な部分に時々起こることだ。夜の理性には、まだわかっていない多くの曲折があるものだからだ。ただ、もう一人別の女性が目の前に現れたことは、今でもはっきりと思い出せる。その姿は、顔だけを除いて異様に鮮明だった。顔立ちのいくつかの特徴はアニーによく似ていたが、いわく言い難い印象を与える別の特徴と絶えず競い混じり合っていた。その印象を、かなりおおざっぱだが、ためらいとか、暗黙かつ潜在的と言っておこう（この顔はそれでも迷うことなく見分けられるだろう、ただし夜の間に限られると思うが。それに、夢の中ではこのような人物特定のための突合せには深入りしない方がいいだろう）。次に思い出すのは、アニーが泉でやったのと同じような動作で、井戸の水から僕が引き上げられたことだ。水に映った影だけから判断したのだが、つまり、むき出しの腕が水から出てきて、それによって救出されたようなのだ。それから無色の欠落があって、そのあと僕は突如、雨と雷の夕暮れの空のもと、吹きさらしの戸外にいた。僕を救ってくれた女性は、僕の理解できない言葉で話しながら僕を抱きしめて、灯りに照らされた通りや河岸を通って連れ帰ってくれた。

　ここで、普通の夢にしてはかなり奇妙な例外を指摘しておこう。それは、僕が通っていた風景の一部分を見たことだ。実際、睡眠中に見る景色はたいていいつも役割を持っている。つまり風景は夢の筋立ての一部として組み込まれ、その筋立てが進んでいくのに合わせてしか存在しないことに注意しなければならない。しかもその風景はシェイクスピア劇の舞台装置のように簡素で、登場人物たちは行動範囲の必要最小限に限定された断片的な場所しか持っていない。またこれらの必要不可欠な周囲の断片は、ドラマの進展に一歩一歩寄り添っているのだ。こんなふうにして、白蛇の群れに追いかけられた夢の中では、僕は目の前に次々と雑木林や群生植物や垣根が立ちはだかるのを見た。蛇から逃げるために僕はそれらをかき分けて進んだが、逃げている野原の全体の光景は見えなかった。別のとき（しかしこの例は違う性質のもので、眠っている者の自己本位はここでは風景の抹消の原因にはなっていない）、とても古い城を購入したのだが、――夢では不可能なことが恣意的に起こるもので、ここでもそのせいで――領地の広さがわからなくて、僕は高い木に登って、そこから庭園を眺めようとした。ところが、いつの間にか土地全体が僕と一緒にせり上がっていて、僕がいる並木道の向こうに何かを見ようとしてもできなかった。この夢は例外としても、時には次のようなことは起こりうる。風景が夢の登場人物へのライトモチーフの役割を果たし、その人物がふだん暮らしている環境と一緒に姿を現すのだ。例えば、鍛冶屋はときに鍛冶場と共に現れるし、病人はベッドと一緒に、園芸家は温室と一緒に現れる。それらのこまごまとした小道具は夢の筋立てや夜の夢の舞台空間の邪魔をすることはない。しかし、描写的な夢とか眠っている人が介入しない風景というのは疑わしい。それなのに僕が見たものは、夢の中のあの最後の出来事に作用を及ぼしていなかったのだ。

それは、おびえた人間が見るような光景だった。ときおり月が顔をのぞかせる荒れ模様の空、河岸と黒い水を湛《たた》える運河、激しく揺れる年老いた木々の隙間、荒くれ者の腕のように立ちはだかる跳ね橋、天窓に滑車をとりつけた切妻造りの小さな家々、カンテラをつけた無数の小舟、しかしとりわけ（というのもここまでに挙げた光景は、それ以後に呼びさまされたものだということもあり得るが、次に挙げる最後のものは不安を掻き立てる、ゆるぎない確かな光景だ）、二つの黒い風車があった。一つは巨大な動かぬ翼を持ち、もう一つは少し後ろにあって、簡素で陰鬱、むき出しになっていて曖昧な形で、翼もなかった。二つとも巨大だった。街の角に立つ塔のように巨大で背が高く、きわめて大きな古い木々からなる荒々しく暗い森をも圧倒していた。

とある古い道の曲がり角で、僕はこの二つの桁外れの証人をもう一度見ようとした。そして、眠りの中ではよくあることだが、動きのバランスを崩してしまい、距離感もなくなっているせいで、振り向いたとたんに僕はベッドの鉄枠にぶつかって目を覚ました。

夢と夢の幕間のようでもあり、少しだけ意思も戻ってくる、目覚めと眠りの間のこの特別な状態において、僕は自分が見たものを分析し、半現実のようなものの中でそれを固定させようと頑張った。というのも睡眠の記憶は不思議なほど儚《はかな》く脆《もろ》いものだからだ。昼の間に創り出された考えやイメージならいつまでも正確に思い出すことができるのに、夢の中のイメージ群は、目覚めているときにそれらを明確に構成して昼の生活に移入させようと細心の注意をしても、二、三回以上は思い出させてくれない。しかも思い出すたびにイメージは弱くなり、ついには漠然とした死のようなものに合流してしまう。まるで、すごい速さで遠ざかる拡大レンズを通して覗いているようなものだ。謎に満ちた記憶の異常さについて話すのはこのくらいにしておくが、そもそもあの問題の夢ではそんな異常が全く起こらなくて、翌日もそれ以後も、夢の記憶のすべてをごく細部にわたって想起できたのだ。

アニーは、夢を見た翌日の土曜日、僕に別れの挨拶をする暇もなく、ウォルターに会いにニューヘヴンに行った。次の火曜日に帰ってくるはずだったが、もう二度と戻ってこなかった。アニーが出発したその日に手紙を書き、彼女がどうしても関わっているように思われたあの夢のことにもついでにふれておいた。無駄な必要のない言葉だけは省略しつつ、英語から文字通りに訳しておこう。どうか翻訳のまずさは許していただきたい。アメリカで書いた手紙が返送されてきて僕の手元に保管していたもので、それを逐語的に訳すことが重要なのだろうから。

《……ちょうど君の夢を見たんだよ、アニー。だけどなんだか君はとても変だった。まず僕は底なしの井戸の中でおぼれていて、それからとっても年老いた女性がやってきて井戸の中を覗き込み、両手を挙げて、ひどい訛《なま》りの英語で意味不明の言葉を叫んだ。「穴の中にキントが！穴の中にキントが！[*1]」とかそれに似た言葉を。

　何だったんだろう？　そのあと、別の女性がやってきた。アニー、君に似た人だったんだ。少なくとも、全体的には君に似た人だった。ただ顔だけはもっとずっと悲しそうだった。それから君、いや彼女は、君が金曜の夜に泉のところでやったように、井戸に身をかがめて僕を水から引き揚げてくれた。そして君は腕の中に僕を抱いて（僕はこんなに大きくて重いけれど）街の中を運んでくれた。それまでに一度も見たことのない街だ。とくに右手にはとても高い木々の古い森があって、そのむこうには、ここには存在していないような二つの恐ろしげな風車が見えた。そのうちの一つには全く翼がなかった。》

この手紙の封筒には（あいにくそれは手紙自体と一緒になってはいなかったが、筆跡は完璧に同じで疑いようはない）、合衆国の緑のスタンプが押してある。一八八〇年十月二十五日朝十一時、ボストンの消印になっている。ニューヘヴンでの受け取りについては、湿ってにじんだスタンプがこう示している——ニューヘヴン波止場、一八八〇年十月二十五日午後四時。この手紙と封筒の二つのものを公開し、この心霊学的な出来事を気にかけてくれる人たちが目にできるようにしよう。封筒からはアニーの姓を消したり、手紙の左角を切り取ったりせざるを得なかった。そこにはW・K夫人のフルネームが、ついに恐怖への門は閉ざされたという銘句とともに刻印されていたのだ。その銘句はどうしても全く説明のつかないものだった。

ここで今話題にしていることには関係がないので、何年もの年月や悲しみ、策謀の数々は省略する。そして、やっと大人になった頃にたどりつく。

そのころ——僕はすでに陰鬱な孤児院を出ていた。またその後のW・K夫人に関係することはすべて沈黙を守りたいのだが——そのころ、孤児院の院長からの転送で、僕はオランダから大きな荷

＊1　原文はThe kind is in the pit! the kind is in the pit! あとで明らかになるように、kindはオランダ語の「子供」、pit（と聞こえた語）はオランダ語の「井戸 put」。

物を受け取った。中には後見人の細かい複雑な勘定書、未成年者の後見に関する家族会審議の調書、所有地と金利収入の証書、その他大量の様々な古い書類が入っていた。

僕が出てきたばかりの孤児院では——何ごとにも平等を守り、また将来への幻想をいっさい抱かせないようにするために、ただしウォルターの身に起こったような避けえないトラブルは例外としてだが——家族や前歴に関することは何であれ、孤児たちには明かさないことが決まりだった。

だから、僕はこの荷物をよく調べた結果、自分がオランダ人でかなり大きな資産の持ち主だと知ってひどく驚いた。もっとあとになって初めて、僕はどんな手落ちのせいで、またどんな悪意のせいでマサチューセッツの奥地に捨てられてしまっていたのかを知った。しかしそれについての詳細は今日の話とは何の関係もない。

さきほど僕はこの荷物をよく調べた結果、と言ったが、残念なことにそれをもっと早くやろうと思いながら、ずっと後のことになってしまった。僕はオランダ語はまるっきり知らなかった。セイラムに戻ってきていたので、ここで翻訳してくれる人を探したが見つからなかったのだ。それで、思いがけなく母国語だとわかった言語を自分で学ぼうと決心した。英語と、とりわけすでに身につけていたドイツ語のおかげで、二、三週間もたつと最も重要な書類でもすらすらと読めるようになった。

ある晩、ジャワ植民地のスタンプが押してある書類の束をぱらぱらとめくっていて、ふと目を留めた——しだいに恐ろしいほどの驚きにとらわれていった——。それは、短いごく簡単なものだが、僕にとって、そう、僕だけにとってはほんとうに不思議で信じられないような以下の手紙で、それは母の手で書かれたものだ。そのせいで僕の人生の軸は、それ以後完全にずれてしまった。この手紙をオランダ語から直訳しておく。さきほどと同様、不必要な表現はすべて省略する。

《ユトレヒト、一八六二年九月二十三日。

……私たちはその日の午後（文脈から九月十七日と思われるが、絶対に確かだというわけではない）従妹のメールチェ、それにヴァン・ブラメン夫人と一緒に、ヴァン・ナスラーン叔母の家へお茶を飲みに行きました。坊や[*1]はサールチェと一緒に庭にいたわ。サールチェはちょっとの間、坊やを芝の上に一人にしていたの。そして戻ってみると、坊やがいないじゃないの！彼女が井戸の中を見に行ってみると、かわいそうに坊やは水の中にいたの！　サールチェはすぐに引き上げてやるどころか、私たちのいる窓のところまで来て叫ぶのよ。「坊ちゃんが井戸の中に！　坊ちゃんが井戸の中に！」[*2]それを聞いて私は客間の窓から飛び出していき、水の中からあの子を引き上げたの。坊やは小さな心で大泣きしていました。それから私は家まで一気に走りました……》

＊1　［原注］'t Schaapje　仔羊。オランダ語では子供も意味する。

＊2　原文（オランダ語）は《't kind is in den put! 't kind is in den put!》

この手紙は僕の父宛になっていた。当時父は、初めに言ったように、ジャワの知事補佐だった。手紙の日付は合法的に確かなものだ。というのも、四か月後にジャワ島から帰国する際に父が置いてきた他の書類と一緒に、その手紙は公証人のヘンドリック・ヨアネス・ブライスに委託されたからだ。そして一八六三年二月三日にユトレヒトで登記された目録に記載されている。

あの事故の夜、母の天使のようなすばしこさのおかげで命拾いしたのだが、僕は生まれて四か月と九日だった。それを証明するのはもちろん簡単なことだ。

そうすると、この十月の夜、僕は目に見えず説明できないものと直接交感をしていたのだ。そのせいで今、僕の魂は青ざめて病んでおり、あらゆる不安や恐怖にとりつかれているのだ。今日はいっさいその解明はしないでおこう。あの現象は、隠れた原因による多くの現象のうちの一つとして分類しておく。その隠れた原因の確かな法則はいつか発見されるだろう。さしあたり今は、その法則は知らないでいたい。例えば僕は、虫の知らせについては知らないことだらけだし、また、なぜ死はある家の中にいったん入りこんだらかならずまたすぐにそこに戻って来るのかを知らないのだから。トマス・ド・クインシーは「マクベスにおける扉を叩く音について」という研究の中で、知性は人間の精神のうちでも劣った能力だと断言しているが、何よりもあのような領域の出来事においてはそのように疑ってかかるべきだと僕も思う。そのことを極端に考えすぎない方がいいのだろう。そうでないとついには、白質の広大な領域と高名な医者が奇妙な名で呼んでいるものの中に、狂気の雌馬たちを解き放ってしまう恐れがあるからだ。

ただ、この光景を深く探ること、とりわけどんな微妙なものなのかはわからないがアニーと母との関係に触れることを恐れながらも、僕は純粋に客観的な視点をもって、その不安を受け入れて楽しんでみようと思った。そんなわけで、僕はほとんど即座に自分の夢の舞台を訪れる決心をした。残念なことに、やむをえない事情で僕のオランダ旅行は急に切り上げねばならなくなり、ユトレヒトに七、八時間以上滞在するのは不可能になった。

暗い冬の、雲に覆われ雪の降るある午後の遅い時間に、僕はそこに降り立った。レインスポールウェッヒ駅から外に出たとき、僕は異様に青白い顔をしていたにちがいない、というのも、僕を見た勤め人や通行人たちの表情には、何か躊躇したり警戒したりするのが見て取れたからだ。広場を抜けたあと、街中に向かうには駅前通り《スタシオンストラート》を行く。まずそこまでは、この通りを直角に遮断する街の外堀と名づけられた城壁沿いの運河くらいしか、僕を驚かせるものは何もなかった。しかしこの運河の土手沿いに少し歩くと運河の端に着き、その時からそこは僕にとって永久に忘れられない場所となる。ここで、初めてのことだったが、僕は精神が突然凍りつくように蒼白になるのを感じたのだ！　そんな状態は幸いわずかの人にしか起こらないものだが、僕の魂はあの夢のせいでそれまでも何度もかき乱されていたので、文字通り胸の中でよろめいたのだ。眼の前に突然、眼が触れるかと思うくらい近くに（実際にはかなり離れていたのだが、不釣り合いな大きさによる目の錯覚のせいだった）、暗い空の下で、雪に覆われ、昔と変わらず弔鐘にも似た都会の非現実的な風景の只中に、土手の間で淀んでいる水、死んだような沼地に花咲くかに散らばる小舟、綿のかかったような通りに沿って稼動する跳ね橋、それにびっしりと立ち並ぶ家々とその切妻の高さのところに無言の人々がいる、その風景の只中に、僕はついに見つけたのだ、恐ろしくもまぎれもないそれらを。今は、水族館や日食のようにぼんやりと暗い中でごとごと震えながら動いている。同じものだ。ただ、いっそう迫ってくる感じで、もっと不吉で、くすんだ色でつながる街と森をもっと威圧していた。その上方で二つの風車は、どっしりとした翼から僕への悲痛な合図を送りながら回っていた。こんなにも長い年月を経て辛抱強く僕を待ち続けていたのだ。

　幻覚かと思った一瞬のあと、ともかく、運河や岸などものともせず狂ったように風車の方へ駆け出そうとした。しかしよそ者の本能で、跳ね橋の周囲に拡がる純朴な人々の群れに一個の石を投げ込んでかき乱すようなことを僕はやめておいた。そこで僕は歩き出したが、パルデンヴェルトの老木の森に近づくにつれて、興奮は古いマントルピースの炎のように次第に僕の体から滑り落ちていった。そしてひとつまたひとつと、明らかな違いを見つけては、幻滅を味わっていた。

　今では街の近郊は喧騒に満ちてお祭りのような様子になっていた。それは昔のどうにも不吉な、曇りガラスを通して見るような姿にとって代わっていた。また第二の風車の翼が今は空高く回っていた。昔は梃子《てこ》でも動かず、そこにあるだけで僕は落ちつかなかったものだ。ただ、第一の黒い巨人の方が、いつも夢の中ではよりはっきりと見えていたのだが、あの十月の夜のときよりもはるかに高くなっているように思えた。まるで木々よりも速く伸びたかのようだった。それとも不思議なことが起こって、街との比率を狂わせてしまったかのようだった。僕はすぐにもそのずれについて探ろうと思った。

僕は小高い丘を登った。頂上は明るく開けていた。あの巨大な塔には入り口も開口部もないとわかった。ただ一つだけ、上の方に小さな窓があって、すでに灯りがついていた。しばらく大声で呼んでみたが、返事がない。やっと一人の少女の顔が現れた。異常に大きくて不思議な、説明しがたい顔立ちだが、それでもまぎれもなくオランダ人だった。窓から身を乗り出し、ほとんど白くなった髪を風車の塔の外に垂らして風になびかせていた。しかし僕が叫ぶたびに、その娘は黙ったまま指を口にあてるだけだった。彼女からは何も聞き出せなかった。

ある農夫の説明でやっとわかったのは、入り口は丘のふもとにあり、風車小屋には粉曳屋が水頭症の孫娘とともに二人だけで住んでいるということだった。そこに行って門を叩いてみた。しかし僕がまだ心もとないオランダ語しか話せなかったこと、それに僕が疲れて病人のようで不安げに見えたからだろう、男は戸を細めに開いて不審そうに僕の話を聞いた。そして何の手がかりも得られなかった。しかし、最後にもう一度塔を見上げたとき、ある細部に気が付いた。それは気になっていたあの不自然な大きさをたぶん説明してくれるものだった。屋根からあの小さな窓まで積んである煉瓦がそれ以外のところよりも赤い、つまりほかより新しく見えたのだ。残念ながらもう日が暮れかかっていたので確信は持てないが。

次に二番目の風車のところへ行って、翼をどの時代に復旧させたのかを知ろうとした。しかしその翼は十五分ほど前に回転を止めていて、どうみても誰もいないようだった。ただ、近くの居酒屋《タペレイ》というか宿屋で、かなりしぶしぶと教えてもらえたのは、現在の翼は二十年ほど前からあったということだ。

　不完全だがこれだけの情報で我慢するしかなかった。それから最後にもう一つ別の謎を解明しておきたかった。井戸の開口部に最初の顔が現れたとき、荒れ模様の空が背景だったこと、逃げていたのはずっと、嵐でめちゃくちゃになった景色の中だったことを思い出そう。ところで母の手紙によると、事故が起こったとき僕は庭にいたという。それはおかしなことで、どうしても説明がいる。財産目録に正確に記載してあるおかげで、ヴァン・ナスラーン叔母の家は、僕が共有権の一部を貰い受けることになっており、古運河通り《アウデ・フラハト》三十三番地にあることもわかっていた。運悪く夜もかなり更けていて、今は二人の老婦人が住んでいるその家ではお茶の時間で、婦人たちは僕の質問をまったく理解してくれなかった。しかも二人ともおずおずとしてぎこちなく、扉の閂《かんぬき》をかけながら、この家は貸家ではないと不安そうに答えた。

　おそらくこの家には温室があったか、庭の一部がオランダ式にガラスで囲んであったのだ。結局のところそれが満足のいく説明になるのだろう。さらに、一八六二年九月十七日の雷雨については、『ロッテルダム通信』の十八日金曜日の版で以下の囲み記事を見つけた。翻訳しておく。「昨日の夕方六時ころ、イギリスのスクーナー船〈ヘレン忠誠号〉（ミルフォード・ド・ゴール船長）が暴風のために係留用ロープが切れて、ヴリシンゲンでチャルク（小型帆船）と接触した後、ウィレムス埠頭に衝突した。被害はさほど深刻ではない」

最後に一つ要求がある。セイラムに送られた親族の書類の中に、僕はベルギーの画家フランソワ=ジョゼフ・ナヴェの手で署名された一枚の受領証を見つけた。画家は一八五九年から一八六〇年の間に僕の母の肖像画を描いたに違いない。その肖像画は財産処分時に十二ギルダーで売却された。ともかく肖像画がどうなったかを捜し出すことは僕には極めて重要だと思われる。それが奇妙な不安を和らげてくれるかそれとも裏付けることになるのだ。そこでお願いしたいのは、この肖像画の件に関して、あるいは全般的にこの説明に欠けているどんなことについてでも、何かの手がかりを提供できる方は、どうかぜひ、その情報を次の住所に送ってください。バルフォー・ステュワート氏[*1]、心霊研究学会会長、ロンドン、ストランド、キャサリン通り七十五番地。彼がそれを僕に転送してくれることになっている情報はこのようにして、来るべき新しい学問に貢献するだろうし（というのも、記憶のこの特殊な能力についての研究は、例えばその能力を胎児期や前胎児期にさえも応用してみることで、計り知れないほどの発見にまでつながる可能性があるのだ）、こういった問題の解決に人生を捧げてしまった、ある不安な魂の救いにもなることだろう。

＊1　実際の綴りは Balfour Stewart。スコットランドの学者で、一八八五～八七年に心霊研究学会の会長を務めた。

時計　*L'heure*

ジョルジュ・ローデンバック　Georges Rodenbach

村松定史 訳　Sadafumi Muramatsu *trans.*

「バルブ、何時だろう」

「五時十五分前です」少し間があって、暖炉に近づいた老女中が答えた。暖炉には時代遅れの二つの花瓶に挟まれて、第一帝政様式の小ぶりの置時計が鎮座している。白大理石の四本の小円柱が、ブロンズに金メッキの低い切妻を支え、そこに首をそらした白鳥たちが配されている。

「でもうちの時計は遅れていると思いますよ」老女中は言いたした。

それから、田舎の人らしいゆっくりした足取りで窓辺に寄ると、モスリンのカーテンを持ち上げ遠からぬ塔を見やった。ブリュージュの中央市場のくすんだ塔には、巨大な文字盤が王冠のように掛かっていて、人気《ひとけ》ない街区に絶えずはらはらと時を降らせているのだ。

「ああ！　やっぱり！　遅れています。間もなく五時が鳴るところで、針はもうそこに来ています」

なるほど一分たつと、カリヨンが揺れ、悲しげなさえずりや突《つつ》かれた鳥の巣の騒ぎにも似た鐘の音を大気に撒き散らした。歌というよりは嘆き、舞い上がる羽毛の雪というよりは灰と鉄の雨を……。それから大鐘が、間を置いてゆっくり重々しく五つ打つ。打つたびに静けさの中に憂愁の暈《かさ》を広げる。まるで運河に落ちた石が輪を作り、両岸にモアレ模様の波紋を広げるように。

「ああ、うんざりだ！」ヴァン・ユルストは、枕の間に仰向けになりながら言った。数週間前から病気で寝ているベッドに、しばらく起き上がっていたが、それにも疲れたのだ。

ヴァン・ユルストは腸チフスにすっかり打ちのめされたが、近頃やっと回復期に入ったところだ。病気の猛威はヴァン・ユルストから時間の観念を奪い、意識のない虚脱状態に突き落とし、妄想と悪夢が気を高ぶらせ、溶け合う様々の幻影にうなされた。小康状態になると、今度はただただ昼が長く思われた。生きねばならない時間がロザリオを爪繰《つまぐ》るように、刻一刻と分秒を刻んでいる。

身動きもならず、何もすることもならず、がらんとした住居には話し相手もいない。独り身の孤独な暮らしの中を行き来するのは、ただ年老いた召使いの密かな足音だけ。ヴァン・ユルストを育ててくれた献身的な老女中のバルブは、今回もほとんど母親のような心遣いで看病し、寝ずに見守り、重病から生き返らせてくれた。

しかしバルブには、話したり本を読んでやったりといった、主人の気晴らしになることは少しもしてやれない。そこでヴァン・ユルストは、時の歩みの緩慢さと物憂さのとりことなって、孤独を味わっていた。とりわけ北国の気が滅入る薄暮れ時、ブリュージュの岸辺岸辺（ロゼール河岸に男は住んでいた）の秋の終り、あの感染しやすい憂愁が窓硝子を通して入って来て、鉛色の色調を帯びた家具の上にとどまり、光の別れの挨拶が鏡たちを悲しませた……。

いつも公正な置時計は、分秒ごとのロザリオの爪繰《つまぐ》りをコチコチと刻んだ！　体を動かすこともままならず思いも空しいばかりで、病人はしだいに時間ばかり気にするのが慣《ならい》となった。生きている人のように置時計を気遣い、友とした。置時計は病人に耐えることを強いたが、針の動きや歯車の音は気晴らしでもあった。置時計は楽しい瞬間の訪れを告げ、ミルクやスープの軽い食事や夜の訪れを知らせてくれる。夜が来ればすっかり病気を忘れ、辛さは軽くなる。文字盤は頭から離れなくなった！　別の病人たちなら眼で無意識に数えるのは、壁紙の花束やクレトン織りのカーテンの花々だろう。この病人は置時計を見つめて勘定する。回復の日を探し求める。もう間近だが、どの日かははっきりしない……。時間を睨み、時刻を確かめる。置時計と塔の年代物の文字盤には、しばしば不一致が生じる。カリヨンが鳴ると見くらべる。ヴァン・ユルストにとっては、二つの顔に類似点を探すように二つの文字盤に同じ時刻を探すのもささやかな気散じだった。

ヴァン・ユルストは本復しても、病中からの「正確な時間」へのこだわりは変わらなかった。この死の都市ブリュージュのように閉ざされた静かな町では、どの街区からも、市外からさえも鐘楼は望め、鐘の音が聞こえた。公式時刻とされる真正の時間は鐘楼の時計である。よその町では時間はいつも大雑把だ。それぞれが自分の時間に従うが、互いに何とか折り合いをつけている。ヴァン・ユルストは病気の間ずっと螺子《ねじ》を巻くことのなかった懐中時計を、鐘楼の文字盤に合わせるようになった。今では外出のたびに時計がきちんと動いているか確認するのだが、あいにく進んでいるか遅れているかだ。几帳面なので食事も就寝も起床も常に時間は決まっていて、生活は正確さを旨としていた。

「おや！　五分遅れている」時々悔しそうにつぶやくのだ。

懐中時計と家の時計が常に合っているように気を配った。第一帝政様式の白鳥が首をくねらせたあのブロンズ製の置時計だけではない。年老いたバルブが家事で当てにしている、赤いチューリップが文字盤に描かれた台所の壁掛時計も例外ではなかった。

ある金曜日、それは市《いち》の立つ日だったが、病み上がりのそぞろ歩きの折、グランプラスの露店を素見《ひやか》していて、たまたまフランドル風の大時計に眼が止まった。少し変わっていて、注意を惹かれたのだ。舗石が隠れるほどごたごた並べられた古物に埋もれ、半ばは隠れていた。この市では、麻布、木綿、鉄製品、農具、玩具、骨董、何でも売っていた。何世紀分もの引越さながら、あれもこれものがらくたの山だ。ベギン会修道女の広い頭巾のように庇《ひさし》を張り出し、キャンバス地を支柱でささえた陳列台に、丁寧に品物を並べる商人の屋台ばかりではない。商品を地面に積み上げ、乱雑に広げ、人が住まなくなり長い間閉め切りだった家屋から財産整理で放出されたように、灰色の塵埃にまみれたままのものもある。どれも古びて、埃だらけで、錆びつき、朽ちかけ、色あせている。たまさか北国の陽光が、光沢を与えレンブラント風の赤味を帯びた金色に光らせることがなければ、見苦しいだけだろう。こうした瓦礫同然の品々の間にも、古い調度、宝飾品、レース、目につきにくい技を凝らした貴重な品といった、時に思いがけない掘り出し物が隠れている。ヴァン・ユルストもそんな中でこのフランドルの時計に眼が止まり、すぐに欲しくなった。時代が深い趣きを与え、上塗りや艶掛けで輝きがあり、羽目板に彫刻を施した柏材の細長い箱に収まっている。とりわけ珍しいのは、想像力と洗練さをもって彫琢された錫と銅の文字盤。風変わりな宇宙には太陽が微笑み三日月がゴンドラ形に尖り、子羊の姿を模した星々が草をはみ、草の中の花々を摘んで食べようとするかのように、時を指す数字に進んで行くのだ。

ヴァン・ユルストが惚れ込んだこの年代ものの時計は、金属部分に一七〇〇年と製作年が誇らしげに刻印されている。しかし歯車は夥《おびただ》しい年月をずっと刻んで来たのだろうか。ヴァン・ユルストはそのことが気になった。美術的珍品としてではなく、極めて古い時計を手に入れることで、家にある数々の若い時計と同じ時を歩ませることを望んだからである。

時計は正確に動き、時鐘は毫《ごう》もあやまたずに打ち、もう長い間刻んできた一刻一刻はただの一度も滞ることはなかったと商人は保証した。

事実、時鐘に狂いはなかった！　ヴァン・ユルストの家にそれが据えられるや、しっかりした響きが高々と時を告げた。それにくらべて、第一帝政様式の置時計や赤いチューリップの掛時計のささやかな音色は何と頼りないことか。まだ成人に達しない時計で、ほとんど子供の音色だ。しかし曾祖母のように年を経た時計は、他の時計たちと仲良く暮らした。時間はそれぞれ少しずつ違っていた。おかしなことに長老の古時計がいちばん最初に時を告げる。他の時計の先に立ち、後ろに従えて導くかのようで、言ってみれば子供や孫よりかくしゃくとして疲れを知らない祖母さながらなのだ。

ヴァン・ユルストには微笑みが浮かび、今では生き生きとした家庭を形作るこの時計の家族のおかげで楽しい気持ちになった。とはいえ、時計が常に同一時間に揃わないのは不満だった。一緒に暮らしているなら、同じ考えであるのに越したことはないのだから！

正確な時刻へのこだわりは病気の時以来取り憑いていて、このフランドルの時計が加わってからはいっそう強まった。一つは進み、別のは遅れていた……。調子がよいのはどの時計か、窓から見える鐘楼の文字盤が示す時間とすべての時計を、時鐘の鳴るたびに見くらべた。ある時計が他の時計よりあまりに遅く鳴ったりすると我慢がならなかった。そんな時、時計たちは次から次へと追いかけ、呼び交し、見失い、時の移ろいやすい岐路ごとに求め合っているかのようだった。

ヴァン・ユルストの掛時計や置時計への嗜好はしだいに深まっていった。金曜日の市や競売や金銀細工商の店で、違う種類の時計をさらに手に入れた。深く考えてのことではなかったが、始めてみると収集に力が入り、興味が高まり、没頭するにいたった。固定観念にとらわれている人ほど幸せな人はいない。固定観念はその瞬間瞬間を満たし、思考の空白を埋め、退屈に補いを施し、無為には向かうべき道を示し、存在という単調な水に絶えず活気ある生命を吹き込む。ヴァン・ユルストは、収集という方法で繊細な悦びと思いがけない驚きを見いだした。こうして固定観念に執心するようになった。陰気なブリュージュのただ中で、毎日が町の大気のように灰色でいつも変わらず何事もない独り身の境涯に、今では偶然の掘り出し物が待ち構えているというのは、何という急激な生活の変化であったろう！　そして収集家ならではの発見の悦び！　宝が増えて行く予想外の出会い！　ヴァン・ユルストはすでにある能力を身につけていた。勉強し、研究し、比較した。作られた時代を一目で見分け、何年ものか推定し、まがい物の中から本物を選び出し、様式の美しさを鑑定し、技巧の粋といえる時計造りの真正なサインにも精通した。今では徐々に集まった多種多様な時計を所有していた。ブリュージュの骨董店に足しげく通い、近隣の町に買い入れの旅さえした。時には死者の出た家の調度の売り立てに出向いて、旧家に伝わる稀少な珍品を見つけることもあった。コレクションはなかなかのものとなり、その様式も多岐にわたった。大理石製、ブロンズ製、あるいは金メッキの第一帝政様式のもの。ルイ十五世様式やルイ十六世様式は、紫檀や象眼や寄木を曲線模様に刳《く》り抜いた飾り板に収まっていて、扇子のように粋な情景が木部に描かれている。神話、牧歌、戦争を表した時計。無釉の陶器、高価な壊れやすい磁器、セーヴル焼やマイセン磁器は花の中で時が微笑んでいる。ムーア風やノルマンディー製あるいはフランドル製の時計は、マホガニーかオークの箱に収まり、鶫《つぐみ》のように甲高くさえずり、井戸の鎖のように軋《きし》みを立てる。稀少なものといえば、水滴が秒を刻む水時計で、海にまつわる絵柄があしらわれている。装飾テーブルに置く飾り物の小時計、そして宝石に引けを取らない精巧で豪華な懐中時計。

ヴァン・ユルストは十分に集めたとはまだ思っていなかった。より良いものを求め飽くなき探求をすることが収集家の洗練された悦びではないだろうか。欲求は果てしなく、そこにはいかなる限界もない。満たされたようでも、完璧な所有とは思えない。たまらなく欲しい目当ての品が手にできなかったらという焦燥！　ブリュージュの裕福な骨董商ヴァルビュルジュの店で、ヴァン・ユルストはある日、極めて古い時計を眼にする。ラーヌ＝アヴーグル通りにあるその店は、愛好家にも、ガイドブックで情報を得た外国人たちにも知られていた。この老骨董商は、商売人とはいえ芸術家肌でもあった。いささか財産を持っていて、手持ちの商品によほどの値がつかない限り売ろうとはしない。ヴァン・ユルストが眼をつけた骨董の時計は、細密に彫刻の施された佳品で、祈禱書の彩色装飾風に福音の場面が描かれ、のみならず鑑定家には名の知れた名工のサインが入っていた。ヴァルビュルジュはこれにかなりの高値をつけた。ヴァン・ユルストは値引き交渉に日参した。この出費は法外であった。躊躇し決めかねた。骨董商も譲らない。プロの眼は客が何としても欲しがっているのを見抜いていた。足を運ぶたびに、客は高価な時計を矯《た》めつ眇《すが》めつする。あのときめき、快楽を呼び起す指先のあの感覚、触覚そのものである収集家の両手のあの特別な神経の高ぶりをもって垂涎《すいぜん》の品を触《さわ》り、いじり、撫で回す。すでに半ばは手に入れてしまったかのように。いわば不完全な抱擁、半分の所有、愛し抜き専有したい品との手探りの婚約。

ヴァン・ユルストは計算はしていた。間違いなく購入は不可能だ。かろうじて収支が合う身で、これほどの高額は捻出できそうもない。これまでの散財で、自分の懐は使い果たしている。誘惑は頭から離れないが、几帳面な生活習慣は、財産を取り崩すほどの気にはさせない。何としても商人を口説き落とすほかなかった。

だが、ヴァルビュルジュは頑として譲ろうとしない。いわゆるフランドルの石頭で、訳もなくつまらないことにこだわり、前言を翻すとか、妥協する素振りを見せるなど論外だった。それでもヴァン・ユルストが骨董商の店に再三足を運び、時計を手に入れられない失望と狼狽をあらわにするので、ヴァルビュルジュ老人の娘の哀れみを誘った。晩婚で生まれたゴドリエーヴという名のうら若い娘は、いささか虚弱で蒼白いが、男やもめの所帯を清らかな大輪の百合で飾っていた。ほどなくヴァン・ユルストはゴドリエーヴを味方にしてしまった。しだいに少女と口をきくようになり、大きな刺繍枠の上で鍵盤に指を躍らせるように念入りに少女が編み上げて行く繊細なギピュール・レースにも興味を抱いた。

友好的な暗黙の了解が、ヴァルビュルジュ親爺を向うに回して二人を結びつけた。ヴァルビュルジュは、溺愛する娘には何一つ逆らえなかった。ヴァン・ユルストと娘の二つの意思は一つになって、ヴァルビュルジュの胸の内にじわじわと浸透していった。

こうしてある日、ヴァン・ユルストのさらなる懇望で、とうとう指値《さしね》に骨董商は同意した。収集家にとっては無上の悦びだ。ついに、手に入れた貴重な時計が運ばれて来た。風変わりな時計博物館用の二階の広い一室。窓の光が真っ直ぐに射す古い樫《かし》の机に据えられると、その悦びはたとえようもなかった。新入りはすぐに、時間の巣箱よろしきこの神秘の部屋で、仲間たちが立てるチクタクいう音に金属の小さな蜂の唸りを交えた。

ところでヴァン・ユルストは綺麗な掛時計や珍しい置時計を持つことだけに心を砕いていた訳ではない。収集品を愛するのは静物としてではなかった。外観はむろん大切であるし、造作も仕掛けも美的価値も重要だ。しかしこれほどに収集してきたのは、別の関心があってのことだ。正確な時刻への執着心に応えるためである。美しいというだけでは十分ではなかった。どれもが同じに動くのが見たかったのだ。つまりヴァン・ユルストと同じに考え、全員がぴったり一つに指示した時間に揃うこと。だがそんな一致は奇跡に違いない。ヴァン・ユルストにも不可能に思えた。水平線の向うから寄せ来る大波小波に転がされて運ばれた海の石が、ことごとく同体積であれと望むようなものだ。とはいえヴァン・ユルストは試し続けた。時計職人からの手ほどきで、今ではすべてに精通していた。歯車、発条《ぜんまい》、天桴《てんぷ》、頭を面取りした釘、細かい伝導装置、鎖、回路、あらゆる神経、筋肉、鋼と金でできた生体構造、その規則正しい脈拍は宇宙の律動を刻んでいる……。必要な道具はみな買い揃えた。拡大レンズ、鑢《やすり》、糸鋸《いとのこ》、極めて小さな様々の器具、いずれもごく鋭敏で繊細な生体を分解し、磨き、修理し、調節し、直すためのものだ。時間をかけて繰り返し観察し、辛抱強く熱心にやったので、こちらを遅らせ、あちらを進ませ、一つ一つの時計を精巧に調整できた。頭から離れない望み、凝り固まった観念は、よりいっそう明確になり、今やその本質において確たるものになっていた。すべての時計がぴったり一致するのを見て聞いて確かめたい。たった一度でよいから同一時刻に鳴るのを。その時には鐘楼の大文字盤も同じ時を告げ、時が統一されるという理想に到達するのが望みであった。

ヴァン・ユルストの熱中は続いた。決して気力を失わなかった。コレクションに囲まれて長い午後を過ごし、文字盤上でぴったり合わせようと根気よく努めた。外出のたびに老女中には、どんなことがあっても閉めた部屋に入らないように長々と指示を与えた。錘《おもり》を狂わせたり、鎖に触れてしまったり、部品を縺《もつ》れさせたりしたら、せっかくの調整を駄目にするかもしれないからだ。どの置時計も掛時計もすべてがいつかは同時に鳴るはずなのだ。出かける前に、ヴァン・ユルストは説明と指示をバルブに繰り返した。近頃は前より頻繁に外出した。収集を続け、掘り出し物を探し歩いた。ラーヌ＝アヴーグル通りのヴァルビュルジュ親爺の店にもたびたび足を運んだ。何か新しい時計が入荷してはいないか情報を得ようというのだ。あの優しいゴドリエーヴがたいてい迎えてくれた。いつも窓辺に腰を下ろしていて、窓のカーテンで遮られたやわらかな光が、飴色の髪を色濃く見せた。フランドルの画家ハンス・メムリンクの描く聖母マリアさながらで、小さな鏡のような瞳には空の青さが映っている。刺繍編みの枠を前に絶えず仕事をしていて、ボビンは指で躍り、指を駆り立て、操られるままに指に身を委ねていた。

ヴァルビュルジュ親爺が買物に出ている時は、ヴァン・ユルストはずっとゴドリエーヴと向き合い、静かにおしゃべりをした。馴染みの収集家ヴァン・ユルストは、こんな具合に始終顔を見せた。しかし骨董商のところに来るのは、大切なコレクションへの思い入れからだけではなく、親密さを増した若い娘のせいでもあると自分でも気づいていた。とりわけ娘がまた体を悪くしたせいもある。顔色は真っ青で前よりも痩せ、すでにほっそりしているというのに、まるでサン・ジャン病院跡に保存されている聖遺物箱に描かれた聖女ウルスラのように、消え入らんばかりに細かった。ヴァン・ユルストはその弱々しさにすっかり胸を打たれた。どうしたことだろう。潜伏性の疾病だろうか。それとも死への誘惑だろうか、生きることへの忌避だろうか。

ヴァン・ユルストはやがて不安を感じるようになった。おそらくゴドリエーヴは、何か無意識の苦しみか、か弱い魂には重すぎる秘密によって、虚弱になっているのかもしれない。神秘と内なる何か神々しい暈《かさ》で少女は後光に包まれていた。そしてその憂愁を纏《まと》った姿を眼の前にして、ヴァン・ユルストはゴドリエーヴを愛し始めたのである。認めない訳にはいかなかった。今では古物商をしばしば訪れるのは、ゴドリエーヴのため、ゴドリエーヴを見つめるため、あの優しい声で語るのを聞くため、橋を潜る運河の水の夢見るような声を聞くためだった。もはや時計は口実に過ぎなかった。ゴドリエーヴに心奪われ、数々の時計はなおざりにされた。恋もまた固定観念とはいえまいか。それは他の固定観念を無にし、何よりも幸せにしてくれるのではないか。恋する者は数々のささやかな素晴らしいことに、情熱的な収集癖を傾けるのではないだろうか。視線、意味ありげな眼差し、もの問いたげに握る手、言葉、告白、手紙、誓い、口づけ。それらもまた目録に数え上げ貰い宝のように分類できはしまいか。初恋から生まれるコレクションはどんなものだろう！

すでに白髪の混じり始めているヴァン・ユルストだが、これまでに真剣な情熱を経験したことはなかった。死の町、行くあてのない水、人気《ひとけ》ない河岸、静寂、空ばかりを目指すこの神秘のブリュージュに導かれて、ヴァン・ユルストの心はこれまで眠り込んでいた。

ヴァン・ユルストにとって、情愛の目覚めが独り身をよぎったことはなかった。時計への偏愛と崇敬のとりこになっていた独身者は、ここに来てその崇敬はないがしろにし、優しさと恋心と情熱に目覚めたのだ。

情熱が燃え盛るほど、今度はそこへたやすく辿り着けそうもなかった。収集熱など、気楽な遊びでやすやすと満たされる欲望であった。弱々しくおとなしいゴドリエーヴへの熱情はどう達成すればよいのか。何というか弱さか！　病いに臥せりがちで、時には顔も見ずに幾週間が経つこともあった。それでも骨董商の店に通い、ゴドリエーヴの様子を聞き、父親と病人の話をした。父親は、どの医者も診断を下せないこの謎の病気に不安を抱き始めていた。ヴァン・ユルストはあえてラーヌ＝アヴーグル通りへ毎日は行かなかった。だが家にこもっていてさえ、ひたすらゴドリエーヴのことを思った。いつか自分のものとするのを夢見る清らかな少女にすっかり心奪われて。不安だった。もしかすると、少女は蝕んでいる不可解な病いでついには死ぬのかもしれない！　この考えがうろたえさせた。もし少女が天に召されてしまったら！　収集家の本能が頭をもたげ、反発心を掻き立てた。求めるものが逃げて行けば行くほどそれを渇望した。今やくらべるもののない唯一欲しい時計とは、他ならぬ少女だった。チクタクいう音を聞きたいと熱望しているのはゴドリエーヴの心臓の音。ヴァン・ユルストの人生の方角を示してくれるのは少女の顔。コレクションの時計の文字盤が少しずつなおざりにされていったのは、肉体と七宝の眼のついたその優しい文字盤ゆえ。コレクションに囲まれて長い間じっとしていることも、すべての時計が同一に動くという夢も、時計修理の楽しい仕事も終りだった。作業台を前に眼を凝らしレンズを拡大させながら、研究室での実験のように、入念に歯車や発条《ぜんまい》の細々としたあらゆる不具合を見つけ出すことも終りだった。かろうじて掛時計や置時計の、発条《ぜんまい》を巻くことはまだしていたが、それも習慣から機械的に鎖の錘《おもり》を上げたり螺子《ねじ》を幾度か巻くだけで、もう文字盤にも、それらの指している時刻にもかまわず、ただ時計が動くに任せていた。羊の群れを解き放った羊飼いの眼は虚ろで、星から星を追っていた……。

思いが向かうのはもはやゴドリエーヴのことだけ。いつか自分のものとすることはできるのだろうか。告白する勇気は元よりない。第一それが何になるだろう。誰かの婚約者であるよりむしろ死の許嫁《いいなずけ》のようであるのに。ラーヌ＝アヴーグル通りを訪ねた最後の頃は、もうゴドリエーヴに会うことは叶わなかった。今ではずっと床に就いていた。哀れなゴドリエーヴと出会い、こんな叶わぬ愛を抱いたことは不運ではなかったか。とはいえこの恋心は、以前は悦びと思っていたすべてのことからヴァン・ユルストを遠ざけるのには十分だったのではないだろうか。

ヴァン・ユルストは今や打ち沈んでいた。ほとんど口をきかなかった。老女中のバルブはもう主人が何を考えているのか分からなかった。いつも何かを待っているかのようだった。思いは憂慮の内にあり、最悪のことのみが去来した。

慎《おそ》ればかりがあまりに高まっていた。ある日曜の日暮れ方、骨董商のヴァルビュルジュのところから使いが来た。ブリュージュでは、家族の依頼で使いが戸口から戸口へ訃報をすみやかに知らせるのだ。ゴドリエーヴは死んだ。突然息を詰らせる不意の喀血で死んだのだ。ヴァン・ユルストはただちに家に駆けつけ、父親のヴァルビュルジュからそれを知らされた。

白いベッドの上では、枕の周りに置かれた幾ばくかの百合に寄り添われて、髪が動かぬ流れをなしていた。そして静かに燃える蠟燭の灯。ヴァン・ユルストは、いつの日か今日とは違う白い衣装と百合を胸に、我がものとなるのを夢見た少女を、最後にもう一度見つめ胸を詰まらせた。

宵もかなり遅くなって（骨董商のところで長いこと悲しみに暮れていたので）戻ってくるとヴァン・ユルストは廊下にまだ明かりがともっているのに驚いた。普段は早く休みたがるバルブが寝ずに起きている。バルブが歩くのが聞こえる。頭上の上の階を歩き回っている。そう！　足音が感じ取れる。時計のコレクションの部屋にいるらしい。どうしたのか。さては言いつけに背いたのか。あそこに近づくのは禁じておいたのに、留守の間に厚かましくも触れたり動かしたりしているのか。ところが、ヴァン・ユルストの戻って来たのを聞きつけると、バルブが階段の手すりから急いで身を乗り出し、踊り場から叫んだ。

「旦那様！　旦那様！」

声が少し震えていて、ぞっとするような重大な知らせを伝えようとしているようだ。

ヴァン・ユルストは急いで駆け上がった。バルブは遠くから叫んだ。

「旦那様！　時計が鳴ったんです！……」

「えっ、何だって」ヴァン・ユルストは当惑して言った。

女中は説明した。主人はうっかりして、コレクションの部屋を開けたままにしておいたのだろう。静まり返る家の中で、突然の大音響をバルブは聞いた。中央市場の塔が十時を打った時、掛時計も置時計もすべての時鐘が同時に鳴り響いた。静寂のただ中に、ざわめきと耳慣れぬ甲高い音を轟かせた。バルブは部屋に入って行った。掛時計も置時計も、拍子を取り整列したように一斉に、十の鐘を打ち終えるところだった。どの音も追い抜くことなく、行儀よく並び重なり合い、もはやたった一つの鐘でしかなかった。そして文字盤の上で均整の取れた針はどれも、同じコンパスの開きを示していた。動転したヴァン・ユルストは、じっと眼を凝らした。今はまだ掛時計も置時計もほとんどが同じ時刻を指していた。あれほど夢見、それが成し遂げられた信じがたい瞬間からたった二十分ほどしか経っていない。その瞬間はもはや二度と来ないだろう。すでに不調和が生まれていた。古いフランドルの大時計はまた進み始め、ルイ十五世様式の外箱に雅宴を描いた小ぶりの振子時計はもう遅れていた。

神秘的な策謀！　並みいる掛時計や置時計がたった一分間だけ、互いに合意にいたったのだ。ヴァン・ユルストに抗い、裏切りへの仕返しのために、時計たちはただ一度だけ結束した。ゴドリエーヴが死んだまさにその夜に、時計たちは鳴るというよりむしろ高らかに刻限を歌い上げた。なおざりにされた愛人たちの密計とでもいうように。そしてこの瞬間から時計たちの統治がまた始まる。

ヴァン・ユルストは理解した。同一時間に打たせるという企ては実現したが、ヴァン・ユルストの与《あずか》り知らぬうちであった。みだりに愛を求めゴドリエーヴに懸想《けそう》し涙したことで、ヴァン・ユルストは罰を受け成果を享受しえなかったのだ。現実のために理想を忘れると、理想は嫉妬し、成就の代価として専一の計り知れない望みを要求するのだ。夢が達成されるのは、生を断念することのみによるのだろうか。

陪審員　*Le juré*

エドモン・ピカール　Édmond Picard
松下和美 訳　Kazumi Matsushita *trans.*

彼の部屋の壁が裂け、その割れ目から死人の首が投げ出された（p.64）

ピエール・ラルバレストリエ＝医師
受刑者
亡霊
弁護士
カトリーヌ＝年老いた女中
通行人
ラルバレストリエ医師の友人
ラルバレストリエ医師の同僚

群衆
陪審団、陪審長
法廷、裁判長、書記官
憲兵隊、指揮官
囚人護送馬車の御者
庶民階級の男
刑務所長、獄吏

——

舞台は一八八三年から一八八四年のベルギーである。

——

一八八六年十一月十日、ブリュッセル青年弁護士会の講演会にて著者による初朗読が行われた。

彼女は劇的で、大いなる様子で、ドルイド教の巫女のような髪をして
彼の前に姿を現す（p.89）

陪審員

庶民階級の男、粗野な人物が一人、馬の頭の下を通りぬけていった（p.59）

第1幕

第1場

事件の公判は十九回に達して終わった。陪審員たちは評議に入る。

日曜日だったがブリュッセルの人々に休息はなかった。世間を騒がせたある訴訟の審理は、ゆっくりと、ベルギーらしい緻密さを伴って三週間に及び、被告人に向けられた過度の興奮と攻撃が頂点に達した。

夜のことだったが静けさはなかった。古びた裁判所とその周辺の至るところで、ただ好奇心と残虐な怒りにかられた大都市のうなり声が響く。この都市が望み、待ち、そして迫るのは、ある死刑の判決である。

偶然の光が明暗を描く重罪院の法廷で、暖房の吐き出す息苦しい空気のなか、手前の裁判官席、陪審員の階段状の長椅子、被告人席は、がらんとして陰鬱に、悲劇的な占有者たちの再来を待ち受け、向こうのがっしりした欄干の後方では、体と頭が重なって渦巻き、ざわめいて揺れる。人々が踏ん張って立つ足下は暗く、うごめく顔のある上部は肌の輝きで明るい。群衆！　それはもはや哀れみを知る魂の集まりではない。先ほどまで無罪判決を獲得しようと最後の戦いを試みる弁護側に罵声を浴びせていた、血も涙もない欲望に心底駆られて怒り狂うヒュドラである。

外からは、中庭を軍隊式に占拠する騎兵隊の足踏みが、舗石にぶつかる鉄の規則的で無気味な騒音となって聞こえてくる。陪審員たちは脅かされている。もし彼らが罰を与えなければ彼ら自身が罰を受けるだろう。六ヶ月前に犯罪が起こって以来続く大衆の激怒は、彼らに評決を迫る！　そして彼らの服従を望む。軍隊がここにいるのは、剣を抜く戦いを拒否するであろう司法を守るためである。十二月のこの夜の寒さに襲われ、毛皮製山高帽をかぶり地味な色のマントをはおった騎兵たちは、陰気に、止まることなく周歩を繰り返す。

第2場

群衆の興奮しかないこの途方もなく大きな悲劇のなかで、ただ一人、動かず黙しているのは――被告人である。彼は火のない独房に移され、絶望的で長い公判の中断時間をやり過ごした。ああ！　何と長いことか！　しかしこの長い時間も、あのぞっとする事件、通行人を驚かせその脇腹に牙を立てて巣窟へと引きずり込む獰猛な獣のように、突然彼の生存を脅かすことになったあの事件からの時間に比べれば短いものである。

扉ののぞき窓から時折、看守の顔が現れる。

被告人は、いかに憎悪の嵐が彼を破滅へ導くかを悟る。審理の間、絶えず示された彼の抜け目なさと知力は、偏見を持った聴衆をいらだたせることにしか役立たなかった。彼は鋭い知性から、乗り越えることのできない危機があることを理解する。有罪かそうでないか、誰も語ることはできない。それはもはや人の良心に訴えられるものではない。そこには関心が及ばないのだ。彼は察知する。かつて司法が崇高なものであった時代、有罪か無罪かというその神秘は司法の中心にあったが、司法が人間的で意気地のないものとなった今後はもう意味がないのだ。無罪なのか有罪なのか、彼の運命はもはや真実に依拠するものではない。それはまた刑事訴訟の通常の規則に依拠するものでもない。彼に不利な証拠は何もなく、弁護士たちは、はっきりと、まばゆいほど明晰にそれを証明した。だがしかし、すべては激した世論にあるのだ！　彼はもはや裁判官の前に出廷した被告人ではなく、いかなるものもなだめることのできない猟犬の群れに追い回され、追い詰められた、一匹の獲物である。

第3場

突然、雹《ひょう》が降ってきたかのようにベルが響きわたる。

万事休す！　陪審団は判断を下した。

突然の静寂。もの音一つ、息一つない……。唯一聞こえる音は、外の騎兵隊の単調な足踏みである。

陪審員たちが一人一人、狭い扉口から入ってきた。法廷のすべての視線が食い入るように彼らに向けられたが、彼らは陰鬱に困惑した様子で誰にも目をやらない。彼らは互いに無関係であるかのように座った。

司法官たちの入場で三位一体の法廷が成立し、法衣によって法廷は赤と黒に染まる。

陪審長はひどくこわばり、震える左手にこれから読み上げる評決を持ち、右手で法によって触れることが定められている心臓の位置を探しながら立ち上がる。そして彼は言い渡す。

「第一審問について、『承認』。第二審問について、『承認』」

この二つの「承認」という言葉は、木槌のように鈍く発せられた。

盛大で残酷な喝采が聴衆から沸き上がる！　一瞬遅れて、尾を引くこだまのように、外の群衆からも喝采が繰り返される。馬の嘶《いなな》きはそれにかき消される。小舟の底を突き破る波のように、鉛色ののぞっとする激しい恐怖が独房の被告人を襲った。まるで中身一杯のカップがひっくり返されたかのごとく、脳みそが頭蓋骨のなかでかき回されるように彼は感じた。脳裏はひと跳びに恐ろしく真っ暗な闇に染まる。そしてその直後、稲妻に焼かれたように闇は血まみれとなる。二度の雷が、二度目は一度目を追い立てるように鳴り、絶望は激怒にとって代わられた。

彼は入廷し、小さな腰掛に座らされた。陰気な書記官は無関心に二つの答申を再び読み上げ、二度「承認」を繰り返す。それは、彼が殺人者であると告げ、彼に死刑を宣告するものである。

緊張して判決を聞く彼の全神経に激怒が走り、やせて神経質な体は弓のようにひきつった。顔は血の気を失って黄色く、弧を描く窪んだ目は、発光する二つの鋲のように爛々と輝く。口の端からこめかみまで続く褐色の傷跡が、突然、血の赤色に変わった。そしてその時、激怒が引き金となって、まるで毒を塗ったナイフを投げるかのように腕を突き出し、群衆の喧騒よりもさらにとどろく大声で……彼は陪審員たちに向かって叫んだ。「お前たちを呪う！！！」

彼らは身震いし、弾丸の一斉砲撃をかわすために身をかがめる。砲弾を放出した直後の未だ激昂した様相の、魔術をかける悪魔のごとき受刑者の顔は、彼らの記憶に永久に刻まれる。プレス機が破壊的な力で金属を型に打ち込むように、彼らにその痛烈な痕跡が刻み込まれた。陪審員全員がそれを被《こうむ》り青ざめた。

一瞬の混乱の後、司法の機械は情け容赦ない運転を再開する。

しかし先ほどの傲慢な確信はもうそこにはない。劇的な騒ぎが残した懐疑と不安の靄《もや》は方々に素早く広がる。受刑者の悲痛な抗議の叫びは、不快で切ない響きとして耳に残った。

裁判長が恐るべき次の判決文を読み上げる時、そこに感情はない。

「殺人の罪を負う者はすべて死刑である。――死刑者はすべて首切りである」

法廷は唸るようなどよめきとともに空《から》になった。

第4場

ラルバレストリエ医師は陪審員の一人だった。

裁判所から出てすぐに彼は大階段の上の柱廊で足を止める。そこから広場が眺め渡せる。夜であるにもかかわらず、広場は人々でごった返しており、彼は進むことができない。前方にまっすぐ延びるロピタル通りの遠くまで、同じくざわめき立つ黒い人波が押し寄せている。群衆は、罪人をプティ＝カルム通りの刑務所へ移送することになっている囚人護送馬車を執拗に待ち続けていた。

護衛隊はなかなか出発できないでいた。

この大きな人波をかきわけながら進む間に、馬車はばらばらに壊され、囚人は袋叩きにあうのではないかと心配された。医師は、彼の左手の角に、憲兵隊に守られた大扉があるのに気づく。その扉が一行を通すために開かれるはずである。

　見物しながら暗がりに留まるうちに、彼は次第に抗し難いほどのもの想いに誘い込まれる。

「の・ろ・い？……」

　今や広く知られるこの裁判だが、彼をそこに引きずり込んだ状況は何と不運に刻印されていたことか！　医者は通常、陪審員を抽選する名簿から除外されている。ある不注意で彼の名は名簿に残ったのである。そして開廷時に彼の名が当たった。さらに彼はこの事件に当たった。その上、忌避申し立ての定員超過でくじ引きが行われた時、抽選箱からは彼の名が選び出された。四度、運命は彼を選び、引き留めたのである。初公判で被告人が姿を現した時、彼は、やせこけて神経質で落ち着きのない被告人の性質が、自分自身に漠然と似ていることに衝撃を受けた。年齢を言えば、彼と同じ三五歳であった……。そして名のなかに、彼と同じ「ピエール」が含まれていた……。こうしたことに彼は不安を覚える。しかしすぐに彼は事件の原因に強く関心を奪われていく。彼に輝かしい評判を与え、ブリュッセル大学での彼の奇抜な講義を栄光で包んだ、並はずれて探究心旺盛な気質から、彼は徹底して審議と取り組んだ。彼はいかなる細部ももらさずメモを取り、質問を投げ、注意深くて熱心な、影響力のある陪審員となった。被告人はすぐに彼を手ごわい敵と見抜き、論戦は二人の間に集中していく。そして早くも最初の数日で彼はゆるぎない確信を抱いた。この男は有罪である、この男は殺人者である、と。ラルバレストリエの学究的な探求のなかで、ある予測が拠り所となり、取り払い難くのしかかった。一人の証人が、検察と弁護側に尋問され、反対尋問され、聴取され、再喚問され、糾弾され、そして揺さぶられてもなお断固としてこう主張したのである。

事件の夜、被疑者が犯罪のあった家から出るのを目撃し、顔の傷で……彼だと認識できた、というのである。これに対するアリバイは曖昧さを残した。実直で静かな性格の、自信をもった人物のこの証言が、彼には決定的なものと映った。彼はもはや証言を確かなものとする状況証拠を拾い集めることに専念するだけだった。この混乱した仕事のなかで、しばしば彼と被告人の視線は剣のように交わされた。そして、被告人の呪いが炸裂音を響かせた時、彼はそれが自分に対するもの、特別に彼に仕向けられたものだと感じた！……しかしそれがどうだと言うのだ？　自分は職務を果たしただけだ。自分は心底の確信に従って判断したのではなかったか？　評議室で投票の時、ひどく混乱した一人の陪審員がまるで恩寵を求めるかのように、彼に小声で「どうすればよいか？」と聞いてきた。彼は力をこめてはっきりと命じたのだった。「『承認』で答えよ」と。それなのに、開票された、評決が八対四という結果となって出た時、彼は不意に動揺したのである。八《ユイット》！　つまり、被告人の運命は、彼と彼が助言した隣人の票に因るものとなったのだ。

八！……隣人が、疑いを抱いていた一人だった、ということは？……

この考えと数字が、それ以後、彼の脳のなかで行ったり来たり、通り過ぎては再び戻り、執拗につきまとって彼を苦しめる。八！　八！……最後の手続きの間、弁護側があったと信じる不正の法的確認を求めていた時も、裁判長が延々と判決を述べていた時も、同じ単音節が彼の唇を振り子の振動のように打っていた。八！　八！……八！八！……深く遠くから彼をおとしめる呪いが聞こえていた。この時、彼は、暖房の蒸気で室内に漂ってきた瀝青質《れきせいしつ》の臭いを鼻に感じ、心の動揺で胃から吐き出された苦味を舌に感じたのだった。

極寒の風に吹かれてじっとしていた彼は、今、落ち着きを取り戻す。筋肉が緩んでくる。そう、確かに彼は容赦することなく彼の職務を果たした。他の四人が異なる考えだったのも真実である。しかし彼にとっては、彼にあるのは、八……八！……記憶に残る暗い部屋の奥の装飾が、波動するイメージとなって周期的に形を成しては消える。それは法廷の正面の仕切りに表されていた、短剣の先に水平の棒をのせ平衡をとって動かない司法の天秤だった。

あの、のろいとは？………

第5場

騎馬憲兵隊が護衛する門の前で、突然、人々が押され、どよめきが沸き起こった。

門の両扉が開かれたところだった。

ランタンの蒼白い光に照らされた扉口に囚人護送馬車が現れる。座席を保護する幌《ほろ》の下で、年老いた小男の御者が手綱を取って鞭を振りあげ、今にも馬を打とうとする。士官が威圧的な声を響かせて群衆に向かって叫んだ。「近づくな！　注意！」剣が風を切る。再び手綱を取られ、拍車をかけられた馬たちは、前脚で地面を蹴る。馬が勢いよく前進しようとすると人波は自然に分かれ、溝が生まれた。「進め！」同じ声が命令する。憲兵隊は鞭の革ひもを握り、老いた小男は馬を乱暴に鞭打つ。憲兵隊と護送馬車は一体となって動き出した。群衆の飛ばす、すさまじい野次が、隣接する曲がりくねった道々に反響する。ラルバレストリエのいる階段の下で砂埃が立った。全速力で走っていた馬車は、ロイスブルク通りに入ろうと急に方向を変えたため、後部車輪が壁にぶつかった。身の毛がよだつ苦痛の叫び声が続く。馬車はそこから急いで抜け出そうとしたが、その時、庶民階級の男、粗野な人物が一人、馬の頭の下を通りぬけ、移動刑務所に夢中で近づくと、レンガで金属の車体を立て続けに激しく打った。鍋を叩くような恐ろしい騒音は群衆の喧騒をかき消し、中にいる受刑者を恐怖に落とし入れる。彼は両手を仕切りに押しつけ、目をくらませるこの走行の悪夢に引き込まれる。背後では群衆が金切り声を上げ、入り乱れて押し寄せる。あたかも汽船の水切りでかき分けられた水が、波音を立てながら航跡に再び戻るかのようである。騎馬の一行は、突撃するように、プティ＝カルム通りにつながる急傾斜の薄暗く細い道に流れ込んで行った。

後方のラルバレストリエの足下の広場では、嵐の後の空に雲が散り漂うごとく、残った少数の野次馬が、この騒然とした光景に目を丸くしていた。

隣接する鐘塔で聖ギュデュルの重々しい鐘の音が時を告げていた（p.68）

第2幕

第1場

午前一時だった。家路に向かう多くの市民の足音と話し声で通りは活気づく。大劇場、あるいは剣闘士と猛獣の闘いの後のコロセウムの出口のようだった。

ピエール・ラルバレストリエは、独り、ゆっくりと歩きながらもの想いにふける。

あの「の・ろ・い」とは？……

確かに、彼の尊大な性格は彼に繰り返し言う。「お前は職務を遂行した」。心象につきまとう、象徴的な天秤を伴った装飾は、無言の揺るがぬエンブレムによってそう断言する。だが予想もしない悲劇的な場面が重なったため、懸命の努力で踏ん張って抵抗したにもかかわらず、彼の自信に亀裂が生じたのである。そして、弱った頭脳は不幸な気まぐれを起こす。「私は自らの職務を果たした」と彼が自分に言い聞かせるたびに、「八、八！」と機械的に鳴る音が、形容しがたいあの世からくる鐘の響きのように聞こえてくる。

これは疑念だろうか？……

そうだ、肉眼で見える天空の最も曇った場所で一つの星が瞬《またた》くように、弱くぼんやりとした疑念が、先刻から彼に沸き上がっている。この疑念、彼の自尊心を煩わせる疑念が生じたのは、愚かで小心な四人のブルジョワが、死刑判決の記憶で消化と睡眠が妨げられるのではないかと案じ、臆病にも慎重を期して「否認」を投票した結果なのである。

第2場

彼はマレ通りの古びて広大な館に着いた。それは、名高い弁護士であった父が彼に残したものである……。父は常に無罪判決を支持した人物であったことを彼は思い出した。父は自らの職業を偏愛し、彼に対しては強い同類意識を持っていた。

彼は門を開ける。家中が眠りについていると思っていたがそうではなかった。父の生前からいる女中のカトリーヌが裁判を気にかけ、並木道の表門のところで花崗岩の石段にしゃがんで彼を待っていた。

彼女は突然立ち上がる。「どうなりましたか、ピエール様？」「いや、我々は彼を有罪とした」「死刑ですか？」「死刑だ」「何と不幸なこと！」と老いた女中は言った。

「私には彼が無罪のように思えました」

医師は全身が震えた。何と、彼女も？

このまっすぐな良心から漏れ出た異議に苛立った彼は、彼女を乱暴に突き飛ばした。その時、全くもって驚くべきことに、彼は、言葉では表し得ない悲しみを転写された透明な被告人の姿が、カメラのシャッターの動きのような瞬間的な素早さで、彼と女中との間に生じ消えていくのをちらりと見たのである。そして亡霊が庶民の愛情のこもった哀れみに感謝するように接吻する音を耳にした。

陪審員は、鼻に重罪院の瀝青質の臭気を嗅ぎとり、歯まで達する苦味を口中に感じた。我を忘れて彼は叫ぶ。「なぜ額の汗をぬぐうのだ？」「分かりません」と彼女は怯えて言う。「何も見なかったか？　何も感じなかったか？」「いいえ、何も……何も……」彼女は、彼の烈火のごとき視線に気押されて後ずさった。彼女は口ごもりながらまた言う。「いかがなさいました、ピエール様？　そのようなあなたを初めて見ました」

彼は熱に浮かされたように目をこする。「そうだな」と言うと、彼はすぐに優しさを取り戻した。「一緒に来てくれ。幼い頃のように寝かしつけておくれ」

第3場

彼の部屋は、父が使っていたものだった。彼のベッド、この大きなベッドで十年前、あの常に無罪判決を支持した人物は脳内の発熱で激しく精神を病み、死を迎えた。色あせたカーテンが高いところからゆったりとかかる暗い隠れ家に、夢が降りてくる。

彼は年老いた女中の前で子供のように自然に服を脱ぐ。彼女は母親のようにそっと毛布をかけ、腰掛けて、不安に陥る彼を心配し優しく見つめる。ランプのろうそくの微光が唯一の明かりだった。

不安が消えていくなかで眠気がやってくる。「何時だ?」と彼は尋ねる。「二時ですよ」と彼女は答えた。

　彼は眠りに落ちる。

　すぐに彼は謎めいて支離滅裂な夢に入り込んだ。彼は再び裁判を体験する。

　始まりはあの日だった。すでに遠い昔となった、初めてこの悲惨な事件の話を聞いた日である。死体は発見されたばかりで新聞も世間も推測の迷宮を彷徨《さまよ》っていた。様々な騒動が世論をかき立て、彼は自らの研究と仕事に専心したいと思っていたにもかかわらず、それらに関心を抱いた。それは高ぶった情熱と凶暴が残酷に交錯する一つの愛の物語であり、殺人、逮捕、審理を標的とする大衆の怒号であった。彼の思考は流動的ですぐに忘れ去られる事件の諸々を追う。彼はすべてを見てすべてを聞く。過去の果てしない細部が、澄んで動かない池の水面に浮かんでいた。そこに一つの重い石が投じられ、すべてのイメージがかき混ぜられる。――彼の部屋の壁が裂け、その割れ目から死人の首が投げ出された。そしてどこから来たのか、骸骨が首と合体して彼の胸の上にうずくまり、その重みで彼の息を詰まらせる。その視線に彼は震え上がった。――突然、彼は裁判所長の執務室にいた。所長は陪審員を任じるための名簿を半分に減らそうと夢中になっている。司法官が彼の名前を抹消しようとした時、骸骨がペンをそらせた。恐ろしい骸骨に連れられ、彼は控訴院長のところへ行く。院長も名簿を半分に減らす二度目の作業をすることになっており、ペンが彼の名に触れるや、骸骨がまたペンをそらせた。ラルバレストリエは前に進み抗議して叫びたかったが、抵抗できない力が彼をその場に釘付けにした。足に根が生え、体は花崗岩の塊に変えられてしまったかのようだった。――そして今度は重罪院である。彼は息を切らしながら陪審員のくじ引きに立ち会っていた。二四枚の規定の用紙に書かれた名前が、箱の仕切りを通して明らかに読める。書記官の隣にいた骸骨は、彼の手首をつかんで手を動かし、ラルバレストリエ医師の名が忌避される順番に来ないようにした。彼は陪審員の一人となる。骸骨は法廷の床下へと姿を消す。頭だけが地面に残ったが、それは法廷の机の下に置かれた証拠物件の一つ、犠牲者の切断された頭部だった。そして審議が行われる。それは何と奇妙に方向転換すること か！　被告人に有利な状況が提示されると、今度は疑義、不確定要素と続き、次いで予審における検察側の危うさが示されるも、最後に巧みな論告求刑に至る。それらは夢のなかで彼を驚かせ、針のように一つ一つ彼の脳みそに突き刺さり、緻密でしつこく、追い払うことができない。激しい苦痛は続きに続き、審議が進むにつれさらに耐え難くなっていく。頭に拷問を与えるかぶとを被ったまま彼は評議室に入った。骸骨がそこにいた。彼は「否認」に投票したかったのだが、骸骨が彼の指を取り、「承認」に投票させた。そして今、骸骨は彼に乗りかかり、顔をゆがめながら胸を締め付けてくる。ラルバレストリエは力尽きて払いのけることができない。亡霊はびくともせずに冷笑した。すると突然、亡霊の頭が壁に向かって飛び、そこにできた亀裂に吸い込まれていった。――裁判所の柱廊にいた彼は、十二月の凍てつく空気をほっとして吸い込んだ。砂浜に寄せる波のような群衆が、ざわめき、興奮していた。門扉が開かれ、囚人護送馬車と護衛隊が狂ったように突進を始めた。すると人も馬も生きたまま皮を剝がれていたのだ！　剣の先で震える炎が、皮膚のない顔と血まみれの肉に蒼白の光を振りまく！　騎兵の一人が通りがかりに、肉屋が肉を扱うかのように赤い手で彼の首をつかんで持ち上げ、柔らかく締め付ける。謎の吸盤で馬車に固定されていた恐ろしい幽霊が、彼を馬車の後部にぶつけ、そばに投げ飛ばした。馬車のなかでは今やあの被告人の顔となった骸骨が、両手の骨を叩き合ってかちかちと音を鳴らし、むごたらしくも楽しげに再び嘲笑し始める。彼は敷石の上を引きずられ、足を跳ね返らせながら、運ばれていく。この時、彼の背後から聞こえてきたのは、レンガを持った男が足を速めて響かせる、太鼓のような足音だった！

ピエールは、大きな叫び声をあげて目を覚ます。彼は腕を広げうつぶせに寝ていた。カトリーヌは驚いて立ち上がり、彼の両肩の間を叩いた。

彼は真っ青だった。脈は速く、顔は汗だくである。そしてろれつの回らない呻き声をあげ、ぞっとするような目でじっと女中を見る。

「まあ！　ピエール様」彼女は叫ぶ。「どうなさいましたか？」そして感覚を取り戻させようと彼の手を取ってさする。

彼は苦痛の呻き声を漏らすようにため息をついた。「何時だ？」恐ろしい悪夢に陥る前に発した最後の言葉がまだ唇に浮かんでいたかのように彼は聞く。「二時十五分ですよ」と彼女は答える。

二時十五分！　彼は二時に眠りについたのだ！　つまり、綿密で驚くべき詳細をともなったこの数ヶ月をたどるのに、彼の生体に大きなショックを与えた幻覚が出現するのに、十五分しかかからなかったというのだ。精神現象のなせる奇跡よ！　彼は思い出す。マホメットがあらゆる天の驚異とあらゆる地獄の責め苦を瞑想した後に感覚を取り戻すと、恍惚状態に陥る時に傾けた瓶の水はまだ最後まで流れ出ていなかった。それほど短い幻視だったのである。また彼は思い出す。溺れた人も数秒間で彼らの全人生をたどるというではないか！

再び彼は苦痛の呻き声を漏らすようにため息をついた。

「カトリーヌよ、陪審員を演じるとはこういうことなのだ」と彼は言う。

彼女は無邪気に言い返す。「もしあなたがこんなことでしたら、あの人はどうなっているのでしょうね？」

　ラルバレストリエは動揺する。あの人。なに、また、あいつか！　あいつは吸血鬼にでもなるのか？　哀れなこの女性は無意識にも彼を残酷に傷つけるナットを締め上げたのだった。「分かるものではない」と彼は言った。「どちらが悪い運命なのか。裁く方の運命か、裁かれる方の運命か」「もう行ってくれ」。胸が木になったのではないかと思われるほどに心臓を打つ音が聞こえた沈黙の後で、彼は再び口を開いた。「はずしてくれ……明かりは消さないで！……」

　彼は怖かった。学識ある人間だというのに。医師である彼は、夜と闇が幻覚を助長し強めることを知っていた。幻覚者が興奮し、話し、歌い、叫び、口論し、呻き、怯えるのは、とりわけ暗闇のなかであることを知っていた。

　あの「の・ろ・い」とは？……

第4場

冬の日の遅い夜明けに考え込んでいる彼がいた。強烈なショックにもかかわらず落ち着いていた。

彼はこう理解した。異様な出来事に偶然巻き込まれ、そのとばっちりを受けていたのだ、と。昨日見ていたのは単発的な幻覚であり、狂気の兆候は全くなく幻覚からすぐに覚める者にも時折現れる類いのものである。この有害な寄生者を根絶するのは簡単である。確かに彼の身に起こったように、最初からいくつかの感覚に狂いが生じる時は、脳の重篤な障害の前兆かもしれず、病気の進行が憂慮される。しかし彼は自らの感覚が狂っているという意識を持っていたではないか？　病理学はこのような時はそれほど深刻でないケースだと示すのではないか？　しつこいぶり返しがくるのだろうか？　そうだとすると、いつ器官が不良を示すのかとひたすら危惧しなければならないことになる。ああ！　彼は抵抗することができるだろう。突然だまされて、支離滅裂な事柄の螺旋と奇怪なイメージの旋風に巻き込まれてしまったのだ。子供じみた恐怖は弱った精神の定めであり、彼自身の宿命ではない。彼の気性の強さと意志の頑健さは褒め称えられるほどではなかったか？　狂気との戦いに彼は勝てるであろうし、またそう望んでいた。

　彼は起き上がる。

　ゴシック大聖堂に隣接する鐘塔で聖ギュデュルの重々しい鐘の音が時を告げていた。ふと気になって彼は数える……八時だ！……八！！……ああ！　この数字は！……この数字は、偶然に起こるたわいの無い、縁起の悪い巡り合わせから、象徴へと転じる。

第5場

彼はサン・ジャン病院に出勤し、診察をした。大学で講義を行い、死体解剖室で二時間を過ごした。そして往診を行った。

　彼は不安を感じ警戒する……しかし何も、もう何もなかった。平和が彼に訪れた……。そう、何もない、本当に何もない……。そして夜は？……やはり何もなかった。

　精神の安定が再びもたらされる。休息で彼の脳は回復する。

第6場

　しかしながら、彼はあの人物のことを考えていた。

新聞もまだ関心を示し続けていた。被告人はあくまで無罪を主張したと伝えられた。秘密の漏洩はよくあることで、四人の陪審員が被告人を支持したことも知られていた。人々のなかには被告人を支持する者もいたが、大半は、罰せられるのは当然だと断言した。

被告人は上訴しており、新たな最高位の審理が待たれていた。

そう、陪審員は、何をしても抗することができず、あの人物について考えていた。決して口にはしなかったが考えていた。日がたつにつれいっそう強く。そして、そのことが彼を怯えさせる。寒々とした明らかな気がかりは、彼にとって、有罪判決の夜に見た、彼をばらばらにする吊り落としの拷問刑の悪夢と同じくらい、悲痛なものだった。

第7場

彼につきまとうその心配に、ある奇妙な出来事が、恐怖の追い討ちをかけた。

ある晩、ロクシュム通りを帰っていた彼は、一人の通行人とすれ違った時、その人に傷跡があるような気がした……あの人物のように。彼はショックを受け、立ち止まり、遠ざかっていく人物を眺めた。そしてにわかに後をつけ、追い越してもう一度、顔を見た。確かにそれは口角からこめかみまで伸びる褐色の傷跡だ……いや、違う……おかしな光のせいだ……そう！……そうだ！……さあ、そこを通るぞ……あれは葉巻だ……口の端にくわえている……縦に……頰を横切って……それが遠くから傷跡のように見えたのだ。

ああ！　重罪院で尋問された証人がもし人違いをしていたら！！！

第8場

城塞から石が抜き取られ、突破口が開かれたかのようだった。

有罪への疑念とは癌のようなものである。初めはほとんど知覚されなかったのに、今や彼を襲い、蝕み、広がり続け、浸透し、情け容赦なく苦しめるのだ。必死の抵抗にもかかわらず、裁判のすべての要素がゆっくりと、しかし持続的に彼に転移していく。生い茂る雑草が下から伸び、表面を――審議の間、彼にはそこしか見えていなかった――覆っていく。本質だと思われたことは二次的なものとなった。反論の余地がないと思えた主張も彼の病んだ意識のなかで無意味なものへと転じた。

雄弁と美文の戯れと彼が非難した口頭弁論は心打つものとなり、彼は今になってあの弁論の意味を理解する。思い出してみると、弁護側は繰り返し司法論理を喚起していた。「証拠というものはないのです。先入観しかありません。先入観は誠実な人間が犯す犯罪です。疑いがあるならば無罪にしなければなりません」そして、今日となっては運命を予言していたことになる一人の弁護士の言葉を思い出す。「私が恐れを抱くのは被告人に対してではありません。陪審員の皆さん、あなた方に対してなのです」

確かに、葉巻の男に出会って以来、もはや証拠というものはなくなった。直接的なもの、決定的なものは何もない。手がかり、推定、関係づけなどというのは、不確実で推測に頼った、流動的で議論の余地あるものの大群である。この大量の脆弱なものが、激怒したメディアと取り乱した世論から追い立てられ、陪審団につきつけられた。いったい陪審団は自立して判断を下しただろうか？　熱狂とざわめきと混乱の渦中で裁判官は自らの主でいられただろうか？　このような風に打たれ、怒りの嵐にさらされ、惨めに翻弄されて彼が発した「承認」の答えにどれほどの意味があるだろうか？　独断的で、説得には容易に折れない彼が、繰り返し起こる、確実でつじつまの合う経験のうち、最も小さな現象を認めるのさえ難しい彼が、仮定のみに支えられた一つの信念に引きずられるままになるということがあり得るだろうか？

何と！　そう、その弱さが彼にあったのだ。いやしかし、彼が仕えたいと望み、彼の職務を導いた司法は、初めの言葉から、証拠よりも心底の確信に専心すべきだと言っていなかったか？　心底の確信！心底の確信！　どこから来て、どのように形成されるのか分からない、その魂の状態は、理由のない判決と同じく、何ものにも支配され得ず、無からすら生まれ、あらゆる誘惑、あらゆる先入観、あらゆる不公平の支えとなる！　今日、彼は、白日のもとにさらされたこのことに気づく。しかし、あの不吉な時に、すべては魅惑的でもったいぶった法律言語によって覆い隠されていた。

彼の記憶に甦るのは、重罪院長が陪審員たちに読み上げた厳格な文言の訓辞である。陪審員たちは起立し、天に向かって堂々と手を上げ、それを遵守することを誓った。その時、彼の目は天秤の装飾に据えられていた。「あなた方は、神と人の前において、あなた方の心底の確信に従って判断することを誓い、約束せよ」そして、評議室の最も見やすい場所に大書して掲示され、評議の始まる前に陪審長から読み上げられた次の言葉を思い起こす。「法律は、陪審員に対し、結論を導くに至った理由の弁明を求めるものではない。また彼らに法則によるべきことを命じるものでもない。法律が彼らに問う、ただ一つのこと、それは陪審員の義務のすべてを言い表している、『心底の確信を得たか』というものである」

彼はこのもっともらしい指南に従った。彼は心底の確信を独断的に持っていた。しかし彼が不安を感じて記憶と意識をたぐりよせ、心底の確信を鍛造した材料を再検討した時には、不純な合金と変造された金属しか見出すことができなかったのである。

彼はこのことを誰かに話す勇気もなく、破産でもしたかのように彼の身に起きた崩壊を何とか隠そうとした。彼の変化に周囲はすでに気づいていたが、彼は秘密を誰かに明かすことはなく、後悔に変わったこの仕事が破棄されることを願う。彼は裁判所のある文言を繰り返し耳にしていた。「再審の被告人に幸運あり」と。しかしある司法官に判決取り消しの見込みについて意見を尋ねると、その答えはこうだった。「そのような事件で判決が取り消されることはありません」

彼は待った。

そして彼の心配は募る。幻覚はぶり返していないものの、その兆しがあちこちに潜んでいるのを感じる。医学的な経験から彼は察知していた。もはや消えることのない熱に浮かされたような不安は、幻覚の再発を予告しているのだ。

第9場

申立ての審理は二月に行われるはずである。

ある朝、彼は新聞で、審理の日が決まったことを知った……八日と！　不吉な数字が再び来たのである！　なぜこれほど執拗に偶然が続くのか？　なぜ彼を締め付ける苦悩が予感されねばならないのか？

定められたその日、彼には裁判所に近づく勇気はなかった。結果を尋ねる勇気もない。直感的な嫌悪感から彼はこの裁判劇を遠ざける。審理は終幕を迎えようとしているが、しかし彼個人の悲劇においては一幕でしかない。

彼はその晩、家路の途中で結末を知る。ある友人が通りがかりに彼を呼び止めて言った。「ところで、あなたの男は決定的に有罪となりましたね。申立てが棄却されて、あなたにとっては喜ばしいことでしょうね？」陪審員は、まるで、それまで病気だとは全く疑ってもいなかったのに助かる見込みがないと明かされた病人のようにショックを受けた。彼は話し手を呆然とした様子で眺めると、突然喉がこわばり一言も発することができないまま、よろめく足取りで再び歩き始めた。

闘いが再び始まるのだ！

闘う相手は誰なのか？……　何なのか？……

それは得体の知れない精神異常か。とすると、攻撃する者と防御する者は同じ存在であり、攻撃をかわす武器は攻撃を仕掛ける武器でもある。失われつつある知性は自らに飲み込まれないよう方策を探さねばならない。

第10場

彼はどこをどう歩いてきたのか分からないまま門の前に着いた。中に入る。並木道に外灯はない。戸を閉めてしまうと月の光のほかに明かりはなく、庭は黄昏時の月明かりに包み込まれている。

ラルバレストリエは立ちすくんだ。

そこに、彼の前方の奥の方に、受刑者が立っていた。やせ細って背は曲がり、裁判の時にも着ていた大きな外套のポケットに手を入れ、顔を壁に向けじっと見つめていた……。何か分からないものを……。重罪院で証人をさえぎった時と同じぎくしゃくと震える声が、「何か目に見えないもの」と対話しているように聞こえてくる。彼の血は逆流した。素早く冷たい震えが椎骨をヘビのように這う。彼を襲った感覚は、子供の頃、幽霊話を聞いた夜、壁にかかっていた服を着て亡霊が枕元に立っているのを見た時の震えと同じものだった。

恐怖を刻みつけられた彼は今、ショックに震えながらもふと気付く。彼が受刑者だと思ったのは、実はコート掛けにかかっていたものの襞《ひだ》だった。声は、夜更けに歩く一人の通行人の声であり、それはまだ聞こえている。一方で鼻と口蓋に感じたのは、陰鬱な過去を思い出させる臭いと味だった。純粋な幻影と狂った感覚！

彼の苦悩は笑いに変わる。

医師としての彼が、もう一人の彼である病人に語りかけ、安心させようとする。強烈な印象、大きな影響を及ぼした出来事の記憶、恐れや後悔、暗闇、弱くかすんだ光の作用、精神の集中、ただ一つの事を延々と思いふけること、これらが観念連合を引き起こし、そうした現象を生み出すのだ、と。精神がこのように準備された時、最も身近なものが幽霊に姿を変えるのだ、と。

そうなのだ。しかし医師はこうした病的な前兆から導き出される悲痛な予測も示す。もうベッドで寝ることのなくなっていた彼は、近くの長椅子に倒れ込み、その予測に頭を悩ませる。

感覚的な対象物を誤ってとらえるという具合に、知覚に狂いが生じる時は、外的な物体そのものは不在のままどこからとも知れず現れる幻覚を予告しているのではないか？　狂った感覚と幻覚は互いに成り変わるのではないか？　初めは知性が優勢だが、いつの間にか弱まり、今度は幻想が支配者となる。この時、知覚、記憶、想像は、それぞれの配当を妄想に提供し、狂気の養育者へと変貌する。迷信や恐怖に囚われた人にとっては奇妙な考えも全て現実となり得る。彼本来の知的な能力や性格の快活さに何の意味があるのだ？　彼を高慢にさせる、扱いにくいこれらの能力は、狂気が近づくための道を準備し、先立って彼を裏切ることもある。幻覚という、現実には存在しないものがまとう外套は、最も輝かしい研究のさなかにいたスワンメルダム*[1]を殺さなかったか？　シュピールベルクに幽閉されたシルヴィオ・ペリコ*[2]は、夜、突然起き出して、震える手にランプを持ち、うなり声を耳にしたと信じ込んでそれがどこから来るか探しに行かなかったか？　夏に空中で羽音をたてる無数の虫のように、幻想は人間の脳の周囲を絶えず飛び回っている。幻想は時に脳に襲いかかり、破壊し尽くす。驚くべき意志によって自己への支配力を保ち、何とか受難を隠して生活を続けられる人は、絶え間なく残酷な悪夢の餌食となり続ける。狂気を精神の奥底に閉じ込めておくことができなければ、彼らは不幸の治療法を探して心身をすり減らし、知性は明晰さとエネルギーを奪われ、ついには狂気の恥と恐怖のうちに沈没してしまう。

職業上の習慣であり名声を得た秘訣でもある分析欲に後押しされ、さらに彼は一連の出来事にこれほど辛らつな影響を及ぼし得た事態について、己の個性に照らして検証する。彼は父のことを思い、母のことを思う。彼は二人から過敏に反応する肉体を受け継ぎ、情熱と熱狂のほとばしりへと変わりやすい、深いメランコリーを受け継いだ。それまた彼は、与えられた教育について考える。それは、無関心と放棄の後に非常に厳格なしつけが来るという気まぐれなものだったため、彼の想像力はある時は抑圧され、ある時は激情のままに解放されることになり、彼は奇妙なものや突飛なものに走る性向を持った。

＊1　ヤン・スワンメルダム（Jan Swammerdam, 1637- 1680）オランダの生物学者。顕微鏡を用いた昆虫の研究、特に昆虫の構造、発生、変態に関する研究を行った。後に、宗教への傾倒により科学研究を放棄した。

＊2　シルヴィオ・ペリコ（Silvio Pellico, 1789-1854）イタリアの作家。秘密結社カルボナリの党員として活動中の一八二〇年に、ブルノ（現チェコ共和国・モラヴィア地方）にあったオーストリア・ハンガリー帝国のシュピールベルク要塞の監獄に投じられ、一八三〇年まで拘留された。

父は大いに奇抜な人物だった。絶えず理想に向かい、不可能なことに取り組み、突飛なものに楽しみふけり、あらゆることを難なく冒険へと変えた。混乱に満ちた人生を送るうちに情熱的な雄弁術をものにし、それによって富と栄誉を手に入れ、非常に暴力的な無礼を振舞ってもなお人々に安易に許しを請うことができた。

母は大変に情熱的で著名な歌手だった。当時もっとも輝かしい成熟に達し、勇壮な雰囲気を持ち、豪勢に振舞っていた父に魅了され、愛と熱狂と口論に満ちた数ヶ月間、情熱的で語り草となる愛情を彼に注いだが、物事の普通の流れから余りに隔たりのある生活に飽き、疲れ果て、とうとう彼の元を去った。

実のところ、ピエール・ラルバレストリエは私生児である。幼児期しか母のもとにいなかった彼は、母については、父が頑《かたくな》に、ほとんどこれ見よがしに法律事務所にかけていた肖像画でしか知らなかった。その肖像画は、背が高く、淡いすみれ色の深いまなざしをし、厳かな髪型で端正な顔立ちの彼女を表したすばらしい作品だった。彼女がある大都市の劇場の火事で亡くなった時、父は息子を引き取りに駆けつけ、連れて帰って後に認知した。彼が育ったのは独身者の家である。父親の奇抜な振舞いは突風のように吹き荒れ、巡り合った何人かの教師の忠告で鎮められるのがせいぜいだった。彼はこの過去を、平凡なブルジョワを越えた高位なものと位置づけ、別世界の栄光で包んで貴族のような誇りとし、彼の気高い独立心を形成する材料としてきたが、それが今日、突然、不幸の前兆のように思われてきたのである。並外れて奇抜な性質の二人から受け継がれた彼の気質は、不規則な教育で助長され、刺激された。彼の個性は生まれつき疑わしく、欠陥があったのだ。持って生まれた疾患の恐るべき働きにより彼への陰謀が企てられる。抵抗を試みるために作用させるべき力は、恐ろしい病気の傷口を悪化させる最大の原因だった。

悲劇のなかに彼を吸い込む謎のさらに奥底に、遠くに、原因を探りながら、これは宿命なのか、懲罰なのか、と彼は自問する。堅固な知性は取るに足らない迷信にすでによろめいていた。船は浸水していたのだ。彼は無意味なことにも予兆や啓示を認める。例えば、ガス灯を灯そうとしてマッチが二度消える。彼は心のなかで言う。「もし三度目も消えたら、それは彼が無実だということだ」実際マッチは三度目も消えた。そして彼は身震いする。

時に彼は、自らはもはや自由ではなく、一匹の虫けら以上に顧みられることもなく、自然上位の法則の臼に引きつぶされ運命に翻弄されているのではないかと思った。また時に、厄介な影で彼を追い回すあの不幸な人に対し、軽率な審判を下した責任を認め、罪を認めた。この罪に対し理性の喪失を代償として払うとしたら償い過ぎだろうか？

樹々の枝が骸骨のように入り組んだ並木道の入り口に、
つるりとしてやせ細った亡霊が姿を現す（p.79）

第3幕 —— 第1場

続く幾日かのうちに、彼に人格分裂が起こり、彼の隣に看護人のように付き添うもう一人の彼が現れた。

彼は事件を忘れたいと望んでいた。だが、しつこいスズメバチが抗し難いほどに針で刺しに戻って来るのだった。

新聞は裁判の経過を繰り返し噛んで含めるように知らせていた。受刑者のために、ベルギーの慣習である死刑の減刑の特赦を声高に求めている者もいた。ぞっとするほど巧妙で背信的なあの犯罪。あれには情け容赦なしであらねばならないのではないか？

確かに、もしあの人物が犯人であれば。

しかし、あの人物は犯人なのか？

未だ問題は解決されていない！

最大限の厳密さで可能性を考えるラルバレストリエの道義心に再び苦悩が甦る。

脳のなかでこうした結末が誘導されると、そこに予見される恐怖のために、知覚神経に現れていた幻影は遠ざかる。

第2場

恩赦が執行された。

受刑者はルーヴァンの刑務所に移送され、あの永遠の終身懲役刑を開始する。

一時的に抑えつけられていた裁判に関する疑念が、この時、陪審員のなかで再び膨らみ始め、いらいらさせる狂った感覚が再発した。

時々、彼の瞳に不定形や奇形のイメージが現れる。彼の知性はそれが侵入する道を開いた。

日が暮れ始めるや否や、移ろう遠くの影に陰気な姿が現れる。通りの角の建物のファサードの上方、樹々の枝が骸骨のように入り組んだ並木道の入り口に、蒼白の、ぼんやりとした、つるりとしてやせ細った亡霊が姿を現す。ラルバレストリエは気を強く持っていたとはいえ、ガス灯の明かりが届くところまでしか歩くことができず、ある暗い四つ辻を通る時には思わず走り出した。突然、彼はガラス窓に自分の姿ではなく受刑者の姿を見つける。しかしそれはくねって変形しながら枠のなかに吸い込まれ、音もなく広がり、あっという間に姿を消した。

就寝時、彼はろうそくを消さなくなった。壁のなかに足音がするのを聞き、頭の上で目に見えない生き物が喘いでいるのを感じた。暗闇のなかで大きく目を見開けば、目の前で怪物のような変幻する像が絡みあって動くのを見た。老いたカトリーヌがある晩、消し忘れたのだと思ってゆらめく炎を吹き消しに来た。彼は目を覚まし、激しく動揺して彼女に再び火を灯すように命じる。女中は怒り恐れる彼に驚き、言われた通りにしたのだった。

彼は、会話の主が誰であろうと、語調やアクセントが受刑者の声のように聞こえると無意識に振り向いた。それはもはや数字の八のようなたわいの無いものではない。いや、むしろそれは空気全体の響きであり、時に呪いの音色の警鐘がはっきり聞こえてくる。

そして彼は、ルーヴァンの独房にいる、隠者の粗衣のような灰色の服を着て、短く髪を刈り髭を剃った、惨めで、哀れで……、恐ろしい……、受刑者を思い描く。

第3場

陪審員の一人が不正な取引で有罪となった。彼は知った。それは八人のうちの一人だった！

その瞬間、彼の目に再び天秤の装飾が浮かぶ。それはもう平衡を保たず、堅固さも失っていた。短剣の先にかかる竿は水平ではない。天秤は傾いてしまった！

彼は目を閉じて頭を振り、体をすくめてこわばらせる。「情けないやつだ、消えてしまえ！　お前が姿勢を立て直しても無駄だ。見よ。天秤は傾いている。傾いたままだ。お前はこれからも傾いた天秤しか見られないだろう」

第4場

もはや病気は否めなかった。

彼は混乱した頭のなかでつむじ風のうなる音を聞いた。自己の状態を自覚していることだけが彼にいくらか希望を与える要素だった。

なぜなら、これらすべては幻影でしかない、というのは変わらぬ真実ではないか？　この情け容赦ない迫害は全く現実にそぐわない。起こってはいないのだ。起こり得るのは、ただ、決定的に閉じ込められたこの惨めな者が、その囚われの身体に、執拗につきまとう復讐の痕跡を浮かびあがらせているということだけである。そう、過去においてこうした地獄の驚異を信じた者は間違っていた。今日未だそれを信じている者も間違っている。科学はこうした迷信をあざ笑う。謎の隕石、目に見えない世界のかけらは、我々の間に一つも落ちていない。そう！　間違っている！　間違っているのだ！！　あり得ない奇跡によって外界から悪魔がやって来たわけではない。これらの怪物を創造し、噴き出す膿疱のような狂気じみたものを呼び起こしたのは、彼自身、欠陥のある彼の性質のなかにあるのだ……。働きかけなければならないのは彼に対してである。

しかし何をなすべきか？

今や破壊されてしまった、あれほど穏やかな平和を、懸念から解放され希望をふくらませて己の力で歩くという誇りを、どうしたら再び見出すことができるのか？

ああ！　立派な男らしく、己自身と他の人々の主人であることを感じていた、そんな日々は何と遠くなってしまったことか！

何をなすべきなのか？

平凡な手法と言えば、灌注法、瀉血、下剤、発疱薬である。ふん！　精神病院の治療法は凡庸な体質にはいい。しかし彼でも、訓練された知性をもつ彼でも、器官にいかなる病巣も身体的な悪化も見出すことができない。精神の奥底に損傷を感じるのだ。彼が助けを求めるべきは経験に基づく医学ではない。魂を苦悩から救い、記憶に焼き付いた悲しみを根こそぎ取り、脳裏につきまとう苦痛の刻印を消し去ること、そして胸を締めつける危険な重圧を、忘却という効能確かな霊薬の助けを借りて追い払うこと、これらを可能とする治療法とは、いったいどこにあるのだろうか？

　彼の苦悩は、顔つきと歩き方に少しずつ歪みを生じさせ、表に現れてくる。

　彼の目つきは突発的な恐怖と長期にわたる衰弱から逃亡者のように疑り深くなった。家から外に出る時は周囲を探り、何か罠があるのではないかと気にした。彼は心配と結婚したのだ。彼は見張った。心を苛《さいな》む不安の影響で声はつぶれ、そのひどくしゃがれたうなり声が彼を辱める。彼の病は高じる。血は速く流れ、こめかみを打つ脈は速まり、回数が増える。胃はもたれ、食物を受けつけない。鱗のように皮の剥げ落ちた唇の間からは湿った熱っぽい息が短く漏れる。

　ああ！　どれほど彼は望んだことか。何か事件が、大惨事が、なすすべもなく自転する彼の魂をその円の外に荒々しく投げ飛ばし、確実に彼を解放してくれたら、と。しかし彼の生活は、彼を捕らえるこの狂った悲劇の周りで心地よく清らかに展開する。衝撃を与えるものは何もない。

　同僚に事を明かす勇気はなかった。彼は、自らが負う欠陥に付いてくるもの、精神の混乱という自分の病を恥じた。それ以上に、あのきわどい評決を恥じた。彼の意識がしつこい告発者となり、ひそかに彼の罪を訴えてくるのである。

　しかし、何としてでも彼はこのおぞましい悪夢を外へやり、追放し、嫌悪感もろとも吐き出す必要がある。彼はそれを読みにくい文字で紙くずに書き、家具の埃の上にその輪郭を描き、無音のまま口を開いたり閉じたりして音を立てずにそれについて話した。もしこの時、彼を見つめる者がいたら、彼は目を見据えてすごみ、口を閉じ、紙を隠し、腕の埃をはらって傲然と言うだろう。「おや！　知りたいと？……お気をつけなさい！……何も教えるものですか……お気をつけなさい！！……何も知るべきではないのです……そう何も……何も……何も……」

第5場

　彼は狂ったように研究に没頭する。

　驚きと抗議を押し切って、すぐに診療をやめ、教授職を中断した。

　彼は死体解剖室で一人きりになる。

　教職に終止符を打つと彼はすぐに解剖室にこもり、耐え難い気がかりを忘れ、救われたい一心で死体の研究に取り組んだ。人々は彼の知性と過去の仕事への敬意から、また名高い講義が再開されることへの期待から、死体を彼にゆだねた。近頃の病気のぶり返しで警戒心の強くなった彼は自問する。彼にとって常に厳しい友であり、しばしば力強い慰みであった仕事は、今回もまた彼の罪を贖《あがな》ってくれるだろうか？　高度な研究に対する情熱と発見という高貴なる喜びは、地平線から毎晩少しずつ高いところに迫っては丸みを増す、意地悪い月のごとく彼の人生に昇ってきた偏執狂を制御し、破壊する力を彼に与えるだろうか？

　数日間、数週間は、ほぼ平穏無事に過ぎた。

　注意不足や休息の時は視覚と聴覚にちょっとしたずれが生じるが、すぐに抑制される。精神の障害が続く時は、病的な思考を停止させると治まる。軽い異常はなくならなかったが、慎重を期して働かせた器官にはそれほど異常は現れなかった。ラルバレストリエは優位に立っている。精神異常の風に吹かれて広がり、乱れてはためく軽い布のような思考のひだを、彼は一つ一つ元におさめる。息を吸い希望を膨らませる。いかめしくがらんとしたこの死体解剖室、死者を前にして独り根気強く精神療養を続けるこの場所を彼は偏愛する。彼は一つの小島に——そこには激しい波が絶え間なく打ち寄せ、彼を飲み込もうとしているが——着岸した。

人々は、この孤独、耐え忍ばれる沈黙、謎めいた仕事を、科学のためにすべてを犠牲にする一人の知識人の果断な決意と捉えた。まさか彼の腹に絡み合ったクサリヘビが噛みついているとは疑いもしない。

第6場

ある朝の食事時、年老いたカトリーヌは彼に言った。

「ピエール様、ご存知ですか。〝彼〟は重病なのですよ」

「誰が？」彼は誰のことを考えるということもなくぼんやりと尋ねた。

彼女は、突如、重大なことを口にしていると直感的に感じ、小さな声で付け加えた。「あなたが有罪とした人ですよ」ほとんど治癒していた傷は軽率にも再び開かれ、裂け目から血のしぶきがほとばしる。彼はまるで傷を受けたかのようにすばやい動作で頭に手をやった。

「それをどこで知った？」

「毎日、新聞に書かれていますよ」

彼はもう新聞を読んでいなかったのだ。

カトリーヌが言ったのは本当である。新聞は、囚人が憔悴のあまり死にそうだということを伝えている。それらのほとんどが悔恨の意を表している。一、二紙が控えめだが敢えて問いを投げる。この不幸な人がこれほど早く死に飲み込まれてしまうなら、かつてその人が表明した有罪判決への抗議に、彼の無実を示す、最大の効力を持った唯一の証拠が与えられることになるのではないか、と。

読むことは奈落の底を見ることではないか？しかし、どのようにして目をそらせばよいのか。彼の不幸は、それまでじっとしていた触手を働かせて彼に絡みつく。好奇心、抗し難い好奇心！そう、抗し難い、抗し難い、抗し難いのだ、いつものように。

彼は読む。

思っていたほど動揺しなかった。自己本位的に救済を必要とする彼は、これもおそらく有効な決着なのだと納得する。死はこれほど早く忘却を生み、忘却を生き延びさせるのだ！

第7場

この日、落ち着いた心で彼は死体解剖室に入り、仕事にとりかかる。大理石の寝台には肺結核でやせ細った若者の死体が横たわり、天窓から降り注ぐ強い光に照らされている。黒い口ひげが顔に一筋の線を描いている。その下に最後の痙攣でめくれあがった唇から鋭く大きな歯が飛び出している。横に解剖の道具があった。

ラルバレストリエは肺疾患の治療法を研究していた。

彼は胸を開き、残った肺をむき出しにする。それから手にルーペを持ち詳細な検視にとりかかる。深い静寂が訪れた。時々、血の混じった滴《しずく》が敷石の上に落ち、鈍い音を立てる。死体は足と腕を伸ばし、瞼《まぶた》を閉じてひきつらせ、叫び出さないよう体をこわばらせているように見える。

彼の頭が死者に軽く触れたその時、突然、彼は耳元で、地下から来るのではないかと思われるほど低い声で発せられた言葉を聞いた。

「それは私だ」

陪審員の血が動脈で凍りつく。しゃべったのは死体か？　彼はかがませていた体に痛みを感じ、死体の顔を見てぞっとするような嫌悪感を抱いた。今、彼は自分の頰にその顔の冷気を感じたのだ。眼窩《がんか》は、ひきつった眼を押しつぶすように痙攣する。彼の髪の毛は一本一本、針のように立つ。

「そう、それは私だ」同じ死人の声が答える。

自殺者が剃刀で頸動脈を切る時のように、鋭くて素早い、乱暴な動きで、ラルバレストリエは身を起こす。

おぞましい亡霊の出現だ！

上半身の上にあるのは、もはや黒い口ひげの頭ではない。それはつるりとした、蒼白の頭、受刑者の頭である！

彼はめまいに襲われたように回転しよろめく。魔術的な電池が仕掛けた恐怖の放電に衝撃を受けたのだ。

感電した彼は倒れ込む。

運命はむごたらしい気まぐれを起こす。死体は倒れ、嚙みつくように彼のうなじに口があたる結果となった。

眼に見えず、奇矯で、幻想的な、いま萌芽しつつあるものから成る世界が、
なぜ存在しないと言えようか（p.94）

第4幕 ― 第1場

意識を取り戻した彼は、自分の部屋で横になっていた。

枕元の同僚が彼に言う。「やれやれ！　意識を取り戻したか。どう考えても働き過ぎだ。科学への愛に殺されるべきではないよ。他人を生かすために自分が死ぬ必要は全くない。解剖室は禁止だ。そうでなければ承知しないぞ！」

「解剖室？……」

ああ！　そうだ。彼は思い出した。

地獄の幻！　決して、そう二度と、彼はそこに戻る勇気はないだろう。解剖室という言葉だけで彼は震え上がる。

　ベッドに身を横たえた彼は、意識の朦朧とした状態に陥り、苦しく果てのない夢想にふける。

　従って、仕事はあきらめなければならなかった。仕事も彼を裏切った、というよりむしろ、後退してはさらにしつこく恐ろしいものとなって戻ってくる敵を前にその無力を露呈したのだ。

　彼は考える。これら屈強な悪は、ある器官から追い払われても組織のなかを捉えがたい道筋でずる賢く徘徊し、他の器官を攻撃しに出れば、時に負けることがあるにしても、そのつど復活を勝ち取り、犠牲者を疲弊させて最後には勝利するのだ。彼は抵抗力の蓄えが乏しくなり気力が打ち砕かれたように感じていた。

　彼はもはや頑固で実直な、高揚してもその熱情の炎から何を表に出すべきか思い測ることができるような精神の持ち主ではない。彼は伸びきってしまった。芸術家気質と鋭い洞察力を備えた立派な人格は損なわれてしまったのだ。彼はもはや彼自身ではない。流され、溶けて崩れてしまった。かつて彼であった人物は、徐々に発熱した身体を見限り、完全に流れ出てしまった。その代わりに一つの影がしのび込んだ。臆病でおどおどして哀れなほどに敏感で、あらゆる企てを前にしておじけづく、あらゆる敗北を運命づけられた不幸な人の影である。彼はその人格と組み合った。しかし、己に力があると自覚し突撃に燃え立つ戦闘前の兵士が抱いた士気は、重傷を負って落馬し溝で呻く、苦痛に満ちた落胆にとって代わられた。

　彼は子供のように助けと慰めの愛撫を必要としている。しかし、それを彼は誰に求めればよいのか？　彼には家族もいない。末期に達したブルジョワ一族の最後のエネルギーを、生理学的に結ばれた苦悩多き彼に注ぎ込んだ父とも離れ、秀でた才能によって庶民の家柄からあまりに遠く高くのぼりつめたが故にすべての絆が絶ち切られ、親類縁者の記憶すら失った母とも離れてしまった彼は？

彼は母を見る。彼の前にいる、誇らしげな彼女の像を。彼はこの肖像を、今は自分のものとなった父の事務所から取ってきて部屋に飾っていた。世間を騒がせた母の情事を覚えている人々から、この形見について意地悪くあれこれ言われたくなかったのだ。彼女は劇的で、大いなる様子で、ドルイド教の巫女のような髪をして、芝居がかり、堂々として、贅沢でにぎやかな作り事だった彼女の人生に浸り、母親らしいものは何も示さず彼の前に姿を現す。それは父の愛人の豪奢な肖像であって母ではない。彼を揺さぶって吹き荒れる不幸の嵐のさなか、戦士の神は雲のなかを通り抜けはするものの、彼には何の助けももたらさない。

「カトリーヌよ」と彼は言った。「私の善きカトリーヌよ、そばに来ておくれ」

そして眼をつぶり、彼は手探りで彼女の手を取って握る。

彼は涙を流す。

女中は同情の目つきで彼をじっと見る。

裁判が終わって帰ってきたその夜、彼女にとっては存在しない亡霊に動揺する彼を見たあの時以来、彼は変わった。彼女を恐れさせるのは、とりわけ彼が無口になったことである。秘密を漏らすまいと結ばれた彼の唇はめったに開かれなくなった。彼女は音を立てず、声を低め、おそるおそる歩いて彼に仕える習慣となる。彼女は主人の沈黙をすべて静かに行えという命令としてとらえたのである。大きな館で暮らす二人はますます孤独に引きこもり、言わば物質的に生きた。彼女は病人を看護するように神経を使い、霊を呼び覚ますことを嫌がる迷信家のように警戒しながら館を立ちまわる。彼女が質素な食事を素早く支度する地下から、もう上がって行くことのない屋根裏まで、そこかしこに、日に日に悲痛さを増す死んだ平和が重くのしかかっていった。彼女は、何か異常なものを見つけてしまうのではないかと漠然とした不安を抱き、いくつかの部屋は躊躇して扉を開けなくなった。ピエールが好み、整備を取り仕切っていた大きな庭は、この春は放置され、雑草は人間の手入れの跡形などあっという間に消して伸び放題となっている。年老いた彼女は、夜、控えの部屋で、通りに面した窓際に座って孤独を紛らわし、機械的にそしてゆっくりと、皺くちゃの黄ばんだ指で、フランドルの女性たちが休息の時もよく働く手を休めずに使う長い編み針を動かす。すると暗がりのなかで見慣れた物たちが変わった様子を見せ始め、がさがさという異様な音とともに変形しながら這いつくばってゆっくり彼女に近づく。そして突然、元の場所に戻ると、わずかに震え、しかめ面になり、謎めいて静止する。彼女はそばに幽霊どもがうろついているのを感じる。今ではいつも主人を待っている彼女は不幸を予感し、近づく別離を恐れながら、悲痛なほど優しく彼に「お帰りなさい」と声をかける。家はまるで墓場である。その管理人は彼女であり、住人である彼は凍った寝床から起きて、生者の間で過ごした後に戻ってくるのだ。

彼は涙を流していた。

彼は涙を流していた——彼女は、ある冬の晩に北駅で、ドイツから連れてこられた彼を彼の父の手からもらい受けて以来、彼の世話をしてきた。長い年月、母親のように尽くしてきた彼女の心は、憐れみと悲しみで一杯になった。

彼女はうつむき、皺のある首と白髪まじりの頭を枕元に寄せ、急に泣き声をあげた。

彼女の目から、六〇歳を越えてからはほとんど流すことのなかった涙が流れていた。

ピエールは息子のように彼女に腕をまわして胸に抱き、ウールのドレスの下に彼女のやせ細った骨格を感じた。

彼らは長い間そうしていた！　二人とも嗚咽《おえつ》をこらえられず、大きな悲しみの声をあげた。それは、翼の生える前のひな鳥を農夫に取られた親鳥より激しい声だった。

彼女はそっと離れる。彼女の思考は直感ほどには未知の領域に深く踏み込まない。彼女は編み物をしていた何時間もの孤独の間に見出した唯一の解釈を、彼にはっきりと言った。

「ピエール様、あなたは間違いなく恋をしています……。あなたは結婚すべきなのです」

彼はいっそう、うなるような痛ましい嗚咽をあげた。

何だって！　不幸を察してもらい、心を打ち明け、心地よい慰めがようやく得られようという、この上なく甘美なる幻影を見た瞬間に、変わらぬ献身の心に宿したのは、何と子供じみた考えであることか。おぞましい試練に耐えるのも、試練を知るのも、やはり独りなのだ。秘密に閉じこもってそうし続けなければならない。この暗闇の只中に彼は行かねばならないだろう……最期まで！

ああ孤独よ、勇者の祖国よ、そこは彼にとっては生きたまま落ちて埋められる墓穴となるのだ。

今度は彼がこの限りない善意の狭量さ、無意味な宝に憐れみを感じる番だった。

そしてがっかりした彼は、答えを待つ年老いた女中を見ることをやめ、顔を壁の方に向けた。目は乾き、のどの感覚は麻痺している。

その動きで彼の首がひどく痛んだ。

首に手をやると何かの感覚がある。

何だろう……？　彼は解剖室で顔から倒れたのだった。顔の打ち傷には気づいていた。しかしなぜここに、首の後ろに？

「カトリーヌ、ここに何がある？」

「傷があります。ピエール様……炎症を起こしているのですよ」

「誰がやったのだろう？」

「それは」と、医学的な事象には慣れている彼女は率直に答える。「あの若い人です」

「どの若い男だ？」

「あなたが解剖した人です。あなたの首にあの方の顎がぶつかってきて、皮膚が傷つけられたのですよ。死人の唾液はよくないのでしょうね」

偶然による究極の怪奇だ！

最後の痙攣でめくれあがった唇の下から鋭い歯が飛び出ていた！　幽霊が彼に噛みついたのだ！　彼の血に腐敗した死者の悪い唾液の毒が混ざったのだ。彼が感じる、燃えるような痛みは、毒に腐蝕された傷が回復するまで続くだろう。それは死の抱擁の爪跡である。彼をどん底へと追いやる不吉な企ての演出に何の不足もない。

偶然による究極の怪奇！

偶然？……　しかしそれは偶然だろうか？

なるほど、もし彼がかつて病人として自分を診断したあの時のように、永久に戻ってこないあの時のように、明晰に自己を判断することができたなら、経験知から解明するのは難しくなかっただろう。彼は疑い深そうに肩をすくめ、精神的弱さと近視眼的発想からくる「偶然」という説明を退けることができたはずだ。名門の最末裔として生まれ、二人の異常者の血を引いた自身の個性は、避けられない災難を予言するもののように思われただろう。彼の誕生は一つの異常であり、奇妙な性質には不毛が運命づけられていた。彼は、生理学が定める行止まりを超える現象を導いた。彼のなかで物事は危険な厄介事となり、人生にそれを抱え込まざるを得なくなったのだ。あの裁判であろうと他の場合であろうと関係ないのではないか？　重罪院はその厄介な仕組みによって興奮を解き放った。その激しさは、安定しているように見せかけていた彼の魂を荒廃させるのに十分だった。当初から性急に彼は被告人に反対の立場をとり、知性を発揮させていた。それ以降、機械のように駆り立てられた汽車は、揺れに揺れて脱線し、興奮と混乱と破壊は止むことなく、救済の可能性もないまま強まっていった。彼は無意識だが巧妙にも、彼の常軌を逸した見解に現実感を与えた。彼の幻影においてはすべてが論理的であると同時にすべてが狂気となる。そう、偶然などどこにもない！　法はいかなるものにも同情させられることなく、いかなるものにも方向を変えさせられることなく、無言でその宿命を作動させた。医師は二度、陪審員のリストから消されなかった。かろうじて奇妙な偶然が続いた状況だった！　加えて、強い響きのする、珍しい、男性的な、ピエール・ラバレストリエという名前を前にした司法官たちが、直感的に彼は良い陪審員になるだろうと思い、引き留めるべきだと感じなかった、と誰が断定できるだろうか？

しかし、このように思考を深めたであろう、学識を備え静かで器用な人間は、もはや彼のなかには存在しない。脳の組織は衰え弱まってしまった。

彼の関心は迷信の霧のなかをぐるぐると廻る。そして、幼年期に信じその後忘却の彼方に消えていたものたちが、銀板に線を浮かび上がらせるように再び現れた。超自然的なもの、それに関するお話や物語——女優や踊り子や衣装方の間で女王として君臨する母のスカートにしがみついて、彼が喜び、怖がったもの——、幽霊、狼男、悪魔、魔術師。これらが弱った彼の頭のなかで再び空想を繰り広げる。そして彼のなかで芽生えたのは、まるで復讐のように企てられ、無慈悲な心に執拗に追い求められ、目に見えない力が手を組んで生み出した迫害の意識である。来たるべき報復の時の鐘が鳴るのを彼は聞く。意識が無意識を引き継ぎ、幻想と現実は相互浸透を終えた。

酩酊した狂気が彼を襲う。

彷徨う彼の思考——それは、知恵、理性の欠如、突然の神秘思想、めまい、そして真実と嘘、これらすべての混合物だった。

彼は考える。

「これらを否定するというのはおそらく間違ったことだ！　私の疑念を裏付ける感覚、耐え難い苦悩、電光石火のごとき動揺という証拠を私は持っているではないか？　現実に存在するものはすべて我々の感覚を通してしかその存在を知らしめないものであり、物体とそこから我々が生み出す表象との間には越え難い隔たりがあるというのに、なぜ私は信じようとしないのか？　明らかに悪と見られる、狂気じみた原因が、いかなる現実にも符合していないことを。己の周りでざわめく形象は見せかけに過ぎないことを。そして、それら形象と、形象を生み出す存在との間には、物体とそれに結びつく影のような関係は存在しないということを。何世紀もの間、科学とは相反する大衆の直感が解いてきた恐るべき謎よ……ああ！　世界の頂点にうずくまる沈黙のスフィンクスよ！……合理的な説明は冷徹な重みを魅力とするものだが、知覚にも不変の指標を定めることは認められないだろうか。感覚によって身体に伝えられることしか分からない時、すべてを分かっていると言えるだろうか？……病によって脳の機能の経路が変わる時、人間と、正体不明のものの間には、磁気伝導と同じような磁気素が発散し得るのではないか？……病人を動揺させる一吹きの風の影響で、病人の能力はより高度に、原初的なものへと発展し、魔術的な感度を持つものに成り変わらないだろうか？　眼に見えず……奇矯で……幻想的な、いま萌芽しつつあるものから成る世界が、なぜ存在しないと言えようか？　物事の裏側は？……人間は稀に起こる危機の時にそれらとの交信に入らないとなぜ言えようか？……我々の知識の枝の間には、欠陥のある人間がうろつき、自己を見失う隙間があるのではないか？　ハムレットは、地と天の間には人間の哲学などでは思いも寄らぬものがある、と言っていないか？[*1]　フィヒテは、眼に見える世界のすべてのものは衣服のようなもの、その下に現実が覆い隠されている感覚的な外見である、と書いていないか？　事物それぞれに汲み尽くすことなどできない意味があるのではないか。そして凡庸な眼は、凡庸な眼が見る方法によってもたらすものしか見ないのではないか？……カーライルは、我々が一つ所に留めておくことのできないこの世界は、見通すことのできない世界である、すなわち我々自身ではなく、我々がそれと共に働き、そのなかで生き、奇跡的な我々の存在に従って我々が奇跡的に作り上げる、測り知れないものであると、考えていなかっただろうか？[2]……この動く舞台装置の背後で恐るべき靄に包まれた、眼に見えない人生は、ぞっとするような、うごめくもので一杯なのだ！！！」

　こうして彼の崩壊した教養の残骸がごちゃ混ぜになり、脳のなかで鼓動する。彼は支離滅裂なものどもの騒ぎの只中でヒポグリフ[3]にまたがり、列を成して踊り乱れる幻に追い回される。そしてゆっくりと苦悩の時が流れる。

　彼に治療を施しても、雄牛の角に引き裂かれた

---

*1　ウィリアム・シェイクスピア『ハムレット』第一幕第五場。『シェイクスピア選集8　ハムレット』大場建治編註訳、研究社、二〇〇四年、八四-八五頁を参照。

*2　トマス・カーライル（Thomas Carlyle, 1795-1881）『衣服の哲学』（または『衣裳哲学』『サーター・リザータス』。原著：*Sartor Resartus, The Life and Opinions of Herr Teufelsdröckh*, 1838）は以下を参照。『カーライル選集1　衣服の哲学』宇山直亮訳、日本教文社、一九六二年。例えば「眼に見える物、……それは、より高い、天上の、われらの眼に見えないもの、……の衣装衣服以外のなんであろうか」（八一頁）、「外的宇宙全体とそれが内包するものは、衣服にすぎない」（九〇頁）、「精神が、外面的にせよ、想像上にせよ、感覚の前に姿を現わす時のあらゆる形相は、衣服である」（三二五頁）などの記述がある。

*3　馬の体にワシの頭と羽を持つ伝説上の動物。

馬の脇腹を縫うがごとく、回復させることは不可能である。立てる程には回復するが、それ以上ではなく、仕事をする力は戻らない。

第2場

彼は、絶えず己の悪運について反芻し、己が力の限界にいると認めることもあきらめることもせず、運命の冷酷な圧力と戦い、濃く立ち込めた精神異常の霧に包まれ手探りで求め続ける。

彼はあることを思いつく。

もし有罪に投票した時に彼のなかで明確に立ち上がったあの確信を再び見出せたら？　もし彼を苛む良心の咎めが取り払われたら？　ああ！　彼の魂にすぐにも平和が戻るだろう。それだけで彼につきまとう亡霊は追い払われるだろう。

受刑者の弁護人たち、彼らが知っているはずだ。彼らは、究極の打ち明け話を聞かされていた、あるいは少なくとも秘密を見破っていた。証拠不在であることだけしか申し立てず、有罪か無罪かという問題は保留にしたままだった。それが弁護人の責任と権利であるということを説明していた。しかし、彼らの依頼人に対する仕事がすべて決定的に完了した今、苦悩から彼を救済できる打ち明け話をすることを拒否しないのではないか。もし彼らが無罪を断言するなら、彼は決定的な波の勢いで暗礁に向かって押し流され、打ち砕かれるだろう。しかし危機にある現在、一か八かの勝負をする意義はあるのだ。彼は危険を冒す。

第3場

数日後、彼は弁護士の一人の家に行った。

それは十月だった。彼が登るゴルゴダの丘の最初の受難の場面とも言うべき悪夢から、すでに十ヶ月が過ぎていたのだ。苦悩の十ヶ月、悲痛の十ヶ月。この間、彼の知性はまるで血のように滴り落ちていった。

それは晩だった。震えのとまらない感覚過敏症状のため、彼は人に会うのをひどく恐れていた。

彼が質問しに行こうとしているのは、弁護士会の古参の一人、老年に——言うならば、闘いで絶えず柔軟な知的能力を培い、終盤の戦闘までその瑞々しさを保っている、一つの職業における老年に——達しようとしている師の一人である。

この弁護士は、法廷では手ごわい人物だったが、すばらしい父性を備え、書斎では穏やかであった。彼の前で依頼人は胸中を打ち明けざるを得ず、実際、打ち明けることになれば、弁護士は事件の奥底まで細心の分析を行い、赤裸々にし、その詳細のすべて、裏側のすべてを把握することができた。彼には気難しい面もあったが、そのために誰かに嫌気を起こさせるということはなく、憂いを忍ばせた寛大な心を持っていた。それは、飛んだり跳ねたりする死者たちが人間ではなく信仰や美しい夢そのものとなっている死の舞踏、死のスペクタクルと、あまりに長い間、関わるうちに備わったものであった。

彼は、低く吊り下げられたランプシェードの下で仕事をしていた。薄暗がりに広げられた本と書類の山の上に、強いランプの光が小さな円を描いている。生い茂った庭に面したカーテンのない二つの高窓から、樹々の枝が透けて見える。アパルトマンから漏れる光で葉はうっすらと銀色に艶めき、夕闇のそよ風に揺れて神秘的な羽のようにガラスにそっと触れたり、ぶつかって音を立てたりしている。

ラルバレストリエは腰を下ろす。唾液はほとんど出ていなかった。

部屋の薄暗さに慣れている弁護士は、彼が入ってくるのを見てすぐに誰であるか分かった。弁護士は驚き、深刻さと悲しみを感じ、緊張した沈鬱な表情で彼を見つめる。

「失礼ですが」と弁護士は言った。「あなたのご用件についてお話しする前に、あなたは去年十二月に陪審員をした方ではありませんか?」

「そうです」ピエールは苦しそうに答える。

彼は弁護士の顔に深い哀れみの表情を見る。それは、不可解ですさまじい病に憔悴した彼の顔の無惨な様子を見たからだろうか?——それとも、裁判で彼が示した執拗さを痛々しく思い出しているからだろうか?

しばしの沈黙の間、彼らは取り返しのつかないあの出来事を思い出していた。それからピエールは、ほとんど聞こえないくらいの声で言う。

「私があなたとお話ししたいのは、まさにその裁判のことです……申し上げてみたいと思います……あれは非常に難しく、非常に痛ましいものでした。そのことを承知しております。しかし私にとっても、あまりに耐え難いものとなっているのです。自分のしたことに疑問が出てきてしまい、もう休むことができないのです。あなたなら私を救ってくださるでしょう……私はあなたの口頭弁論を忘れておりません。直接的な証拠はなかった、そう、証拠はなかった、と。思い出します、証拠はなかった、と言っておられたことを。しかし……背後に、奥底に……弁護士が知り、聞き、把握し……推察し得ることはありませんか? 証拠がなくても有罪となり得ます。証拠があっても無罪となり得るものです。教えてください。ああ! お願いです、教えてください、あなたにとって彼が有罪だったかどうかを」

彼は、苦痛のあまり、か細くおどおどと衰弱した悲壮な声で、卑屈な貧乏人のように情けを請うた。

弁護士は度肝を抜かれた。

確信を得たと大いばりで、自分は検察局の闘士たる検察官より上だと思い上がり、大衆の強い圧力のもと全ての人に明白な暗黙の了解に安心し、堂々と座っていた陪審員は、いったいどうなってしまったのか。ああ！　あの騒ぎが魂をぼろぼろにしたのだ！

「あなたに」と、ためらいがちに彼は言う。「あなたに私はどのように答えればよいのでしょうか？　あなたが有罪とした不幸な人……彼は死にかけています――（あなたのように死にかけている、と彼は思う）――彼は告白しました。しかし、それについて弁護人が何か話すなら、職業上の名誉を汚すことになるのではないでしょうか？　私たちは、証拠にだけこだわっているのではありません。社会にとって重要なのは、証拠なしに有罪としないようにすること、それだけです。犯罪人に有罪とも無罪とも決して宣告しない、というのが我々の規範の伝統です。我々は時に最初に判断を誤る者となるのです」

ピエールは遮った。

「私は、被告人があなたに言ったことを聞いているのではないのです。私が聞きたいのは、あなたの確信が語ることです。どうかご厚情を賜らんことを」

熱でぎらつく彼の目から二粒の涙がこぼれた。

一吹きの風が庭を横切った。ガラス窓に枝のあたる音がいっそう強く聞こえる。

弁護士は深く心を動かされた。

彼は答える。「あなたに心から同情します。あなたが私から必要としている打ち明け話とは恐るべきものです。被告人は私に何も話しませんでした。それから付け加えますが、この長い裁判の調査を拘置所にいる彼とともに何週間もかけて行いました。資料に取り組み、昼も夜もなかった、全くなかったのです。しばしば夜中までかかった面会の間も、そして、すべてを知り、すべてを解きほぐすための私の努力による、数え切れない程の尋問を終えてもなお、私は読み取ることができませんでした。彼が示したごく些細な視線、言葉、印象、細部のどれ一つとってもです。それらはしばしば我々にとっては啓示的であり、意識の謎を照らし出してくれるものであるというのに。しかし、あなたのご要望は分かっています。今申し上げたようなことではないのでしょう。私個人の心中の信念を明かすことをお望みだというのでしょう」

再び風が木を揺らす。枝が透明なガラス窓にぶつかって音を立て、ガラスをこすって軋ませる。

弁護士は窓の方を向いた。

かたずを飲んで彼を見ていたラルバレストリエも、彼に従いそちらを見る。

彼は見た。窓の上の隅に、ゴシック柱頭の醜い小人のようにしゃがみ、脅すような表情で顔をガラスにはりつかせ、口に指を立ててしーっと言う被告人を見たのである！　びくっとして陪審員は立ち上がり、爪先立ちになってこわばった。

弁護士は、激しい恐怖にとらわれた彼に、謎の恍惚状態に陥ってこわばる幻覚者の様子を見てとった。

「どうなさいました？」弁護士は椅子を引いて立ち上がり、叫んだ。

幻覚者は亡霊に射すくめられ、後ずさる。口をぽかんと開き、目を大きく見開いた彼は、ドアの方へと後ずさる。そして興奮しながら後ろに手をやり、取っ手を見つけてドアを開くと、わめき声をあげて逃げて行った！

亡霊の不吉な命令：「お前は自殺しなければならない！」は遂行された。
夢は死をもって終わった（p.115）

第5幕
第1場

遭難者は再び水面に浮かぶ。
極端に激しい発作が起こったことで彼の苦痛はすっかり止んだ。激しく揺れる恐怖の波はおさまる。彼の魂は疲れ切っていた。彼は抵抗をあきらめる。

どうしてこれ以上、不可避の事に抵抗する必要があろうか？

彼は現実と見せかけから成る二重の生活に慣れるが、その二者があまりに複雑に混在するようになると、短時間の苦しい睡眠の間に見る夢と目覚めている間に想いふける夢とを混同した。

彼の精神を錯乱させる妄想の領域は、弱まる理性がかろうじて彼を引きとどめる物質世界と溶け合う。彼は自分を襲う幻に順応するようになる。闘いの放棄はより有害である。奇怪な幻に浸る度合いは加速されていくのだ。

彼は、自分の隣に不運の影を伴った受刑者の像が居座るのを見ても恐怖を感じなくなった。くすんだ色をした、輪郭の曖昧なその像は、霧のなかで見るようなぼんやりとしたシルエットと死者の相貌をもつ。彼が目覚めればベッドの足元にそれがいる。テーブルでは向かい合う。外出しようとすれば横を歩く。それに触れようと思い切って手を伸ばしてみたが、中空をつかんだだけだった。近寄ろうとすればぼんやりした蜃気楼は後退し、彼が後退すると元の場所に現れる。

そして彼の憔悴した目がガラスに向けられると、あの人物が再び見える。それから彼自身が見え、再びあの人物が見える、とするうちに二つの像は溶け合い、もつれ合いながら最後に一人の人間を合成した。それは夢と現実の混合物である。

彼は声もあげず、無関心なまま、こうした現象を観察する。

それは彼にとってほとんど慰みのようなものとなった。予期せぬこの平穏は、新しい希望を彼に暗示する。彼の目にだけ見え、馴染みとなった奇妙なものと連れ添って生き延びるという、確かに異常ではあるが甘受し得る一つの希望である。

第2場

この超自然的な生活は、彼に新たな欲望を抱かせる。もう彼から離れることのないこの影の元の人物に再び会って、影の生ける発生源に近づき、その時、影が何に成り変わるのかを見ること、独房から彼に呪いをかけるその挑発者と顔を合わせてみたいという欲望である——彼はもはやその人物の邪悪な呪いを疑っていなかった!

　脆弱になった脳の欲望は常軌を逸し、しかしまた抗し難いものとなる。

　彼は受刑者の面会許可を求めた。医師であり判決にかかわった陪審団の一員である彼の地位により、彼の精神状態が引き込もりの病にあり悪化しているということも知られず、彼は難なく許可を得ることができた。

　彼は出発した。いや、彼らは出発した、と言うべきか。靄がかった連れが彼に付いて来る。それは、どっしりとして陰鬱な建物の入り口に到着した時はまだ横にいたが、敷地に入った時に振り返るともういなかった。陪審員は考える。予想通り、自分の体に合体しに行ったのだ。一つになった彼らに会えるだろう。

　入り口の獄吏は彼を見て驚きを示した。回廊を廻る途中でも看守たちが驚いて立ち止まる。面会場所となっている刑務所長の執務室に入った時、所長は仰天した。外界に対し無感覚になっていた陪審員はそれに気づかない。

　全く予期していなかったことだが、彼は瀕死の囚人と驚くほど類似していたのだ。壁の鏡と絵画が交錯し謎めいた奥行きをつくっているそこに、陪審員と受刑者が見まがうことなくただ一つのイメージとなって浮かび上がっていた。

　亡霊との絶え間ない交流、肉体を持たないが心を揺さぶるその像について考えふけること、二人の性質の一致と彼らを互いに蝕んだ病気、これらにより、相貌と、とりわけ振舞いが同じものとなったのである。受刑者が入ってきた時、その類似は度肝を抜くものであった。彼ら二人はまるで兄弟のようにも、瀕死の人々のようにも見えた。

　受刑者はそこに、三歩というところにいる。あらゆる恐怖、あらゆる苦悩を引き起こしてきた悪魔の人物である。そう、彼はそこにいるのだ。つるりとして、蒼白く塗り固められたような、刑務所の定期的な髭剃りで品位を失った顔である。彼は無害で寡黙であった。継ぎ当てされ、染みのある、灰色の布の上着とズボンを身につけ、頭巾を背中に投げ出し――、彼にとっては死ぬより生きる方が困難であることを態度で示している。あらゆる物事から超越した彼は、もはや恨みも怒りもなく、己の運命が人間の意志や弱さといったもの以上に不可解な宿命に依っているということを理解し、受け入れているように見えた。

受刑者を観察したピエールは、悲壮感の漂う穏やかさと無関心からくる無気力に狼狽させられた。

警戒心と先入観から、彼はそこに悪魔が身を隠していると想像する。残忍な夢魔がこの温厚な雰囲気を装っている。吸血鬼が天使を演じている。そうだ、これは魔術師だ、魔術師だ、魔術師だ！　独房で……独り……夜に……真夜中に、刑務所のまずいパンのねばねばした中身で彼に似せてこしらえた人形に呪いをかける、呪いをかける、彼に呪いをかけるのだ！

「何か聞きたいことはありますか？」と所長が尋ねた。

隠者は頭を上げ、突如、正気を取り戻した目つきになり、この裁き手に答えるために口を少し開けている。受刑者は思い出していた。この裁き手、いや、彼の人生をつぶしたあの敵を。そして急に腕を後ろにやり、力強く息を吸って胸を膨らませた。まるでそこからあの呪いが――かつて空中に投げ出されたが決して降りかかってくることはなく、黒い不吉な鳥が旋回して飛ぶように、常に陪審員の近く、彼の周囲を徘徊し、覆いかぶさってくるのを感じさせられてきたあの呪いが――甦り、すべてを滅ぼそうと再び外に出されんばかりだった。

所長は繰り返す。「彼に何か聞きたいことはありますか？」

「いえ、何も」とピエールは答えた……。「何も……」そして、今にもぶたれるのではと感知し、這って後ずさる犬のような姿勢をとる。「いえ、何も」と彼は繰り返し、受刑者を見て、身を守る仕草で顔の前に手をあげた。

そして突然、体の向きを変えて出て行った。「いえ、何も……何も……」狂人が固定観念にないものすべてに対して示す無遠慮な態度で、脈絡のない言葉を不明瞭に発し、中空に向かって身振り手振りしながら。それは「何も……何も……何も」という語句とともに高ぶる狂気の身振りだった。

彼が門を出るとすぐに、あの人物が再び姿を現した。彼はそれを予期していた。症状は元に戻る。すなわち定めを受け入れた。あれができるだけ煩わしくならないようにすることだ。彼はそれに専念するつもりだった。

第3場

運命は全くそのようには望まなかった。

受刑者が死んだのである。

年老いたカトリーヌは扉を細く開き、目覚めた主人にそのことを伝える。

すぐさま彼の視線は普段あの影が見える場所に向かった。

影はそこにある。

しかしそれはもはや、靄がかりくすんだ色をした輪郭の曖昧な影でも、死者の相貌をした、霧のなかで見られるぼんやりとしたシルエットでもない。

今やそれは本人である。

ラルバレストリエは不意に上体を起こす。そして、頬がこけ、もう手入れをしていない、顎先に白髭の混じった顔を、出現した霊の方に向ける。

ルーヴァンで彼に向かって発せられた言葉が、この新しい幻影に対面した彼に、皮肉なことに今、地平線の向こうから空を越えて聞こえてくる。

「彼に何か聞きたいことはありますか?」

彼は口に出して言う。「お前に何が要るのだ?」

彼の記憶のなかで、悲劇の呼びかけが鳴り響く。

「ああ! 答えてくれ。何も分からず、死にそうなほどの恐怖を抱かせたままにしないでくれ。教えてくれ、なぜ、棺に閉じ込められていたお前の骸骨は縫合糸を切ったのか、なぜお前を平和に埋葬した墓は、墓石を持ち上げ、その口を大きく開いてお前を現世に押し戻したのか? いったいどのようにして、生命を奪われた抜け殻のお前が息を吹き返し、私に激しい恐怖を刻みつけ、私のような壊れやすい玩具を恐怖の苦悩に投げ入れ、私の魂を理解の範囲を越えた観念に沈めるということが起こったのか? 答えよ、これらはなぜなのだ? どんな目的があるのか? お前が私に要求するのは何なのだ?」

非常に低い声が、死体解剖室でかつて彼に話しかけた、墓の底から聞こえてくるような声がつぶやく。

「お前は死ぬのだ……私のように」

ピエールはよろめく。腕と胸の毛がよだった。

「繰り返せ、繰り返せ」彼は叫ぶ。

そして亡霊は繰り返す。

「お前は死ぬのだ……私のように」

ああ! これは確かに幻だが、彼には何も与えない、いびつな共生関係にある生物のようなものであり、もはや彼を脅かす力はない。触ろうとしても中空をつかむだけだろう。

彼は下着のままベッドから飛び出し、足をふらつかせながら両手を幽霊の方にまっすぐ伸ばした。恐ろしいことだ! 彼は指に肋骨を感じたのである。薄気味悪い存在に実体が備わったのだ! 狂った彼の脳に激しい恐怖の突風が吹き付ける。

大理石のように冷たくなった彼は、歯をがたがたいわせながらベッドの方にぎくしゃくと後ずさり、手が届くなりひと跳びで飛び込み、毛布にくるまって頭を隠して悲しげな呻き声をあげた。

長い間、彼はそのままだった。傷ついた動物が身を隠すように。

彼が降りてこないのを見てカトリーヌが上がって来る。そして体を丸くした彼を見つけた。

「嫌だ！　嫌だ！」覗こうとすると彼は叫ぶ。

そして、ほとんど聞きとれないほど小さな声で言う。

「彼はまだそこにいるか？」

「誰ですか、ピエール様？　何ですか？」

「彼だよ、彼。知っているだろう、あいつだ！」

彼女は理解できないまま心臓を高鳴らせ、周りを見回す。そして、やはり声を落として言った。

「誰もいません……。私には何も見えません……」

彼女にとっては何もなかったのだ、おそらく。誰もいない、彼女にとっては。しかし、彼にとっては？　透視者の目をもち、見えないものと結びつくべき関係にある彼には？

彼は震えながら体を起こして見た。本当にもう誰もいない。

彼の胸から恐怖の波が大きな呻き声となって漏れた。

どっと疲れが出て緊張が解けていく。途方に暮れた彼の体は、ばねがすべて外れてしまったかのようだった。生気を失ってだらりと横になった彼は、女中にそばを離れないよう頼んだ。

――お前は死ななければならない！――

亡霊が彼に刑を宣告する番となったのである。

死ぬ！　いつだ？……それについて亡霊は何も言わなかった……。

ある不吉な考えが、正体不明の者から矢を射られたように彼の脳に入り込む。

「今日は何日だ、カトリーヌ？」

「十二月二十日です、ピエール様」

十二月二十日！　恐ろしく近い！　評決が下されたのは十二月二十一日だった！　一年たち、明日がフリアエ[*1]に評決を捧げた出来事の記念日となる。これが彼の死刑執行日として選ばれた日だろうか？

死ぬ！　どのようにしてか？……それについても亡霊は何も言わなかった。責め苦を絶えず供給する無尽蔵の奈落から、どんなにか恐ろしい、新たな不測の事態が現れようとしているのだろう？　すべてを可能とする巧妙で凶暴なるこの錬金術は、どのような拷問を創造するのだろう？

彼はこの決定的な日に先手を打つことを考える。自殺？　水底に、闇に……、井戸に……飛び降りる。生きる拷問から逃れる……。つまり「死に逃避する……」

いや。どうして彼はこれらの幻に、これらの終わりつつある残り少ない忌わしい声に従うことがあろうか？　暗闇の奈落では恐怖と苦悩がより少ないだろうか？　針が痛みの圧力を最も強く示すのはどちら側だろうか？　いや。試練、懲罰は甘んじて受け入れたが、最期はやってこないのではないか？　残り少ない今年中に終結するだろう。

最後の襲撃への戦いでよろめきながらも彼の思考は巡る。彼を打ちのめす装置を動かす超感覚的な歯車の動きと、時の流れを正す厳格な天体の動きとを、必然的な論理で結びつけるのだ。翌日が冬至の日となる今の状況は、彼の期待に予兆を与える。まだ闘わなければならない。最後のショックが起ころうとしている。もし彼が抵抗するなら呪縛は解かれるだろう。そして、サタンの手から離れ、狂った人間たちの興奮から解放されたファウストのように、彼は傷を受けても最後には、心静まる土地の一面緑の芝の上で目覚め、平和を見出し、幸福を取り戻すだろう。自殺という考えは悪魔が差し出す新たな罠でしかない。どこから来たのか知らないが、そこのテーブルの上の毒薬のビンの背後には！　誰の身体にも属さない手が銃床を差し出す、その武器の背後には！……そこにあるのは何だ？　一丁のカービン銃か？……どこから来たのか？……船の甲板のように、今、揺れているこの床は……縦揺れする……縦揺れする……えい！……えい！……えい！……もう恐ろしいことには慣れっこで、激しい恐怖にうんざりしている彼をさらに揺さぶることができるものとは何か？

第4場

彼はまぜこぜの夢に圧迫されながら、罠はないかと、その日の残りも見張りを続けた。

一時間、一時間と平穏に過ぎていく。日が暮れる頃、冬の夜らしくみぞれは雪に変わった。

彼は半ば安心して寝る。

眠りは、すさまじい努力をし尽くした彼の意志を解き放つ。脳は混乱した悲しい夢々で一杯になる。

彼は雲間で無気力に漂っていた。山の上にあるような鉛色の大きな綿雲は、ゆっくりと互いに重なりながら、凍てつく静かな無限の空を転がっていく。それから、粘り気のある塊のなかで、柔らかく生ぬるい、混沌のイメージとなって無限の空間を満たす。それは先ほどは光だったが、今は闇である。彼自身の意識は消えていき、自分が少しずつこの巨大な混合物に吸収されていくのを感じる。宇宙を形づくっていたものは溶け、不定形でくすんだ緊密な一つの生地にまとめられる。彼は、自分のすべてが崩れ、完全に分解し、溶けてなくなる最後の瞬間にいるように感じた。

＊1　ローマ神話における復讐の三女神。ギリシア神話のエリニュスたちに対応。

第5場

彼の重たい眠りが終わる。終わらぬかもしれぬ恐るべきこの日をできる限り短く過ごすという痛ましい望みから、睡眠は遅くまで引き伸ばされた。彼の瞼が開き、目覚めたのは、十一時だった。

その瞬間、階段をのぼる柔らかい足音が聞こえた。踊り場を横切る者がいる。扉が開く。

それはあいつだった！　自在にそして巧妙に、死のなかを彷徨っているのだ。

それは扉口で止まった。昨日より蒼白く、ルーヴァンの刑務所の葬儀室に打ち捨てられ横たわっている死体と同じように腐敗した悪臭を放っていた。

「今日がその日だ」

「分かっている、死刑執行人め！」ラルバレストリエは答える。彼にマクベスの呪いの言葉が響く。

《私から離れろ、臆病者の青ざめた恐怖よ。私にこれ以上知らせをもたらさないでくれ。もう受け取りたくない。私を導く精神も、私の内にある心も、疑念におののき、恐怖で打ち負かされることはない！》*1

弱気にならずに彼は加えて言う。

「お前は何が望みだ？」

「お前が自殺することだ」と亡霊は答えた。

そして亡霊は引き返す。踊り場を、階段を、たった今し方のようにその柔らかい足を引きずりながら。

カトリーヌが入ってきた。彼女は確かにあれと出くわしたはずだ。

「誰かと出会ったか？」

「いいえ、誰とも」彼女は驚いて答えた。

ピエールは落ち着いて起きあがる。危機は認識したが毅然としている。この一日を乗り切ることだ。最後の罠を避けるのだ。

「お前は自殺しなければならない」と霊は言った。

彼は自殺しないだろう。

自殺！　彼は知っている。それは幻覚にとらわれた者が行き着く最期だということを。迫害者は、この最期をほのめかし、騙そうとしている。しかし彼は幻覚者ではない。彼は幽霊を触った。幽霊は見せかけではない。混乱した脳の創造物ではない。それは現実であり、触知できるものだ。あの世の住人でありながら、彼と同様、骨と肉から成り、決闘も可能である。始まった最後の戦いにおいて幽霊が無力であることは、策略をめぐらせるところに明らかだ。この闘いに、弱さを見せず、対等に……勝利への強い希望を抱いて挑まなければならない！

彼は服を着る。外に出て田舎を歩き回って存分に空気を吸い、もっと自由が感じられる、もっと強さが感じられる、地平線の広がる澄んだ場所で体を動かしたくなったのだ。


彼の視線は母の肖像に注がれる。一年のうちで最も短いこの日のぼんやりとした光は肖像を暗く見せた。母の像はゆらめいていた。彼女は彼にいわく言いがたいほど悲しげに見える。

心を揺さぶられ、彼は母の像を見つめる。肖像の口は半分開かれ、ため息をつくように言葉を発している。「お別れね！」と。

ああ！　それは彼の不安のせいである。彼はこのような心を揺さぶる想像から逃れなければならない。敢然と行動に出る時である。

それでもこの部屋を去る時、彼は振り向き、そして抗することができずに、あるいは永遠に離れ

＊1　ウィリアム・シェイクスピア『マクベス』第五幕第三場に引用の一部がある。『シェイクスピア選集7　マクベス』大場建治編註訳、研究社、二〇〇四年、一八八‐一八九頁を参照。

ることになるかもしれないその肖像に向かって言った。「お別れです!」

第6場

澄みわたった冬の午前中、彼は近郊まで足をのばす。幼年時代には散歩し、青年期には夢想を繰り広げた、センヌ川流域の西側の斜面へ。

薄く積もった雪が野原を白くしている。澄んだ空の地平線近くの低く弱い太陽は、色あせた夏の思い出のようである。そこかしこが孤独で無気力だった。

彼はよく知った道をたどり、歩を進める。村々を横断し——彼はその名をすべて言うことができた——、葉を落とした樹々の間を通り抜け、薄氷に覆われた小川を越える。この土地は若い頃は庭のようなところだった。歩く彼の足下に記憶が甦り、彼の周りをメランコリックで優しい影のお供が囲む。これは立ち上がる希望だろうか? 死に逝く者への最後の慰めだろうか?

彼は晩まで歩いた。

夜が来てもまだ、健康的な活動と夢への没入に飽き足りなかった彼は、再び、同じ小川、同じ森、同じ道、同じ平和な村々を巡り、歩き続けた。それらは、夜の魔術によってひときわ繊細に輝いていた。

第7場

太陽と入れ替わって満月が昇る。

彼はジェットからラーケンへ下る。欠けた墓碑の塔が三つそびえ立つ王家の墓地で十時を告げるのを聞いた。鐘は廃墟のなかで鳴っているように感じられた。

彼は運河の橋を渡る。

遠く前方に、月明かりを消すスカールベーク駅の電灯が輝いている。

それを見た彼は数えた。二、四、六……八！ 彼は身震いする。この数が長いこと彼に引き起こしていた気味の悪い感覚が、苦々しく、うっとうしく甦ってくる。

彼は方向を変え、ヴェルト通りに入った。樹齢数百年の大木が並ぶほどの広い道は霜で凍っている。彼は、まるで足を速めれば時間の歩みまで早められるかのように急いだ。

間もなく魔法が解かれるだろう。一年前、評決が出されたのは確かに十一時だった。

ああ！ の・ろ・い！……

遠くから死とメランコリーの音楽がうねって響き、その旋律を夜にたなびかせる。

古い通りは人気《ひとけ》がなかった。

長くまっすぐの土手道は、同じように長くまっすぐの運河に沿って続き、まるで夫婦が寄り添って眠るかのようである。雪はその双方に白い幕を掛け、樹々の枝が天蓋となって守る。

突然、背後で足音が聞こえた。

心臓を打つ音が速くなる。彼が立ち止まると……通行人が近づく……彼は振り返った。通行人は数歩のところにいる。

彼！ あいつだ！！

二人は互いを見る。蒼白く塗られた顔は、足元に広がる雪より白い。ルーヴァンで会った時のように死者と生者は兄弟のように見える。

最後の決心から、ラルバレストリエの胸が高鳴ると同時に、絶望からくる激怒の波が押し寄せる。

彼は身を縮めて相手に飛びかかり、殴り、噛みつき、引き裂いた。

この世にはいない方が声をあげる。

「お前は絶対に自殺しないのか？」

「いやだ！ いやだ！！ いやだ！！！」幻覚者

はわめく。

「それなら」と彼に飛びかかった幽霊は喘ぎながら言う。「二人で！」

獣が組み合うような激しい決闘が始まる。

亡霊は陪審員の喉もとを両手でつかんだ。彼は激しい恐怖に身の毛がよだち震えあがる。それは、一年前の夢のなかで、柱廊を通った護衛の騎兵の一人に肉屋のように赤い指で捕まえられた時と同じ、柔かく首を締め付けられる感覚だった。悪臭を放つ息苦しい死体の臭いを鼻に感じる。彼は必死に敵の頭をこぶしで叩いた。腕は回転する風車の羽根のように空中で回った。肉体を傷つけ引き裂く衝撃音が聞こえるや、肉はばらばらに離れ、乾き、血は消えた。石膏を叩き割ったように剝片が落ちた。

すると徐々に頭蓋骨が現れ、最後におぞましい不死身の骸骨だけとなったのだ。

ラルバレストリエは足を踏ん張り、体を突っ張ったが、努力もむなしく屈した。幽霊は彼を淀んだ汚い運河の方へと押していく。恐ろしい敵は彼を溺れさせようとしているのだ。彼は激しく抵抗するが、効果は全くなく、否応なしに河岸へと近づいた。

そして足が地面から引き離されると感じた瞬間、彼は超人的な意志で耐え留まり、土手の草むらに入り込む。霜が崩れる音を立てた。斜面で不利な態勢にあるのを感じながらも彼は怪物の冷酷な圧力に抵抗する。体が平衡を失い、後ろに倒れると思ったその時に、首をきつく締め付ける指骨が離れた。

彼は落下し、後頭部で氷を叩き割る。手で草を握り締めて体を支え、足は上方の土手に向かって投げ出された。濡れたのは頭だけだった。彼は再び危機を脱したのである！

ところが、亡霊がひと跳びで彼の上に乗りかかってうずくまり、彼の頭を水に沈めるのだ。

彼は叫ぼうとする。

口のなかは泥水が一杯に詰まっている。彼は痙攣して暴れ、膝の裏を土手の縁に打ちつける。そして、彼は死んだ！

不気味な謎である。彼は一人だったのだ！

「お前は自殺しなければならない！」という亡霊の不吉な命令は遂行された。

夢は死をもって終わった。

陪審員は自殺した。

終わり

図版：オディロン・ルドン《陪審員》一八八七年
リトグラフ・紙　群馬県立近代美術館所蔵

分身　*Le double*

フランス・エレンス　Franz Hellens
三田順 訳　Jun Mita *trans.*

長い航海を経て——記すまでもない些細な問題も船上では幾つか生じたのだが——ようやく私は到着した。

街で知られたレストランの一つに入って席に着いた。息苦しい蒸した空気を冷ますために、天井から吊された大きな団扇《プンカ》が規則正しく動いている。会話を終えたばかりの私は酷く気が動転し、驚きのあまり震えている。このあまりに奇妙な出来事を記憶に留めておく自信はないので、すぐに書き留めた方が良いだろう。

私は在ロッテルダムの、あるオランダ人一家と長年親しくしていた。彼らヴァン・カンプ家は、かつてオセアニアで勇猛果敢なる植民地経営を行っていた。祖国オランダで植民地の食料品を手広く扱う商売を始めて以来、代々受け継がれた大胆かつ手堅い経営方針の下で、一家の繁栄は留まることを知らなかった。

この古参の商会は、オランダを代表する港街ロッテルダムでも特に名高いものの一つに数えられていた。

幼い頃、ヴァン・カンプ家の息子ヘンドリキュスと私は遊び友達だった。一家の他の成員同様、彼はがっしりとした逞しい少年だったが、幼少の頃からその気質は祖先達とまるで異なっていた。

幼いヘンドリキュスは夢見がちな内気な少年で、乙女のように心優しく、想像を絶するほど多感な子供だった。現実的な商売人の一族にあって、彼の気質には極めて特異な点があったことを覚えている。ヴァン・カンプ家の男達が商売のいろはを学び始める年頃になっても、ヘンドリキュスが自分より年少の子供達と遊んでいることはざらにあった。手持ちの金を友達に全てやってしまうようなこともあれば、真冬の折、凍えて身を震わせながら両親の元に帰ってきたこともあった。貧困に喘ぐ芝居で同情を引く術《すべ》を心得た酔っ払いにほだされ、自分の外套をくれてしまったのだ。

*

一家と親しい友人の助言を聞き入れ、ヴァン・カンプ氏は息子を植民地に送り込む決心をする。息子には実入りの良いバタヴィア[*1]の役人の職を手配した。生活のままならぬ息子を日々の実務が矯正してくれるよう願ってのことだった。父親は若者を船まで送ることもせず、別れの挨拶は厳として憤慨しているようにすら思われた。ヘンドリキュスを港まで送り、乗船を手伝ったのは私だった。

彼が旅立ってから数ヶ月ほどして、バタヴィアから一通の手紙が届いた。父親に金の無心をするためのとりなしを私に頼む由だった。こうして彼が当地であてがわれた職を離れたことを知ったの

＊1　現在のジャカルタ。

だが、その件は両親に伏せておいてくれるようにとのことだった。

それを除けば、若者に芽生えた新たな性向を示す兆候を文面から察することは全くできなかった。

彼が仕事を辞めたことで悲しみに暮れつつ、友の手助けのため、老ヴァン・カンプ氏を訪ねた。数ヶ月が過ぎた。私はスマトラ島の消印がついた新しい手紙を受け取った。

このたびの驚きは実に大きなものだった。手紙の語り口や筆跡がまるで異なっていたのだ。そこにはヘンドリキュスの内面に完全なる変容のあったことが見て取れた。この手紙で用いられていたのは力強い言葉のみで、必要最小限の言葉で構成され、頑健な手になる筆跡だった。ヘンドリキュスはスマトラ島でタバコ畑を営んでおり、収穫物を買ってくれるロッテルダムの商社を紹介して欲しいという。スマトラは植民地開発が困難で、厳しい気候に原住民の野蛮な風習、深い森に覆われた地形ゆえ、障害に満ちた土地だった。

この意外な新しい便りを私はすぐに老ヴァン・カンプ氏に知らせた。氏はヘンドリキュスの手紙を読みながら喜びに打ち震え、私の手を固く握りしめた。その眼には涙が浮かんでいた。

「これぞ我が息子だ」と氏は告げた。「あの怠惰な姿はかりそめのものに過ぎなかったのだ……。あいつは目を覚ました。代々続くこの一家に相応《ふさわ》しい本物のヴァン・カンプ家の男として……」

＊

私達は直ちにヘンドリキュスの依頼に着手した。一年ほどの間は好況が続いていたようで、定期的に注文があった。ヴァン・カンプ氏は、息子がようやく一族の進むべき道を歩み始めたことで鼻高々だった。

ヘンドリキュスが引き続き書いて寄越してくる手紙は、それを裏付けるものだった。断固たる態度と力強さが文面からも常に満ち溢れていた。余りの変わりように、最初の便りにはひどく驚かされたのだ。ただ、私には気になることが一つあった。自分の家や大農園、スマトラ島での暮らしぶりを知らせる我が友の手紙には、彼が独り身でないことがはっきりと読み取れた。かつて「僕」であった主語は全て「僕ら」に置き換わっていたのだ。その点について、今や農園主となった彼に尋ねても、返答は要領を得なかった。

一年後、思いもよらぬ便りが届く。ヘンドリキュスは、自分の所有する大農園の労働者達が暴動を起こしたことを知らせてきた。暴動の鎮圧後、自らの手で労働者の半数を殺《あや》めたせいで、新たに人員を雇わねばならぬ事態となっていた。

これらのことが詳《つまび》らかに、野蛮といってもよいほど乱暴な言葉で手紙に記されていた。私がロッテルダムで同じ時を過ごした心優しき内気な友の影も、数ヶ月前に姿を現したやり手で前向きな大農園主の姿も、その行間に認めることはできなかった。

この新たな変化は私の理解を超えていた。ヴァン・カンプ氏はこの出来事によって痛ましいほど打ちひしがれていた。一家が私に抱いている親愛の情に鑑み、息子と私の旧交を憶えていた氏は、我が友の人格と振る舞いにおける不可解な変化を直《じか》に確かめるため、ただちに植民地へ向かってくれないかと私に懇願した。自らが赴くにはもう年を取り過ぎていたし、ヴァン・カンプ氏は事業のこともあってオランダに残らねばならなかった。

私がやってきたのは、この任務を果たすがためだった。

*

私はヘンドリキュスに再会したところだが、彼の話は想像を絶するほど突飛で常軌を逸したものだった。この物語を説き明かす術《すべ》を私は持たず、思考能力は掌中《しょうちゅう》から零《こぼ》れ落ちた。兎にも角にも友の言葉と私自身の所見を基に、この話を一字一句余さず書き留めることにする。

ジャワ島に向かう船上、ヘンドリキュス・ヴァン・カンプは、あるヒンドゥー教徒の知己を得た。彼はセイロンへ赴く所で、二人はそれぞれの国の風俗や考え方を談じた。ヒンドゥー教徒はオランダの青年にヨーガ行者の叡智や体験を詳しく解説し、その教義をよく示す苦行者達の驚嘆すべき事例を語って聞かせた。

その話に深く感銘を受けた若者は、オセアニアの島に上陸するや否や、これまで感じたことのない活力でもって古代の叡智の記された書物の研究に取り掛かり、あのヒンドゥー教徒が旅路で語り聞かせてくれた奇跡を自ら体験しようとしたのだった。

彼をバタヴィアに呼び寄せた本来の任務が十分な熱意をもってなされなかったことは容易に想像できよう。ヘンドリキュス・ヴァン・カンプは、最大の関心事である自分の研究に思う存分没頭するがため、日に日に役所での仕事を疎《おろそ》かにして行き、その任命に当たっては十分な後ろ盾と支援とがあったにも拘わらず、まもなく植民地の官吏を辞するよう命ぜられる仕儀とあいなった。

私に大金の工面を頼む手紙を寄越してきたのは、この頃のことである。

自分の陥った状況を気にも掛けずに彼は研究に打ち込んだ。試行錯誤を繰り返し、ここに記すにはあまりにも多くの落胆を経て、彼は自分の意思を明確な目標へと導き始める。それはつまり、自分自身の影の実体化、もう一人の自分を出現せしむることであった。

いかなる神秘的な術になるものかは詳述しないが、ヘンドリキュスはついに努力の報いを目の当たりにする幸いに恵まれる。始めそれはごくうっすらとしていたが、次第に明瞭さを増し、追い求めてきた像は眼前で形を成すと、立体的な量感を獲得し、ある日、ヘンドリキュス・ヴァン・カンプの完全なる分身は、骨肉を有する二本の脚でもって屹立したのであった。

しかし、全く予期せぬことに、奇妙にもそれは女の姿をしていた。

*

この驚異的な存在と過ごした初めの数週間、ヘンドリキュスは、この女性、ないし彼の分身が自分の本性の体現であるとは得心できなかったが、いつしかその存在に馴染み、ついには傍らで生活しているこの女性を自らの意思で選んだ伴侶と見なすに至った。

この不可思議な出来事の後、彼自身の性格にも変化が生じていた。スマトラ発の二通目の手紙で突如明らかになったように、ヘンドリキュスは精力的な、決然たる男性に変貌していた。

数多の困難にもめげず、伴侶と共に彼は危険な島でタバコ農園を経営した。この仕事には、たゆまぬ労苦と揺るがぬ断固たる態度とが不可欠であった。数ヶ月もの間、この事業は素晴らしい成果を出し続けた。若き植民地経営者の費やした労働量と熱意は、ヴァン・カンプ家の先祖達が数世紀に亘って成した驚くべき成果をたちまち凌駕するほどものであった。

*

スマトラ島の大農園での生活が一年経過した頃、彼の分身、あるいは妻に、どう表現すべきか分からないのだが、命が誕生した。（私は聞いたことのみを記している。今まさに執筆をしていることの卓で耳にしたことを。これらの言葉を私に書かせているのが彼の声であるような気がしている。その声はまるで周囲の壁や、今し方共に朝食を摂ったこの机の上に散乱している事物とによって反復されているように思われるのだ）

子供が生まれた時、本人の弁によると、彼、ヘンドリキュス・ヴァン・カンプは、自分の人格、性格にあった幼稚な部分が取り除かれたように感じたという。常に寛大な心持ちを抱かせていた感受性、それは男性的な気質が強まった後も彼の内にあり続け、事業を円滑に進めて行くことを可能たらしめていたのだが、それが失われたのだった。

人間味があり、穏やかな人格を有していたヘンドリキュスは、たちまち残酷かつ冷酷で無慈悲な人間になったのである。

労働者達の暴動にただ報復するがため、その一部をいたずらに殺めたのはこの時期のことであった。

新たに雇った労働者達にも初め粗暴かつ冷淡に接した。しかし、妙な出来事によって彼の性格は再び変ずることとなる。

それは徐々に、気づかぬ間に生じた。ヘンドリキュス・ヴァン・カンプは、自分の、妻と言ってもよいのだろうが、分身が痩せ始めたことに気付いた。初めのうち彼はあまり気に留めていなかったのだが、まもなく彼女が妙な具合に衰弱していく様を見守らざるを得なくなった。妻はその背丈、体の厚みを減じているように思われた。顔色は日に日に青ざめ、生気を失っていくようだった。ヘンドリキュス自身は力の漲《みなぎ》るような逞しさを感じつつあったが、伴侶の姿はゆっくりとぼやけて行き、終いには完全に霧散してしまったのである。

子供と共に取り残された大農園主にはほとんど自覚されぬまま、土地で働く労働者達に対する態度には変化が生じていた。かつて労働者達に重い罰を与え、過酷な賦役を課したあの無慈悲な厳しさは影を潜めた。むしろ今度は寛大になりすぎたのかも知れない。彼の事業は破綻の兆しを見せ始めていた。

私がバタヴィアに到着する数日前、今度は子供の血の気が失せていく様を彼は目の当たりにする。妻が消えた時のように、我が子もまた衰弱するようであった。妻と同じ現象が認められ、肉体が徐々に衰えると、体は透けるがごとく青ざめる。子供の身体の各部分が徐々に霧散し、ついには完全に消え去り、虚無へと還った。

*

風変わりな我が友が天使が如き顔《かんばせ》でもって私に打ち明けたことには、妻と子を失ったとはいえ、全く哀しみを感じなかったという。逆に、二人が消えたのに応じて残忍な影響力が和らいだようだった。ある時から感じていた心のこわばりがたちまちのように消え失せた。

これらのことを告白するヘンドリキュス・ヴァン・カンプの眼差しは、よく一緒に遊んでいたあの頃の柔和さを取り戻していた。その目を見つめると、興味深い新たな特徴が認められるように思われた。上手く言い表せないが、その瞳は母親のそれに似ていた……。

その語り口と仕草に、かつての温和で内気で寛大な若者の面影を私は認めた。とても気がかりなことが一つあると彼は打ち明けたのだが、それは事業を思ってのことではなかった。自分のせいで会社がつぶれ、再建が不可能であることを知らないではなかったが、ヘンドリキュスが気に病んでいたのは、事業が駄目になった後の労働者達のことだった。彼らは職を失ってしまう。食い扶持を失う従業員達に自分の過ちを清算するための金銭を分け与えるべきではないだろうか……

これらの言葉を聞きながら、私は啞然としてヘンドリキュス・ヴァン・カンプを見つめていた。おそらくは島の過酷な気候が哀れな友の精神を損なってしまったこと、必ずや彼を狂気から救わねばならぬことを私は悟った。

彼の元へ私を遣わしたのが父君で、一緒にオランダへ帰って来るのを切に願っている旨を伝えた。まるで子供のように遠慮がちに、ヘンドリキュスはそれに従う由を告げた。

私達は明日ヨーロッパへ発つ。この出来事に思いを馳せれば馳せるほど、それは理解しがたいものとなる。とにかくまずは、ロッテルダムの医者達の意見を聞いてみることにしよう。

エスコリアル　*Escurial*

ミシェル・ド・ゲルドロード　Michel de Ghelderode
小林亜美 訳　Ami Kobayashi *trans.*

一幕正劇　DRAME EN UN ACTE

登場人物

国王：病んでいて生気がなく、ずり落ちそうな王冠を戴き、垢染みた衣服をまとっている。首や手には偽物の宝石。熱に浮かされたようなこの国王は黒魔術や典礼に夢中になっており、歯は腐っている。エル・グレコというヘボ絵描きがその肖像画を描いた。

フォリアル：派手な色のお仕着せを着た、筋骨逞しい道化師。湾曲した脚で歩くさまは蜘蛛のようだ。フランドル出身。赤毛の頭部は大きく、表情豊かで丸々としており、虫眼鏡のような眼が光っている。

修道士：黒人。結核にかかっている。

緋色の男：桁外れに長く、毛深い指の持ち主。

かのスペインの宮殿の一室。地下室風の照明。背景では遮光性のカーテンが消えかけた紋章の痕跡を見せながら微風に揺れ続けている。部屋の中央には、穴の空いた絨毯が敷かれた古びた階段があり、その階段は――非常に高いところへ――奇妙な、そして今にも崩れそうな玉座へ通じている。それは、死を思わせる孤独に喜びを見出す、迫害された気狂いの玉座だ。その気狂いは、病的で立派な血筋の最後の果実なのである。

幕が開くと、国王が玉座で茫然自失している。両耳を押さえ、ぞっとするようなうめき声をあげている。一方、室外では絶望にかられた犬たちが必死に遠吠えをしている――長々と、息も継がずに――。この嫌な不協和音に、罵り言葉と鞭打つ音が響いて拍子を取るのを、国王はこれ以上聞くまいとしている。

国王

犬どもの喉をかき切ってしまえ、猟犬ども全部だ！　沢山だ！　もう沢山だ！　いらいらさせやがる！　ぞっとする！　犬どもを溺死させろ！　犬どもを殺せ、奴らの鋭い勘も！　もう沢山だああ！……（立ち上がり、よろめく）俺を怖がらせようというのか。正気を失わせようというのか、俺の国王にふさわしい理性を！　で、誰が権力を振るうのだ？　犬どもに陰謀を企てさせたな、人間にはそんな勇気はなかろうから……（吠え声がさらに大きくなる）何てことだ！　夜の犬！　風の犬！　恐怖の犬！　犬……（階段を数段降りる。）フォリアル？　畜生どもの主よ、やめさせろ。国王の命令だ！

外の声

……国王の！……フォリアル？……やめさせるように……

別の声や音

おい！……バシッ！……ベシッ！……

犬たち、静かになる。

国王

俺の犬たちは？　あいつ、俺の犬を殺したな、俺の猟犬たちを！……俺の立派な犬たち！……フォリアル、犬たちは死神を好いてはいないぞ。（うめき声をあげる）死神が王宮に入って来られるなんて、まったくもって不当だ。死神に猟犬をけしかけるべきだった。ああ！　喉をかき切られた可哀想な俺の犬たち！……（修道士が入ってくる。国王が彼に気付く）いや、いや、いや、いや、おまえじゃない！　用があるのは歩哨の方だよ、暖炉に滑り込んできたあの骸骨を火縄銃で撃たせるんだ！

修道士、抑揚のないぼそぼそした声で

陛下……

国王

黙れ！

修道士

……！

国王

なんだ？

修道士、足元にひれ伏して

陛下……

口ごもる。

国王、修道士の前に跪《ひざまず》く

言ってやろうか。（修道士の口真似をして）陛下、これ以上お嘆きになってはいけません。神だけがご存知の最期の刻限を、早めることも遅れさせることも誰にもできはしないのです。どうぞお諦めになって、頭をお下げになって、大いなる不幸を思うための手ほどきをお受けになってください……続けてみろ、頭巾野郎！

修道士、乾いた喉で

陛下は民衆や聖職者、王国のすべてが私たちと同じく跪いていることをご存知です。（演説の受けをよくするため片腕を上げながら）ああ！……（腕を降ろして）鐘を撞《つ》かせて頂けましたら、それは、大いなる慈愛、神聖なる行為です。それに、陛下が鐘に対して発された禁令を解除してくださることも……（立ち上がる）……陛下の繊細な鼓膜を傷つけた犯罪者かもしれませんが、鐘は天に地上の喜びや苦しみを告げるもので……陛下？

国王、立ち上がり、我を忘れて

いや、いや、いや、いや、いや！……鐘はもう沢山だ！　鐘を斬り殺せ！　夜も昼も鳴り響きやがったんだぞ。鐘撞きどもを絞め殺せ！……（憤慨して）死ぬためにこんなに礼式が必要なのか？……修道士よ、俺は、おまえの鐘を殺してやるからな。鐘は俺の頭の中で鳴り響いたんだ。俺の頭の中は犬と鐘でいっぱいだ。この宮殿では、鐘なぞなくても立派に死ねる。鐘や下層民どもの祈りがなくても、俺たちは紋章で飾られた宮殿の地下納骨堂で華々しく腐っていけるさ。ここではみな、死人たちの上を歩いているんだぞ！　死神が悪臭を放っているんだ、ここでは！……おまえたちは死神と、奴の臭いと、奴の虚栄とが好きなんだろう！……修道士よ、修道服の下のおまえは俺に取り憑いているあの彷徨《さまよ》う骸骨なんじゃなかろうな？……（修道士の頭巾を払いのける。すると、蒼白な顔と伏せた目が現れる。国王は冷静になる）務めを果たしに行け。国王はもはや組鐘《カリヨン》を欲しない。決定だ！……（修道士は後ずさりで出て行く、自動人形のように。国王は歩き回り、独白する）鐘……犬……死神……悪夢だ！……死神……鐘……犬！……鐘楼に半旗が上がる、悪夢の旗が……犬どもが鐘にかみつく。死神が俺の宮殿を汚している……（とぎれとぎれに）黒檀の棺を作れ、これ見よがしな墓碑銘を考えろ……ここに眠る！……泣け、祈れ、祭壇を立てろ、喪に服せ、宮廷人どもに仮面とハンカチを与えよ、全力を尽くせ、早くしろ、だが、この馬鹿馬鹿しい断末魔から俺を解放してくれ！……まるで、女どもが一時間ごとに次々と死んで、墓場に、石灰の中に、葬送のトランペットなしで放り込まれたりなぞしていないとでもいうみたいじゃないか、ふん！……（突然冷静になって）俺も泣いて、祈って、顔を蒼くしなければならんだろうな。誰か役者に教わるべきだろう。どこにいるんだ、俺の役者たちは？国王というものは、その高貴なる存在が見世物になっている間じゅう、情にもろいように見えなければならないのだ。歴史は徒刑囚たちに異名をつけるのと同じように、国王たちにも異名を与えるが、その歴史はいったい何と言うだろう？（左の仕切壁の方を向いて）来ないのか？……（修道士が入ってくる）仕切壁に住む者よ、国王の意志を聞け……（卑屈な態度を装って）鐘を鳴らしてくれたまえ、ただしそっとだ、そっと。小さな弔鐘、ごく小さな弔鐘を朕の小さな鼓膜のために……（修道士は出て行こうとする。国王が引き留める）断末魔の苦しみはいったいどうなっているんだ、一幕悲劇のような、重々しく長いあの断末魔の苦しみは？……

修道士

陛下はお気づきでしょう……学者たちがこの苦しみを、瞳の最後の輝きを、長引かせようとしているのです……虚しくも、学者たちは試みているのです……

国王

献身的な詐欺師ども！　奴らの診療の代償に称号を与えようじゃないか！　修道士よ、魂が凍り付くようだ。行け！（修道士は出て行く。国王はゆっくりと、玉座への階段をのぼる、絨毯の上で足を引きずりつつ。独白する）国王は悲しんでいる……国王は胸を痛めている……大蠟燭と紋章の列のなかで、皺だらけで黄ばんだ顔をしたあいつを見たら、俺は思い出すだろう……――沢山の花、沢山の花！——俺に気に入られようとしていた婚約者を……——沢山の花……そして俺はその花々ゆえに泣きじゃくるだろう……（目を覆って泣きじゃくるふりをする）……我が愛しの可愛い王妃のために。俺は泣くだろう、もし死神が宿る場所を違えたなら、おまえが俺のために泣いてくれただろうように、愛しの可愛い王妃よ！……（げらげらと笑う。その機械的な笑い声は長く続く。階段に腰掛ける）なんて奇妙なんだ！　誰も俺の涙の証人にはならなかった。おい、フォリアル？　道化師よ、どうしておまえの国王が泣いているのを見なかったのだ！　フォリアル？　俺の犬どもはおまえを、その滑稽な肉体をむさぼり喰ったようだな？……

フォリアル、階段の一番上の、玉座の後ろに姿を現す

あなた様の犬は国王の犬です、陛下。廷臣にはかみつくでしょうが、従僕にはそうはいたしません。

国王

腹黒め！　おまえがいなくて寂しかったぞ。俺の犬どもの喉を裂くのにこんなに時間がかかったのか？

フォリアル

犬たちは、死神に、あの略奪者につっけんどんに挨拶をしたという他には罪を犯していません……わたしは撫でてやりました、犬たちを。王様方への話しかけ方も、犬たちへのそれも、わたしは知っています、陛下。ですが、犬たちには本当にほろりとさせられます……犬たちは悲しみ、苦しんでいました、陛下……

国王の傍に来て腰掛ける。国王は身を引く。

国王

苦しんでいた？　哀れな犬ども。俺だって、苦しんでいるんだ！

フォリアル

お可哀想な国王陛下！

国王

犬どもみたいに、ではないさ、ふん！　俺は儀礼に倣って苦しんでいるんだ。俺がすすり泣いているのをおまえは見たか？　見なかったって？　ならばおまえは何も見ていないんだ。もしおまえが葬儀の時に俺を笑わせられたら、国王の高潔なる苦しみが世界中で話の種になるだろう。俺を笑わせてみるか？……

フォリアル

ご覧ください！（ケープから手鏡を取り出して自分の顔を映し、渋面を作ろうとする。鏡が彼の手から落ちる。道化師はそのまま身動きせず、顔に見事な渋面をうかべている。彼は小さな声で言う）国王の苦しみ！

国王

素晴らしい！……

熱狂的な笑いが国王の喉から噴出する。国王は顔をそむける。

フォリアルは心配になる。

フォリアル

陛下、クロコダイルは王侯の苦しみにかけては天才の域に達しました。[*1] 陛下には、時にはこめかみに水が溜まることがおありなのでしょうか？

国王、喜びで顔を赤くして

ほう！　欺瞞だな！　俺に同情するつもりだったんだな！　俺のようにするがいいさ！　俺がクロコダイルの学校にいたというなら、おまえは猿の学校に行ったんだろう。やれ、ほら！　やれ、顔真似だ！

フォリアル、ひきつって

お許しください……

国王

俺の望みだぞ！

フォリアル、隠れられる場所を目で探し、腕で顔を隠す

陛下？……

そして、痙攣的に笑い出す。

国王、足を踏みならしながら

見事だ、実に見事だ！（狼狽したままで）もうやめろ！（フォリアル、さらに大きな声で笑う）やめろ！……（道化師の腕を引き離す。言語を絶するほどに引きつったフォリアルの顔が現れる）泣いてるのか？……返事をしろよ？……

フォリアル

犬たちのせいなんです……

国王

国王よりもうまくやれると言うつもりなのか？

フォリアル、感情を抑えて

こういった誤解がいかに起きやすいかをお見せしたかったのです。

＊1　「クロコダイルの涙」は空涙、嘘泣きを表す。

当惑した国王を前に、フォリアルは本気で笑う、今回は激しく。鐘が遠くで鳴り始める。国王は身震いする。

国王

もっと笑え！　歯ぎしりを含んだそのフランドル風の笑いが俺は好きだ。もっと大声で笑え！　宮殿の端までおまえの笑い声が聞こえるといい。おまえの獣のような笑いが死神さえも侮辱するのが俺の望みだ。もっと大きく！……（フォリアルの笑い声は恐るべきものになる。それはうなり声だ）もう沢山だ！……（フォリアルは笑うのをやめる。国王は階段を下り、フォリアルは一歩一歩それに従っていく）俺も笑いたい、獣のように振る舞いたい。

フォリアル

儀礼はお忘れになることです。

国王、振り向きながら

何だと？　では、おまえからは気の利いたものは何も出てこないんだな、不吉な道化師よ。どうしたんだ？……

フォリアル

時宜にかなった顔つきです。

国王、フォリアルを従えて行ったり来たりしながら

この数週間、暗黒の数週間、おまえは待ちあぐねている、おまえ自身のためにしかめっ面をして！　ひどい話だ、おまえの仕事は陽気にさせることだというのに！　俺は解放されるのを待っている。死神がどこかに行ってしまうのを待っているのだ。しかるにおまえは面白いことのひとつも言わず、おまえの国王のために笑劇のひとつもしないのだな！　おまえときたら、酢みたいに刺々しいな！

……（立ち止まる）どうしておまえは私の後ろを歩いているんだ？

フォリアル　陛下の影を踏んでいるのです！……

国王、満足して

やっと！　おまえらしくなったな……おまえはまたおまえ自身になった、横柄で不実な。イタリアやフランスの道化のように皮肉でお喋りなのではなく、おまえの民族の道化師らしく無口で執念深い。おまえの中には悪魔がいる！　おまえの黄ばんでかさかさした肌には、七つの大罪が大文字で書かれているのが読み取れる。七つの大罪とその他の忌まわしいものが！　悪にかけてはあまりにも完璧なおまえが俺は好きだった。おまえは俺のような類の国王が耐えられる唯一の男だった……（飛び上がって）痛い！　俺の影を殺したな！（道化師を平手打ちする）これ以上近づくな、さもないと犬と一緒に寝かせるぞ。卑屈な犬、狡い犬め！　おまえはまさにマスティフ犬みたいな表情や態度をしている……四つん這いだ、フォリアル！（フォリアル、四つん這いになる）嚙みつくなよ。（命令的に）伏せ。蚤を掻け。（フォリアル、言われたとおりにする）眠れ。（フォリアル、息をついて犬の眠りを真似る。静寂。国王は信用しない）犬あるいは道化師よ、おまえは何を考えている？（フォリアルは国王の方へ進み出て匂いをかぐ）フォリアル？　それはやめろ！　おまえが匂いをかいでいるのは死神か、死骸か？（弔鐘が再び鳴り始める。フォリアルは首を伸ばし、犬のように激しく遠吠えを始める、外では、犬たちみなが答える。国王は恐れて、階段の上に飛び上がる）呪いだ！　俺は迫害されている！　もう沢山だ！　犬どもの、道化師の喉を裂け！……（フォリアルは相変わらず四つん這いのまま、国王の後ろから段によじのぼる。遠吠えはやめずに）俺は犬どもの餌食だ！（道化師を何度か蹴りつける）立て！

……

フォリアル、立ち上がる

陛下のごく忠実なる召使いです……

階段上にいる二人は向かい合う。外ではののしりの声。

吠え声がやむ。静寂。

国王

俺の傍で何をしている？

フォリアル

ご命令をお待ちしております。

国王

降りろ。

フォリアルはぎこちなく階段を下りる。

そして突然くずおれる。

フォリアル

陛下？……

国王、玉座に座りながら

やっとお遊びを始めるのか？

フォリアル

陛下？　屋根裏部屋に戻らせて頂けませんか？眠りたいのです……

国王

国王にひとりでいろと？

フォリアル

陛下の気紛れのために、わたしは何年も犠牲になってきました。もう力が尽きてしまったのです。思考力も失せました。陛下、眠りはこの宮殿から逃げました。冷ややかな幻覚のなかで、時間が過ぎていくのです。睡魔に襲われている道化師にお哀れみを頂けませんか?……

国王

まだだ。死神が立ち去るのを待たなければ。

フォリアル

死神が仕事をしている時に笑うのは適切ではございません……

国王

我々が笑いたいとしたら? 愁訴はやめろ! 俺は笑いたい、で、おまえは眠りたいのか? 俺は笑わねばならんのだ! 俺を楽しませられなければ、大臣だろうが道化師だろうが、悪い召使いには絞首刑用の鉄の首かせがあるぞ。その首かせはおまえの顔の形をすっかり変えてしまうだろう! おまえの頭の中には虫けらでも湧いているのか? 笑え! さもないと、死刑執行人におまえを預けるぞ。ユダヤ人か偽金使いみたいに扱われるがいいさ……

フォリアル

陛下?……

国王、立ち上がって

俺の道化師が悲しんだり眠くなったりしたら、俺には何が残る? 王妃が死んだからといって、死神が仕事をしたとして、それがおまえにとって何だというんだ?……蛆虫の国へ旅立つのはおまえの妻か娘だと思われるんじゃないか?……(怒ったように）笑劇だ、やれ！……

フォリアル、立ち上がりながら

深遠でかつ短い笑劇、わたしに出来る最後のものです……二人で演じましょう、陛下。（架空の観客に向かってお辞儀をし、パントマイムで国王と自分自身を紹介する。そしてくるくると回り、階段の上で跳ね回る）わたしの国では四旬節の時に馬鹿者をひとり選んでけばけばしい服を着せ、王冠をかぶらせ、王杖を持たせます。つまりこの馬鹿者を王様にするのです！　この王様を讃え、偽りの玉座へと導きます。この者には礼が尽くされます。下々の者たちが行列をつくり、関心を引こうとし、お追従を言い、歓呼して迎えます。王様は喜んで受け入れ、ビールと見当外れの自惚れで膨れあがります。そして、王様が自分の運命に充分酔い痴れた時……（国王の方へと飛んでいって）人々はその王冠を足元に投げ捨て……（国王の冠をむしり取って階段に転がす）王杖を取り返し……（国王の手から王杖をもぎ取る）元通りの人間に戻すのです！……（後退する）今わたしがしたように。（いやに優しく）お分かりでしょうか？あなたはもう、ひとりの人間に過ぎません。しかも、何と醜い！……（素早く道化の帽子を脱いでベルトに挟んでいた道化杖を外す。口笛を吹きながら話を続ける）わたしも、あなたと同じように、人間としての立場を取り戻しました。そして、わたしもあなたと同じくらい醜いのです！……（激しく笑う）少なくとも、わたしがお勧めしているこの遊びがどんなものか分かっておられますか？ずっと前から準備していたのです。お気に召しますでしょうか？　お笑いください、あなたのお好きな見事なフランドルの笑い方で！　わたしは、あなたがお笑いになるのを拝見しましょう、地下室で笑う時のように素晴らしく！……

手を開いて指を広げる。国王は歯をガチガチ鳴らす。フォリアルは意識を失ったかのようで、手だけが動き、国王の喉元を狙って空中を力強く前進していく。国王はよろめいて玉座に倒れ込んだ、口をぽかんと開けて。叫ぼうとしても声が出ない。フォリアルの手が首を締め付けてくる。国王の息が詰まる。しかし、甲高い笑い声が開いた口から飛び出す。この笑いは道化師を打ちのめし、手を離してぶらりと降ろす。国王は玉座から離れ、距離をとる。

国王、あえぎながら

笑劇は成功だ、いい笑劇だ！……思う存分笑わせてくれ！……何と見事な演技、何と巧く憎しみを演じてみせたことか！……実に驚いたぞ！　おまえの手に注目したことなどなかったぞ！　驚いたものだな、おまえの手は！　おまえが完全に阿呆になったら、おまえを死刑執行人にしてやろう、それまでにおまえが絞め殺されなかったら、だがな……（階段を数段降りて宙に唾を吐く）友よ、あれはたちの悪い遊びだ！……（厳めしく）こっちへ来ないか、屑め。

フォリアル、現実に戻って

陛下？……死刑執行人ですか？……

国王

まだだ！（フォリアルの肩をつかむ。）おまえの笑劇は何と色々に解釈できることか、そして俺はこういう曖昧さが大好きだ！　あまり満足したとはいえないが、何にせよ、おまえは俺を驚かせた。とどのつまり、俺は笑ったし、その笑いは腹の奥底からのものだった。機嫌が直ったぞ……

フォリアル、口ごもって

ここでは霊感が全く沸きません。

国王

もちろん、おまえはご機嫌よろしくはないだろうとも！（フォリアルの腹を叩きながら）おまえは笑劇を利用できなかったのさ、ふん……あるいは、俺を絞め殺すべきだったのだ、だが、おまえは俺が思っていたような男ではなかった。あるいは、お遊びを続けるべきだった、だが、おまえは俺が思っていたような芸術家ではなかった。（忍び笑いを漏らす）俺は喜劇役者の、道化師の技を理解しているんだ、俺は……彼らに俺の愛を！　俺は道化師の心を持っている、特に今夜は。だから、演じてみないか？　簡単なことさ、俺たちはいま、ただの二人の人間になっているのだから。別のものになるには、何か装身具があれば充分だろう。二人の人間、このことを考えたことがあるか？　俺は国王で、おまえは怪物、その俺たちが二人の人間になったんだぞ！　それを思うと俺は嬉しくてたまらない！　だがおまえは、ガーゴイルよ、おまえの顔には心配と苦しみと絶望が現れている——それはみんな俺の顔に現れるべきだったものだが、頑張ってみても現れはしないだろう！　そしておまえの醜さは王室のそれだ、まさに王室の……じゃあ、演じようじゃないか！……

国王は素早く王冠と王杖を拾う。王冠を道化師の頭に載せ王杖を手に持たせる。それからマントを外してフォリアルの肩にかける。フォリアルは訳が分からず、控えめな抵抗を見せる。

フォリアル

まやかしです！……

国王

喜劇さ！……（引き下がって好意的に道化師を見つめる）何という国王だ！……火刑とは、何という国王だ！……（荒々しく）笑劇を続ける！玉座に登れ、冠をかぶったゴリラめ！……

フォリアルが王冠と王杖の重みに押しつぶされそうになりつつ階段を一歩一歩重々しく上がっている一方で、国王は道化師の帽子をかぶり、道化杖を持つ。玉座に辿り着くと、フォリアルはそこに倒れ込み、完全に茫然自失して、階段の下の国王の茶番を見つめている。

フォリアル

陛下？……

国王、諷刺的にお辞儀をしながら

陛下！……陛下の悲しい思いをわたしの浮かれ騒ぎで消して差し上げたいのです。王妃さまが息を引き取ろうとなさっていると？　忠実な道化師として、わたしはこの主題についての見方を変えてみようと思います。王妃さま、不幸な御方……わたしにはそんなことはどうでもいいのです。悲しむのはわたしの役目ではありません！　王妃さまが亡くなられても、別の御方が見つかるでしょう！　笑ってもいいでしょうか！　たまらなく嬉しいのです。わたしは道化師に生まれついたわけではありませんよね、陛下？　わたしにはもともと顔をしかめる癖があり、不実で、陰険で、そういった点では女のようなのです。そして王妃さまは、あの女性は、たった一目でわたしが空虚な人間だと察し、わたしを完全に軽蔑しました！　王妃さまはわたしの心と身体とを吟味して、豪華な衣装こそまとっているが、わたしを道化師だと見抜きました。わたしは国王として振る舞いましたが、王妃さまは騙されませんでした。よろしいですか、陛下、王妃さまを誘惑するためにわたしはあらゆることをやりました、最大限に愛想をこめた媚び諂《へつら》いを。無駄でした、力を尽くしましたが……（軽くパヴァーヌ[*1]の身振りをする）ですが、道化師が自分の人生を語ったことがあるでしょうか？　彼は踊るのです！……わたしは死神のダンスをするのです！　わたしはわたしの自由を踊るのです！　わたしは葬儀を、香料でいっぱいにされたこの蠟人形の無への転落を踊るのです！　急いでその人形を墓に降ろせ、滝のような聖水の下に！　わたしはその亡霊を恐れはしません。（再びパヴァーヌを踊る）わたしが踊ったからといって驚かないでください。わたしは男やもめとして、サバトの雄山羊として、いにしえのサテュロスとして踊っているのです……（中断し、疲れて階段に横たわる）わたしの独り言はお気に召しましたか、陛下？……

フォリアル

不敬の徒め！……死にゆく女、あの女は美しく、純粋で清らかだ。彼女が死ぬのは、この宮殿の静けさと暗闇のせいだ。ここでは壁に眼があり、祝宴の間《ま》には落とし穴や拷問器具が隠されている。彼女は、太陽から遠く離れて不吉な者たちのなかで幽閉され、余所者として生きているために死ぬのだ。彼女は死ぬ、国民のいない、血の滴る王国の王妃は。その王国を支配するのは間諜や尋問官だ。その方《ほう》に申しておくが、死神は慈善家で、余《よ》は死神の到来を願ったのだ、その方も願ったように。死神はきわめて迅速にやって来た、というのも、死神は決してこの場所から遠いところをうろつくことはないのだから、狂気の神と分かち合っているこの場所から。

国王

おお、陛下！　こんなにも自由にお話になるのは思慮深いことでしょうか？　こんなにも率直な言葉を、梨型の猿轡《さるぐつわ》にその言葉を押し殺されることなく、口にすることができるのは国王だけです。

フォリアル、国王の言葉が耳に入らずに

黙れ、道化め！　俺はおまえの最もおぞましい笑劇を知っている。おまえは汚し屋だ、ゴミに夢中で、小人たちや三文役者たちに恋していて、肉の焼ける美味しそうな匂いから鸚鵡《おうむ》のおしゃべりにまで、陰鬱な悦楽を感じるのだ。おまえの罪は神学者の顔色を失わせる。神がおまえの喉首を引っ摑まないのは、おまえのためにヘロデ[*2]の最期をとってあるからだ、あるいはもっとひどいものを……

国王

陛下、わたしを苦しめないでください！　わたしの仕事はあまり高貴なものではありません、わたしの仕事は傷つけることです。教えて頂けませんか、人類から疎外されているこのわたしに、他者への愛とは、他者の苦しみとは何なのかを？　おそらくわたしはこの軽蔑にもまたひどく苦しんだのです、おお！　この軽蔑に……針のような……（小声で）わたしには分かっています、あなたは彼女を、あの理解されない女性を理解できる唯一の人だったと。そしてあなたのために、彼女はあのような眼差しをしていたのです、恥じ入る

＊1　十六世紀ヨーロッパの宮廷で行われていた行列舞踏。

＊2　新約聖書時代のヘロデ・アグリッパ一世を指すと思われる。『使徒行伝』によると、自らを神のように讃えた民の言葉を否定しなかった報いで神罰を受け、蛆虫に食われて死んだ。

思いでわたしを震え上がらせるあの冷ややかな眼差しではなく、感謝に満ちた雌犬の、潤んだ遠くから見つめる眼差し……（階段を上る）王妃さま？

分かっています、壁や差し錠や従僕たちの妨害にもかかわらず、あなたは彼女の心に通じたのです……（声が詰まる）あなたは彼女の身体を手に入れました……

フォリアル、立ち上がってよろめく

この玉座はあまりにも高い……目眩《めまい》がする！

……

国王

はい、あれは奇妙な愛でした！……あなたが廊下を這うように進んだのは、蝿とむっとする臭いに満ちた嵐の夜のことでした……道化のわたしはあなたの後から這っていったのです……（不意に、殆ど出ない声で）そしてわたしはあなたの官能の喜びの証人となるという残酷な逸楽を味わいました。わたしは敷石の上で静かに身をよじりました……（鋭く）陛下、国王というものは愛したりしません、これは慣例です。この国の国王たちは全てを憎悪しつつ支配しているのです！……（さらに何段か上る）非常な幸福が道化師の処罰を招きました。陛下、聞いていらっしゃいますか？……

（フォリアルにぴったりくっついて）王妃さま……星……蜜蜂……音楽……天使……王妃さま、時代遅れの古い小説の中でのように、王妃さまはこの愛ゆえに死ぬのです！……王妃さまは、この怪物めいた、この突飛な愛のせいで死ぬのです！……寝室の空気を吸っていた時、好物の果物を食べていた時、王妃さまはこのことに気付いていたでしょうか？……（階段を三段下りる）この国の重要人物たちと同じ死に方で、彼女は死ぬ……（高い声で叫ぶ）彼女は毒を盛られて死ぬのだ！……（怒って）この宮殿に愛は入ってこない！……宮殿内では愛することは禁止されているのだ！……（階段の下まで転げ落ちる）ああ！　なんたる茶番劇……

フォリアル、酔っぱらっているように、階段を下りつつ

道化師よ、俺は大笑いするべきかね？　それとも真実を言うか？……

国王

我が劫罰にかけて！　だが、何だって？　俺たち二人のうちどちらに才能があるのだ？……

フォリアル

あなたは名優です。

国王

名優なのは、俺たちだ！　もう沢山だ、笑劇は終わりだ。元の身分に戻ろうじゃないか。

フォリアル、階段の上に逃げて

俺の王冠！……俺が国王だ！……

国王、追いかけていって

俺の王冠！……俺が国王だ！……

フォリアル

俺だ、国王は。王妃に愛されたんだから！……

国王、道化にしがみついて

愛はあなたのものだ、王冠は返してくれ！

彼らはつかみ合う。玉座への階段での無言の争い。修道士が入ってきた。

修道士

陛下……（二人は離れ、息を荒くする）王妃さまが……

恐怖に捕らわれ、彼は出て行こうとする。フォリアルは修道士にとびかかる。

フォリアル

なんだと？　王妃が？……言え、俺は国王だ！

……

修道士

国王陛下に申し上げます……王妃さまがお亡くなりになりました！……（国王は立ち尽くすフォリアルから王冠と王杖とマントを奪い取る）国王陛下においで頂かなくてはなりません、どちらさまでも構いませんので！……

フォリアル、跪いて顔を覆う

神が王妃さまをお迎えくださるよう！……

国王

悪魔があいつを連れ去らんことを！……（王冠をかぶり、マントをまとう）ユロス？……（王杖で中庭に向かって合図をし、道化師を指し示す。それから、フォリアルに唾を吐きかける）笑劇の後は悲劇だ……

フォリアル、むせび泣きながら

王妃さまがお亡くなりになった！……

緋色の男が入ってくる、ずんぐりとしているが機敏で、頭部は覆面で隠されている。国王が別の合図をすると、フォリアルの方へ身を屈め、黙ったまま、フォリアルの首を締める。

修道士

赦しをお与えになっては？……

国王

道化師のために秘蹟を行うというのか？……我々の義務を果たそう！（左に何歩か進む。振り向く）おい、死刑執行人？……（緋色の男は立ち上がって手をこすりあわせる）俺の道化師は？……俺の哀れな道化師！……（修道士に）我が師よ、王妃はまた見つかるだろうが、道化師は……

修道士

後生ですから、おいでください！……

国王

わかった！　俺は悲しい、我が師よ、悲しいんだ……（修道士に向かって品のない目配せをする）それで？　王妃が死んだと言ったか？……

国王は愚かしく大声で笑い、修道士の後から出て行く。死刑執行人はフォリアルの屍体を引きずって出て行く。国王のヒステリックな笑い声が聞こえているが、徐々に小さくなっていく。鐘が再び鳴り始める。大砲がとどろく。外では、犬たちが遠吠えをしている。

幕

一九二七年

魔術　*Sortilèges*

ミシェル・ド・ゲルドロード　Michel de Ghelderode
小林亜美 訳　Ami Kobayashi *trans.*

特急列車が海に向かって飛ぶように走っていた。時に信号灯に照らされながら地獄のような火花を散らす線路の上を走って唸りをあげ、時にレールから浮かび上がって摩擦性の大雲の中を舞っているかのように。わたしはコンパートメントに一人、鋼の壁に囚われて、怪物のような機械が死んだような月に向かって昇っていこうが、恐るべき走行の果てに波間に消えようが、どうでもよかった。激しい揺れに身を任せつつ、わたしは微睡《まどろ》んでいた。規則的に続く金属的な振動が、野蛮人の鳴らす銅鑼《どら》のようにわたしを魅了したのだ。わたしの思考は海に向かって走っていた。そして引き裂かれた大気は、列車に砕かれた大地にも似て、太古の海の大いなる動きを思わせた……。

黄昏が野を染めていた。風景が流れていき、馬たちはそれと逆方向に逃げ去っていく。わたしは目を閉じ、煙の中へと、あるいは海の泡の中へと逃げていく馬たちを思い浮かべていた。わたしもまた逃げていた。それで、何を思い出そうとしていたのだろう？　警察？　女？　敵？　悪魔？　いや違う。もっと単純な悲劇だ。わたしは自分自身から逃げていたのに他ならない。誰にでも一度は自分自身に、鏡の中で出会う自分自身の顔にうんざりすることがあるものだ。それは危険な瞬間だ。鏡があまりにも澄みきっていて、そこに映る顔があまりにも冷ややかになる時、それは、逃げ出すべき時だから。それが頂点に達したその時、爆発が起きて、鏡とそこに映る人間の頭部が粉々に砕け散る。

苦しい半睡状態で、わたしはつぶやいていた。「逃げて何になるだろう、自分自身に、肉体に、頭脳に、怒りを感じているというのに？　人生は、あるいは生きることの確かな理由を抱き続けられないがゆえの惨めさは、引き裂かれるように突然遠くへ去って行ってしまった者たちのせいで、耐え難いものになったのだろうか？……　なべて人生経験はこのことに尽きる、逃げ方を知ることに！……　でも、なぜ海なのだろう？　山は狂気を招き、平穏を与えないから。それに、海は世界の果てであり、それ以上遠くに行くことはできないから。己を苦しめるものを捨て去ることを恐れる我々は、はるかな彼方、新しい世界へ向かう船に乗りはしない。何より、海は心を和らげる芳香の漂う深淵で、わたしはそこに溶け込むことができた。それに、塩の柱、高い灯台、それは、海辺の偉大なる夜の回転装置……」

わたしは眠りこんでしまっていた。目をこすると、まだずっと遠いところに、黄色いダイヤモンドをケースから出したばかりの灯台が見えていた。海に近づくにつれて、特急列車は速度をゆるめていく。立ち上がるとふらついた。歌声と叫び声とが、車両の中に飛び交っている。ひとりきりだと思っていたのだが。色とりどりの光が星のように車窓に踊っていた。特急列車は重たげで、そしてあえぐようだった、鎖に足をとられたドラゴンのように。海に飛び込んだりはせず、並んだ船に寄り添うように大人しく止まるだろう——小さな動作に従う巨体。無益な逃避行を嘲笑《あざわら》われているのだ。何処かに辿り着いてしまう！　だが、辿り着くなどわたしには納得できなくて、まだ速度も間隔も充分に保ったまま、ずたずたに裂かれた煙のように渦巻く思考をかき集めようとしていた。それは、わたしの睡魔と反対方向に逃げ去ってしまっていたのだが。〝現実〟が、まさにわたしの前に姿を現した！　それは車両の廊下に、あり得るべきもっとも非現実的な姿、恐ろしいほど醜い下品な仮面という姿で現れた。その朱に染まった顔が執拗にわたしを見つめ、仮面と同じ麻痺状態へとわたしを沈めていった。丸々とした陽気な仮面がわたしを見つめている。鞄の生地に縫い付けられた肥満の人物がその仮面をつけているのが見て取れた。わたしの嫌悪の仕種が引き金となって、その滑稽な塊が陽気に弾けた。仮面は子豚のような鳴き声をあげ、脈絡のない他のいろいろな叫び声がそれに答えたようだ。わたしは目覚めていた。だが、この覚醒は、この仮面の出現は、わたしに何を告げていたのだろう。それを知りたいとも思わず、わたしはプラットホームに飛び降りた。張り詰めた海の風に捕らえられて、目に見えない誰か、わたしを窒息させるほどに抱きしめている誰かと抱き合っているように思われた。

特急列車がわたしを降ろしていったこの海辺の街がその夜カーニヴァルのトランス状態に陥ることを、わたしは最初から予感できただろうか？　閉ざされた小さなこの街、冬の間、店々や漁師たちの間で住人たちが尊大にも孤独に暮らしている街がそうなることを？　おそらくわたしは道行きの果てにこの街に辿り着くのだ、定められている通りに。だがその時この街はどんな状態で、どんな計画を企てていることだろう？……　あいにくと、わたしはこの街を避けて迂回することにし、街の北側を守っている港に向かった。そこから、海と堤防に行けるのだ。教会の小尖塔群や大聖堂の尖塔とともに、街は夕日に照らされて闇に浮かび上がっている。そんな黄昏の街のパノラマにわたしは素早い一瞥を投げただけだった。しかし、街の上に広がる病的で不透明な深緑色の空には驚いた。その一方、地表から生じる青みがかった輝きが、屋根の高さに漂っている。このように、街は夜会を待ち受けているように見えた。そしてその心的領域、さも優しげな空気の中に潜在しているそれは、無数の細部によって表されていた。旗、マスト、音楽の反響、遙か遠くのあちこちから突然現れて走りゆく仮面……。あらゆる振動に、悪臭に、気温に、わたしは粗暴にして洗練された、海のカーニヴァルを認めていた。かつてそれに染まりきったことがあるからこそ、その時のわたしはカーニヴァルから距離を置いていられたのである。海の存在が、この田舎の乱痴気騒ぎに得も言われぬ無限の、未完成の魅力を添えていた。そして小路と排管だらけの街の形態そのものが、堤防の窪地というふざけ回るための一種の閉ざされた平野をそなえているのだ。そこから逃れることは困難だろう。そう、その宵はいかがわしいものになりそうだ。時と共に、街とその怪物じみた積み荷は海面へ向かってゆっくりと下降していく、知性と感覚の世界が溺死するかのように、この上もなく不条理な夢と、この上もなく苛々する悪夢の中で。わたしはそれを愛した。しかしわたしは人が水面に再び浮かび上がらせようとするものを知りすぎていた。わたしは自分自身をこんなにも不幸にした、意識のこの微光に執着しすぎていたのだ!…… 歩きつつ、わたしは心算をして、三月二十一日の今夜は春の誕生の夜でもある、という結論に達した。そして緑がかった空、皆がその下に行って熱狂する銅鐘のようなそれは、いっそう毒々しく見えたのだった……。

乗り上げ場所になっている船渠《せんきょ》沿いに入り込んだわたしは、ペシュール埠頭《ふとう》を大股に歩き回っていた。その先には空間が開けていて、赤々と火をともしたキャバレーが既にふざけた騒音を響かせていた。右側、航路の彼方では、空間をその灼熱の細帯で情け容赦なく打ちつけている灯台が、わたしに安心感を与えてくれている。それは神秘的な贖罪を完遂させるためか、あるいは春分の夜に彷徨《さまよ》う悪天使を追い払うためなのか。そんな春の魔宴《サバト》の天使の一人が、わたしの足元に落ちてきたのだろうか、一人の女商人が、孔雀の羽の束をふりまわしながらわたしの前に立ちはだかった。彼女は、凄味のある大きく不格好な鼻をした褐色の仮面をつけている。その老女はどぎつい照明の当たったウィンドウの前にわたしを押し出していった。その中には百個ほどのけばけばしい顔が横たわっている。それは不吉な、あるいは喜びのボール紙、しかめ面と恍惚の完全なる数珠つなぎだ。「一つお買いなさいよ!……」とその女はきいきい声で言った……。「お買いなさい、役に立ちますから。用心のためにもね!……」わたしは仮面をじっと見つめた。そして、これまでの人生の中で、それらのすべてを身につけてきたと思った。好色な顔、満ち足りた顔、悲しげな顔。さらにそのウィンドウに、鏡に映ったかのように、一人の男に過ぎなかった頃の自分の、忌むべき過去を見たとも思った……。そしてわたしは首を横に振ってつぶやいた。「いや、わたしにはもうこんな嘘の顔を身につける権利はないんです。それに、もうこれ以上人生がわたしに与えたものを隠したくありません。わたしは四十年もかけて自分のこの顔を作ったんです。口づけが、熱烈な口づけが、友情に満ちた侮辱が、嫌悪感による痙攣が、それに恥辱の涙さえもが、わたしのこの仮面を作りあげるのに必要でした。これは唯一無二のものです、冷たいのに悲しげで、不愉快なものでしょうけど。わたしにはこれを変える権利はないんです」しかし、女商人はわたしのつぶやきを聞いてはおらず、さまざまな虚ろな顔をわたしに見せては買わせようとした。ポリ公か色情狂の顔そのもののような、一種のみだらな顔にこだわっていて、それには吹き出しそうになった。わたしを見つめる二つの穴、そのどん欲な眼つきに、女商人のしつこさ以上に当惑させられ、わたしは通りの方へと後ずさりした。

「あなたがつけている仮面を売ってください」とわたしは言った。

怒ったように老女は孔雀の羽でわたしの首を叩いて叫んだ。

「意地が悪いよ、楽しむ気のない人は！　あたしゃ仮面なんてつけてませんよ、こりゃあたしの顔さね！　ところで、お前さん、あんたにゃ悪いことが起きますよ、そうさ、不幸がね。あんたは仮面を馬鹿にしたんだから、仮面が復讐するのさ！　うまく隠れることだね！……」

この不意の出来事にはうんざりしたが、脅されたからというわけではない。しかし、その呪いの声は静かな波止場に奇妙に響いた。重々しく名状しがたい沈黙、塩漬けにされ、機械仕掛けのピアノによって限界まで削られた沈黙……。

波止場の端の家々の前を通り過ぎる時、左手には堤防に通じる坂道が見えていた。堤防の壁に光がいっぱいに降り注いだドラマティックな光景は、一夕を限りに聳《そび》えるボール紙と麻布でできた街のように思われた。無限なるものがわたしを呼んでいた。錨と錨鎖をまたいだわたしは、ついに無限の敷居を越えたのだ。それはあたかも、わたしが既にわたしの思考の中の危険な領域、罠がたくさん仕掛けられたところに足を踏み入れたかのようだった。少し離れたところには、水路と白い桟橋が海に向かって伸びている。それは宙吊りの道で、その先にはわたしの逃亡の終わりが、究極の終わりがあると、わたしには分かっていた。しかし、スポンジのようなその道に足を踏み入れる前に、わたしは街の方を振り向いた。街は思いのほか遠くに見えており、漂流しているかのように、相変わらず蒼い星雲を頂いていて、そこに聖ペテロ・パウロ教会の尖塔が浮かび上がっていた。あの街は何と美しく扇情的だったことだろう、もしもわたしが軽やかに歩む足元に海がなかったならば！……薄暗闇の中で桟橋の上を歩くほどに、わたしは大地から、わたしが偶然そこに生まれた大陸からさえも離れていくように感じていた。名前のない、未知の、そしてより良い土地へ向かっているように感じていたのだ……。しかし、夢のように美しいものになった、魔法にかかったように輝く理想郷に、わたしは背を向けた。そこではわたしのような人々が禁欲主義から解放されて、それぞれの好みに応じて、天使のような、あるいは獣じみた遊びに夢中になっているのだ。低い信号塔に続く長い桟橋の上、無限への歩みを止めることなく、わたしはあの約束の祭りの方へ振り向いた。投光器は高いところを探るように照らし、交差する光線は、空の浮標《ブイ》のような、繋がれた気球に向けられている。そして、打ち上げ花火が街に落ちかかって明るく照らしていた。星や花や藻類やクラゲの類をゆっくりと注ぎかけているかのように。紫色に夜が更けて、どんよりしたとも言いうる様子になり、黄昏の鮮やかな緑が海上の油のように広がっているのをわたしは再び確かめた。海は一番低い打ち上げ波の跡まで後退しており、そのさまは風そよぐ穏やかな野原を思わせる。わたしは人間にするように、海に向かってこんばんはと挨拶をした。今や、街は燃え上がって崩れかねない様子で、わたしにはもう、一瞥を投げかけることもできなかった……。

もはやわたしは逃亡中の男ではなく、不動の男だった。手すりに肘をついて水路を流れる水を眺め、頭上に灯台が伸ばす輝く剣に守られて。大聖堂の敷居をまたぐかのように無限の敷居を越えたばかりで、夜の丸天井の下に身体を乗り出している、純化されたひとりの男。わたしを追い立てたものは、もはや何も残っていなかった。残っているとすれば、ここに着くまでの疲れくらいだ。船のブリッジにいるような気もしていた。揺れている感じ、いやむしろ細かな振動が桟橋の基礎杭からわたしの脚に伝わってきていたからだ。しかし、これは出港間際だということなのだろうか、わたしは到着したばかりだというのに！……海の匂いに感じる陶酔感は、どんなアルコールも与えてくれないものだ。エーテルにも似たその強い香気をわたしは吸い込んでいた。水の小片や天空の湿った埃がわたしに溶け込んで、不毛な戦いのせいで干からびてしまったわたしという存在を蘇らせる。淀んだ水がこれほど愛するにふさわしく思えたことはかつて一度もなかった。大洋とその反映たる神以外のものを愛せることは、わたしには驚きだった。その時は、他の灯台が遠くで国々や道筋を示していようと、彷徨ったり眠ったりするのに良さそうな、月のように丸い丘々が水路の彼方にくっきりと浮かび上がっていようと、わたしにはどうでもよかった。わたしは琥珀色の水しか見ていなかった。そこに反射してきらめく波紋は、舌を鳴らしながら柱《ピラスター》の彫刻を念入りに仕上げている。これ以上贅沢な孤独はない。名もなく、年齢もない。己の運命から解放されたと思える時以上に素朴な幸福はない！……もっとも、海がこれほど穏やかなことにわたしは驚いていた。この春分の夜には、射精の衝動に精気が泡立って、オルガスムに襲われ取り憑かれた老女のように、本能が迷い出ているというのに……。

わたしの幸福の絶頂は長くは続かなかった。その後必然的に訪れた悲しみのせいで、不安に捕らえられたのだ。絶対的な欲望に、わたしは取り憑かれていた。愛人たち専用のワインのように陶酔をわたしに注いでくれるこの海を、わたしは欲した。絶対的に海を欲した。海を精神的に所有したために、肉体的にも所有したいと望んだのだ。世界中の女を欲するが誰一人として手に入れられず、影を追って走ってはあえいでいる、不安な気持ちを抱いた男。わたしという存在が感じている苦しみは、そんな男が今夜のような夜に感じる苦しみと同じものだ。わたしは海が多様で捕らえがたいものだと知っていた。しかし、海が近づいてくるのは非常に心地良くて、わたしはこの闇の中、空と海の間で、その存在をよりしっかりと感じたいと思った。その思いが少しも理性的でないとは考えもせず。おそらく、あらゆる事物の本質を理解するのを妨げるこうした理性、それは、もはやわたしの中では生まれかけの状態で存在しているに過ぎなかった。というのも、わたしが桟橋の側面にある船着き場へ向かっていくのを理性が邪魔することはなかったのだから。海面へと向かう険しい階段を、わたしは一段一段降りた。こんなにも思うままに行動でき、こんなにも自由であることに大いに幸福を感じつつ、それを誰かが見たならば、危険だと、さもなくば非常識だと思うだろう行為を完遂したのだ。わたしは内側の足場を降りていった、匂いのする厚板の間を。ステップは藻類や菌類で覆われて、足に柔らかく当たった。間もなく、わたしは波と同じ高さのところに降り立ち、波に触ることができた。それ以上は降りず、この木でできた小部屋で、わたしはただただ不安を感じていた。それは、水があらゆる所に漏れ流れ込んでいるのを感じたからでも、階段が水の下に沈むのを見たからでもなく、この避難所にこんな姿勢でいるのを見つかるのではないかと考えてのことだ。わたしの逃避行は、ここで終わったのだ。泡が撫でていく格子蓋の上に立っていると、この深みの中で、人生を遙かに超えたところに、その外側にいるような気がした。宇宙の他のどんな場所でも、この神聖な自失状態を、しつこくて子供じみたこのみじめな個性がかくも完璧に赦されたことを、わたしは感じられなかったろうと思う。もはや何者でもなくなること、それがこの瞬間の――どのくらいの間続いたかは分からない――わたしの享楽だ。世紀ももはや数えられない。そしてわたしは、世界は原初、不幸から生まれ出る前には、これに似た強い匂いを放つ海だったに違いないという幻覚《ビジョン》を抱いた。

それがわたしに取り憑いている唯一の幻覚《ビジョン》だというわけではない。時を遡ると、冷たい血を持ち、水中で生きる機能をそなえた自分が見える。わたしは魚だったのだ。これはもう、生物学的な夢に他ならない。その夢は海のおかげで存在し得たに違いなく、海の懐には、海洋学者の目こそ逃れたが、いにしえの船乗りや古代の伝説収集家には知られていたいわく言い難い生物がいたのだ。ああ！　想起されるや否や皮肉にも出現してくる、《宿命》に似た《本当らしからぬもの》を想像しないようにしなければ！……一艘の小舟が水路を横切り、船着き場へ向かっていた。思いもよらない形をして、半ば水没し、明かりをつけず、何かよく分からないものを乗せ、赤い色をしたその小舟は、むしろ古めかしい型の渡し船のようだ。オールの音もモーター音も聞こえない。「近くの船乗り場からやって来た、カーニヴァルに向かう途中の漁師達だ。彼らだけが規則をものともせず、こんなふうに水路を通ることができる……。でも、もし彼らが酔っていたり、興奮しすぎたりしていたら、生気のない影像みたいにじっとしてはいられないはずだが?……」とわたしはつぶやいた。小舟が近づくにつれてわたしの好奇心はいや増していった。とはいえ、また人と会うのは嫌でもあったのだが。見たところ、十二人ほどのようだ。男たちだろうか? いや、違う。もちろん、仮面たちだ。もしその小舟が潮の動きのままに流されていたなら、港の粗野な連中が自分たちの愉快な日々をもとに創り出した喜劇、他人には理解しにくい海の喜劇だと思ったかもしれない。しかし、小舟はしっかりと制御されて、流れを斜めに切って進んでいた。その出現が一見不吉に思えるために、それがカーニヴァルの冗談だとは思えなかった。間違いなく、小舟はわたしの方へ向かっていた。桟橋へ再び上がることもできたろう。あるいは小舟の動きを見守り、その奇異な乗客たちが下船するのを別の場所で待つこともできたろう。だがもはや特に意志も持っていなかったわたしは、床に張りついたままで、どんな不安もわたしの心に染み込んではこなかった。わたしはただ、ある種の気詰まりを感じていただけだった。それは自分がこの渡航の単なる目撃者にはとどまらないだろうという、面白そうな出来事が起きそうだという、期待と予感からくるものだ。小舟は近づいてきたが、横付けするのはためらわれるようだ。その時、舟に乗っている者たち、すなわち男たちあるいは仮面たちに呼びかけたいという願望に捕らわれた。なぜかはよく分からないが、言葉は喉元で止まった。

いや、幻覚に捕らわれた芸術家の版画にも、精神病者の話にも、今ではその姿を見てとることができるこの船乗りたちほどに不安と同時に憐れみを催させるものを見たことがない。《美》のさまざまな様相が数えられるとしても、《恐怖》のそれは数え切れないようだ。そして、自分が助かる方法を考えるよりむしろ——このような出現には常に災禍が伴うものだから——、わたしは体系だった哲学的考察に耽ったが、自分が説明不能の麻痺状態に恐怖を感じていないことには驚いていた。監視所のような居場所から、わたしは梁《はり》につかまって海上に首を伸ばしていた。悲劇の中の亡霊のような格好でやって来た者たち、わたしには彼らが人間界にも動物界にも属さないことがもう分かっていた。難破船の上に立ったこけ威しの幻影などでもない……。ごく普通の体格をしている彼ら筏《いかだ》乗りたちだが、骨と言えるものは一切ないかのように、また、成長するというにはわずか過ぎ、老衰するというには過ぎるくらいに、中途半端にガスでふくらんでいるかのように、縮まったり伸びたりしていた。そんな風に、流れのままに海中の花々は揺れ動き転覆する。最初は彼らが屍衣《しい》に覆われていると思えた。彼らは裸で、かろうじて見分けがつく灰色の身体をしていた。しかし、奇妙なのはぼってりとした彼らの頭部、身体に対して重すぎる、胎児のように膨張した彼らの頭だ。その顔は、くすんだ海緑の色合いとガラス化された輝きによって、クラゲを思わせた。砕ける大波に隠れたどんな未発達の存在に、春分は人間らしさを与えたのだろうか。どんな宇宙的カーニヴァルから、深海の塵、これら胎児の仮面は引き離されたのか?……人間的側面を思い起こさせる膜の中に男たちを見分けるには、気が狂っていなくては駄目だ。しかし現に動く膜は存在し、その存在はきわめて説明しがたいが、膜はやはり船着き場に向かっている。こうした事象は幻想や混乱のなかで、本物の人間たちと入り交じることもあり得ると考えて、わたしは身震いした。そして、赤い小舟、まさしく浮かぶ棺がさらに近づいてきたので、わたしは思考が混乱するままに、古い迷信を思い出していた。「これは思い出を呼び覚ますために来た煉獄の魂たちではないのか？水の墓の中で警告を受けた古い仮面が、祭りを見に戻ってきたのではないか？……」疑問にかられて、わたしは現れた者たちに呼びかけた。あたかも彼らが聞く耳を持っているかのように。「煉獄あるいは辺獄の魂たちよ、飲めや歌えの大騒ぎをし、あるいは苦悩に沈んでいるオタマジャクシに似た者たちよ、望みは何だ？……おまえたちの人間性とわたしのそれとの間には、何か相いれるものがあるのか？　とはいえわたしは他の誰よりもおまえたちを理解できる。異常なものや超自然のものをわたしは少しも恐れない……伝言を持って来たのか？……われわれ人間のように、善悪の感覚は、あるいはかつてそれを持っていたという記憶はあるのか？……」小舟は船着き場の厚板にぶつかった。わたしは引き下がる。怪物たちはわたしのすぐそばにいて、彼らからもう逃れられないのではないかという不安にわたしはかられた。われわれは同じ高さのところにいたが、わたしとしては、手を伸ばすだけで十分なはずだった……。わたしの位置が危険だということがしまいには分かったが、手遅れだった。あれほどに見つめ長広舌をふるったにもかかわらず、これら魔術幻灯めいた生き物がわたしの目にしか見えないのかどうか、わたしには分からなかった。そしてまた、わたし自身も彼らの目にしか映っていないのかどうか、魚の目以上に呪わしい彼らの死んだ目に、ゼラチン質の顔にかろうじて見分けがつくような目にしか映っていないのかどうかも、分からなかった。航海してきた彼らは、目的地に達したのだ。小舟は下からの何らかの力にひっくり返されたように、竜骨を空に向けてひっくり返り、オタマジャクシのような積み荷を水中に投げ捨て、わたしの足元に沈んだ。十二体ではなく、百体が浮かんでいる。それは、膨張した、おそろしい睡蓮の花、あるいは膿でいっぱいの泡。階段下、杭の間にひっかかっていたそれらのものは、床にくっつき潮とともにのぼってきて、わたしを取り巻いた。水が上がってきてわたしのくるぶしを、次いで脚を揉みしだいたのと一緒に、海の蛆虫も上がってきたのだ。わたしのいた地上に一体どんな救済を期待しているのだろうか？　高所へと戻ることか？　神秘的な藻類によって、既に浸水しているステップに下肢を繋ぎ止められて、わたしは麻痺状態のままでいた。そう、自分が置かれている状況に対する恐怖がひしひしと感じられてきた。わたしは水に呑まれようとしているのだ。だが、わたしが恐れているのは　窒息することではない。水面を泳いでいるオタマジャクシのようなものたちがわたしの喉元まで来ることを思って、そして未知なる死、その処方が先史時代以来失われたままになっており、《時》の上空を飛ぼうと願った挙げ句、軟体動物の断末魔の運命を己に見ているわたしのような傲慢な人間に定められた死なるものが、前代未聞の方法で、あのオタマジャクシたちによってもたらされることを思ってわたしは恐れていたのだ。「神よ」と心の中でわたしは叫んだ。「こんなことをお許しにならないでください！……この身体が蟹《かに》に喰われるというなら甘んじもしましょう。ですが、わたしの魂があの蛆虫どもに汚されることをお許しにはならないでください。だって、連中はわたしが自分たちと同じになることを願っているのです！　神よ、お助けください！……」後頭部に乱暴な一撃を受けて、わたしはこの嘆願を終えた。水路へまっさかさまに落ち込んでいるような気がした。自分が死んだように感じ、目眩《めまい》のするような回転に巻き込まれ、わたしの鼓膜は遭難を告げる鐘のように打ち鳴らされた……。

死が完遂されないままに人が死に得るということは、そして、《運命》の急旋回によって通常の生活に投げ返されるのだということは、紛れもない事実だ。まさにそんなことが、わたしの身に起きたのである。わたしは深淵の底にいたのか、そしてその深淵がわたしを水面へと投げ飛ばしたのか？　わたしには分からない、なにも分からなかった、知ろうともしなかった。わたしは感覚を押し殺した。脳漿の結晶がゆっくりと再燃していた。桟橋のステップはもうなくなっていた。その方がいい。わたしは深紅のビロードの壁掛けのそば、明るく照らされた部屋の奥に置かれた肘掛け椅子に座ってくつろいでいた。わたしは鏡を、花を、グラスを眺めていた、瞳は曇ったままだったけれども。それに、くつろぎを感じさせると同時に生き生きとした、星のようなシャンデリアの光も眺めた。その光は室内に置かれた品々をこの世のものではないかのように見せており、その品々のライラック色をした影は、非常に大切に囲われたこの部屋を理想の場所に、完全に守られた休息の場にしていた。しかし、それは静寂の場ではなかった。蜂の羽音のような鞘翅《さやばね》のかすかな音が聞こえてくる。そしてこの部屋の外からは、舞踏会と礼拝行進の開催を声を揃えて告げる、耳に快い無数のざわめきも。わたしはこの新たな状況を受け入れた。これは、わたしが折良く呼び止めた《神》の介入の賜《たまもの》に違いなかった。どんな方法でこの奇跡が行われたのかはどうでもいい。一般的論理から外れたところで起きたことなのだから。ゆえにわたしは、ゆったりかつ堂々として背が高く、わたしの心を動かす美貌をそなえた人物がこちらへ向かってくるのを見ても、少しも驚きはしなかった。おそらくはその部屋の光から生まれたこの人物について、わたしは全く先入観を抱いてはいなかった、わたしを救ってくれるのはこの人だということ以外には。輝く目にいっぱいの善意を浮かべて、彼はわたしを見つめていた。宗教的伝統に従った型通りの乳白色の顔、大天使にしか見られないような輝かしい顔立ちのなかで、その目は灰紫色《モーヴ》をした二つの星のようだった。巻き毛の頭には兜のようなものをかぶり、長く重厚なブロケードの衣には幾何学的な襞《ひだ》がついていて宝石の帯が締められ、その出現者を神秘的な戦士に見せている。この素晴らしい未知の人を、わたしはどこで見かけただろう？　どこかの劇場か、それともいつかの夢で？　どこの美術館から、あるいはどの世紀から彼は蘇ってきて、わたしを恍惚とさせるのだろう？　非常な魅力を前にして、わたしは、古いステンドグラスのなかに表されているような高等種族の一女性を見ているように思った。しかし、熱の籠もった深みのある声に、その出現者の雄々しさが弾ける。親しげにわたしに話しかけてくる彼の声は、天空にパイプオルガンの音を響かせているかのようだった。

「海だ、海のすべてだ、知らず知らずのうちにおまえが飲みたいと願っていたのは！……　グラスをひとつ取って、ネペンテス[*1]の汁を飲むがいい。卑俗な死すべき者として、おまえは酔うべき時なのだ」

わたしは手元にあったグラスを取り上げ、飲み干した。するとたちまち、心からの満足感に満たされた。その素晴らしい人は続けて言った。

「わたしはおまえを知っている、友よ、おまえもわたしを知っているのだ。今日はおまえを救えたが、もしこんなにたびたび危険に身をさらすようだと、この次も救えるかどうか……。どうしてカーニヴァルの猛火を避けて自殺という凍った井戸を目指したのだ？　狂気が救いとしてわれわれに与えられていること、そして評判を落とすことが必ずしも恥とは限らないことを知らないのか？……友よ、おまえは孤独のかどで有罪で、海に呑み込まれるべきなのだ。神はわたしがおまえの軌道にあることを、おまえの最後の呼びかけを耳にすることをお許しになったが、この先いつまでもお許しくださるだろうか？　わたしがいなければ、因習の通り必ずや、おまえは波が絶えず押し戻してくる身元不明人、カーニヴァルの溺死人、『仮面なし野郎』になっていただろう。哀れな者が祭りの罪科の代償を支払わねばならないように……」

そして大天使は笑い出した、太陽のような口をして。他の笑いが部屋の中でぶつかり合った。その時初めて、わたしはこの部屋が、黄色やピンクや白やモーヴの、明るい色の幾つもの仮面、羽根飾りを付けて、ダンスをしているように絡まり合った仮面でいっぱいになっているのに気づいた。大天使はそれらすべてを支配しており、彼らの宗主であるかのようだった。合図をして、彼はその不思議な踊り手たちを追い払った。彼らはわたしに《狂気》を思わせたが、それは《狂気》には超自然的な、庇護してくれるような何かがあるからだったろう。再び合図をして、大天使は壁掛けをむしり取り、声高に言った。

「カーニヴァルだ！　見よ、そして悩みを忘れよ……」

わたしは自分でも驚くような叫び声をあげた。なにしろ、わたしがこんなふうに嬉しい驚きをこめて叫ぶようなことは、子供の頃のお伽噺《とぎばなし》のような日々以来、もうなくなっていたのだから。

わたしはアルム広場が赤く染まり、市役所が火花をぱちぱちと散らしているのに気がついた。その向かいのバルコニーに、そこが桟敷席であるかのようにわたしは座っている。街の上を漂う星雲は広場まで降りてきており、その震えるような靄《もや》のなかで、縁日の大勝利、カーニヴァルの歓喜が完成した。壁面のイルミネーション、掲げられたたいまつ、そしてこの屋根あの屋根へと奮闘する投光機、これらが大気中で激しく燃え上がっているかのようで、そこで小鳥たちや空飛ぶ魚たちのシルエットや間もなく灰に返る不可思議な数多のフォルムが転覆する。目がくらんで、わたしはバルコニーに立つ造物主の手をした大天使がわたしに見せているスペクタクルを理解しようとした。けばけばしい色彩の群衆と燃えるように輝く光景は、あたかも彼の気紛れな命令で生じたかの

＊1　憂さを忘れる古代ギリシアの妙薬。

ようだった。しかしわたしは、この魔術師のルビーやエメラルドの輝く手、仮面をつけ熱狂した群衆を祝福するかのような手に魅了されていた。彼はこの錯乱の指導者なのか、あるいは深刻なトランス状態にある無辜《むこ》の人々に赦しを与えているのか？　わたしには彼の言っていることは聞こえない。下卑た音楽が演奏されている広場から伸びる八つの通りへと噴出するファンファーレ、その不協和音さえも群衆の鋭い叫び声に圧倒されている——それは、炎の餌食となった動物小屋の絶望を想起させる騒然たる叫びだ。しかし、その光景は色彩とリズムのおかげで軽やかかつ魅惑的であり続け、《大衆》の子供達が集まるときにはつきものの恐慌状態を招きはしなかった。彼らはまだ市民だった。ただしそれは仮装や持ち物や、この偉大な本能の夜に急に見出された原始の猿のような魅力のおかげで復権を許された市民たちだ。悪魔祓いや皮肉な嘲りが幅をきかせるようなことは全くなくて、一同による儀式的舞踊はきわめて純真なものにとどまっている。わたしは大天使の祝福を讃えた。わたしは彼の唇に言葉を読みとった気がした。おそらく彼はこう言っていた。「喜びや苦しみに浸って純粋であること。それは、死後の生命の秘密であり、値打ちなのだ……」ごくごく小さな声でつぶやかれたこうした言葉をわたしが受け取れるように、喧噪がより激しくなるとは！　しかしわたしはその時、あらゆる奇跡を受け入れた。あらゆる魅力的なものがわたしに帰せられていた。だから、版画でその特徴をよく知っている馴染みの仮面が自分の隣に座っているのを見ても、わたしは少しも驚きはしなかった。それは軍服を着た貴族で、装飾用の綬《じゅ》と剣をつけ、革手袋をはめた手をわたしの肩に置いていた。

「侯爵！」とわたしは叫んだ。「あの記念すべき包囲戦を経てあなたが奪取したこの街にあなたが取り憑いているなんて、そんなことがあり得るのですか？　おそらくあなたはこの街があまりに醜い姿で再建されたと思っておいでなのですね！　カーニヴァルがかなり変容してしまった、とも。この廃墟をアルベール大公に奉じて以来、あなたはここにいらっしゃるのですか？……」

スピノラ侯爵は品位ある渋面を浮かべたが、それは彼の栄光が今もなお生きていることをほのめかし、またその古さをも思い出させた。彼は広場を指し示して言った。

「あれがわたしを受け入れてくれるのだ！　そしてわたしに素晴らしい時代を思い出させる……」

群衆は三つ叉を持った悪魔に押されて広場の中央部を明け渡したが、そこには一般の人々よりも豪奢に仮装をして仮面をつけた人々でいっぱいの鉄筋製の東屋《あずまや》がある。花火が始まって空中で爆発し、次々に起こる爆発音がスピノラをうっとりとさせた。悪魔によって一掃されたその場所で、どんな儀式が、どんな幕間狂言が、用意されているのだろうか？　大きくて白い人形が立てられているのが見えた。雪のように白い巨大なマネキンのようなそれには、恐ろしい仮面をつけた小さなマネキンが沢山結びつけられている。それが悪徳と春の惨めさとを象徴しているのは明らかだった。そして、テーベのトランペットが時を告げた。炎が立ち上り、民衆の喝采が起きたが、それは間もなく残虐なものになる。炎は真っ赤なチューリップの形をしており、その中央にはまさに拷問を受けた人間がするような姿勢でマネキンたちが身体をよじっていた。本当の火刑というには、焼かれる肉体の臭いが欠けており、疲れを知らない花火職人によって発せられた不浄な雲にはそれほどの値打ちはなかった。市役所の塔から、彗星花火や螺旋花火がはじけていた。色とりどりの火山のように、広場中が爆発していた。それがやや弱まると、屋根の上の空間を歩く、葉叢《はむら》に覆われた華奢《きゃしゃ》な軽業師がバラ色の昆虫のように素早く、長い棒の触角を揺り動かすのが見られた。《春》が天空を横切っていたのだ！　わたしは他の人々同様に拍手喝采した、心からの喜びを感じて。しかしこの喜びはあまりにも生々しく、わたしは息が詰まって失神しそうになった。瞳はかすんでいたが、わたしの方に身を屈める大天使の姿は見えていた。大天使の指はわたしの額に触れていた。徐々に意識を失いつつ、わたしは彼にほほえみかけた。彼の吐息はまさしく春の最初の吐息のように、わたしを包み込んでくれていたのだから。

あらゆるものから戻ってきた、最高に熱狂的な祭りから、最も支配的な睡魔から、そして死からさえも。あの宿命的で感動的な夜にわたしを取り巻いていた幽霊のように、時には歓迎される幽霊が存在するのだ。わたしは眠りから覚め、ソファで気を失っていたことにすぐに気がついた。ホテルの応接室には、夜明けの灰色がカーテン越しに差し込んできていた。歌声も叫び声ももう少しも聞こえないところをみると、祭りは終わったに違いない。親愛なる仮面たちは行ってしまった、またわたしをひとりきりにして。婚礼の時の悪友のようにではなく、精神的な兄弟のように、生き延び方と同様に生き方も知っている上流階級の人々のように、立ち去ったのだ。元通り閉められたバルコニーの窓にカーテンを引き、わたしが風邪をひかないように毛皮をかけてくれたのは大天使だろうか？　あるいは、包囲戦の間この街で生きていくために、ここの気候を知悉していたスピノラだろうか？　そして、はっきりとは覚えていない他の仮面たち、わたしの傍に砂糖菓子と酒類、煙草と数本の花、祭りの後の不吉な夜明けを見るだろう人間に必要なこうした品々を残していったのは彼らだろうか？……「こんなやり方は」とわたしは考えた。「わたしが関わったのが人間ではないことを示している。「わたしの同時代人の一人ならば、たとえ気品ある人物でも、永《なが》の別れのしるしに腹の上に糞を置いてわたしを放っていっただろう。わたしを救い、もてなしてくれたのは、だから、この世の者であるはずがない……」こう確信すると、不明瞭な過去の、随分前に始まったように思えるあの夜の後の日の光を見るために、わたしは起き上がってカーテンを開けた。日の光を見るために、そして時間の経過に従って、同時代人たちを、消え去ったカーニヴァルを、放埒な曖昧さを見るために……。

ああ！　明暗法の中で、霧雨のニスの輝きの下で、アルム広場が供していた消え去りし装飾がわたしを震えさせる！　市庁舎は事実上復元され、ブルジョアの家々の壁面は風邪をひいたかのように水浸しになった旗で鼻をかんでいた。焼け焦げたポールや棒は立ち並んだままで、夜の抱擁のあかしのようだ。そして、中央、おもしろみのない鉄筋製の東屋のそばには、ボール紙と藁《わら》でできた異端の指導者たちや魔術師たちの死に場所となった火刑台の名残があった。実際、死刑執行時の屍衣をはじめ、数多の残存物は燃やされ続けていて、街を浄化しているのだ！……こうした不快な感覚は、危惧していたほどには、わたしを動揺させなかった。サロンにある何ものも、卑猥な乱痴気騒ぎの酒盛りをわたしに思い出させはしなかったのだ。そこは秩序が支配していた。しかし、わたしの足に残っている湿り気は、前の日にわたしを誘惑し始めた海の思い出だ。「立ち去り方を知ること」わたしはつぶやいた。「適切な時に立ち去ること……。この宿で、このフロアで何をしよう？　ここではわたしは未知の人間だ。沈黙と偽善に返ったこの地方都市で何をしよう？　この街は道路清掃人のものだ……」このブルジョワ風のサロンに最後の一瞥を投げた後、わたしは階段を探した。確かにいい趣味だ、威光ある人物たちが、そしてわたし自身もそこにいた、その場にふさわしくない、祝宴から仲間外れにされたわたしも……。

一階に降りて、わたしは豪奢なカーニヴァルが申し分なく執り行われたのを見て取った。寝起きのぼんやりとした状態で、わたしはいくつかの扉を開けた、そしてさらに別のいくつかの扉も。そのひとつは便所に通じており、そこでは熊が一匹、正義の人のようにいびきをかいていた。最後の扉はイギリス風の居酒屋に続いており、そこにはまだ電球がすべてともっていた。鼻を衝く臭気のなか、ひっくりかえった椅子の間を、わたしは突っ立っている燕尾服姿の給仕の方へ向かっていった、嵐の中の船頭のように、腕をさしのべて。長椅子の上で、わずかながら残った仮面たちが、嘆き悲しむようにまだ譫言《うわごと》を言っていた。髪のカールが取れてしまった羊飼い女、翌日の不安にとらわれた伊達男。硫黄を燃やすのに使われた、悪臭を放つ地下蔵にいるようにわたしには思えた。わたしがその給仕に問いかけたので、その哀れな男は病気の犬のような目をわたしの方へと上げた。その酔っぱらいの譫言から、わたしは彼がわたしのいたフロアとバルコニーを夕べのために借りた者のことを知らないのだと理解した。彼が知っていたのは、あの仮面たちが泥酔した知人を連れて夜が更けるかなり前に馬車でもどってきたこと……。わたしは微笑みをこらえることができず、立ち去った。給仕は突然顔をナプキンに埋めた。あちこちに嘔吐されており、茫然自失した仮面がその吐瀉物で壁に張りついたままになっていた。わたしは仮面たちを助けたいと思ったが、息苦しかったし、消毒用のホルマリンも最悪の排泄物が発するこの悪臭には敵《かな》わなかった。わたしは敷石の上に飛び降りた、清めの水の中の寄生虫のように……。

夜明けが来た、厄介な夜明けだ。分厚い雲が西の低いところへ駆けつけた。どこの屋根裏部屋でおまえは眠ったのだ、《春》よ、われわれを驚嘆させるために街の上空でバランスをとったバラ色の軽業師よ。そして街よ、おまえは鉛色の屋根に痛みを感じ、朝の強烈な寒気のなかで身を縮めている。石造りのおまえの建物には敵意があって、窓の明かりが消えていて、下水道は詰まっている。それは当然のことだ……。遅れていた仮面たちが帰ってきた、撓《たわ》んで、千鳥足で、夜明けを恐れ、自分たちの偉業の劇ももはや覚えていない。そして海は、正反対に、永遠のものがたり《ディスクール》を繰り返している。フランドル通りをのぼって、わたしはたちまちテラスに着いた。わたしはそこから海に正面から話しかけた、不機嫌に、唾を吐きながら。しかし、海の無限性がわたしを我に返らせた。そこで、波のようにわたしを取り巻く滋味豊かな空気を、逸楽的な気分でわたしは飲んだのである。

わたしは潮の引いた浜辺を、水路に向かって大股で歩いた、貝類はほとんどなく、座礁したクラゲだけがちりばめられている砂の上を。この海と桟橋の光景は、そこで生じかけた個人的悲劇を思い出させるが、予想に反してわたしを不快にはさせない。わたしは誰か別の人に関わる別の事実を思うように、あの瞬間を思った。苦々しい思いは少しもわたしの思考に巣くってはいなかった、今この時わたしは波に弄ばれていたのかも知れない、ということの他は。どんな特別な喜びもわたしの思考を燃え上がらせてはいなかった、自分は《神》の恩恵で生きているのだ、ということを除いては。自分を信じ、自分が享受した奇跡の価値と質とが後々はっきりするだろうと確信しながらも、わたしは自分が経験した椿事の、とある細部に苦しめられ続けていた。さもしく苦しんだのだ、放蕩から脱する時に波乱の日々を振り返り浪費の検証をする遊び人たちのように。そして執拗に自問した。「おまえたちは何者だったのだ、オタマジャクシとぶよぶよした怪物よ。何者だったのだ、そして何を意味していたのだ、わたしを連れ去ろうとした形の定まらない存在よ。煉獄の魂か？　冥府の魂か？……　それが分かるまで、わたしはおまえたちを思い出し続けねばならないだろう……。あるいはおまえたちを理解することはわたしには禁じられているのかも知れないが、どうかおまえたちが何者なのか聞かせてくれないか？……わたしの神経症の産物なのか？　そうとは思えないのだが……」

この時、足が滑った。クラゲを踏んだらしい。砂浜の方へ身を屈めると、ねばねばしたゴムの膜が見えた。そしてこの不愉快な接触は、それが生み出した身震いを越えて、たちまちにそして思いがけなくも、わたしの脳に火を付けた。霊感かそれとも単なる連想か、わたしが踏み砕いたばかりの物体が怪物たちの正体をわたしに教えてくれたのだった。浜辺の至る所に落ちているこの汚らしい膜から、液を流れ出させている哀れな薄皮が、死すべき精液が不毛の石灰岩に広がっているのをわたしは認めた……。至る所で、花で飾られたきらきらする男女の仮面が絡み合っていたのだ、あの春分の夜に。至る所で仮面たちは性行為の真似事をやりかけたのだ、仮面自体も猿真似に他ならないのだが……。この粗悪な交接の道具に、わたしは一歩ごとに出くわした。さらに寄せる波の中で、泡に揉まれているのも見た。土手や桟橋の床に押しつけられているものもあった。運河や配水管や寝室や掃き溜めにも膨大な量があるのだろう。無に、無限に、大陸という大陸を受け入れるこの海に、あらゆる生の根源となる胚に供された精液の犠牲を思い出して、わたしは陰鬱な笑みを浮かべた……。

カモメがわたしの周囲を飛んでいた、ひどく腹を空かせているようだが、カモメが塩まみれのゴムの薄膜に止まりはしないかと心配になった。パンを持っていたなら……。鳥たちは哀れっぽくうめくように鳴いていた、際限なくぐずって慰めようもなければ寝かしつけることもできない病気の新生児のように。そんなふうにして何を嘆いているのだろうか、生まれたことと、瞼《まぶた》を閉じたままでいることの他に……。飛翔に失敗し、もの悲しげに鳴くその声は、わたしを悲しい気持ちにさせた。わたしはこんな愚かしい郷愁を追い払いたいと思ったのだった。郷愁にとっては春は名のみで、郷愁とは人々の傍で冬を生きているものだから。その非人間的な叫びは最後にはわたしの目を開かせた。そしてわたしは叫んだ、海に、この果てしのない墓場に向かって叫んだ。

「おまえたちは魂ではなかったんだな。おまえたちには煉獄も冥府もなく、どんな祈りも役には立たないのだな。おまえたちは生まれる前に死んだ、産み出されなかった無垢な者、意識の埒外で転炉に返された、海藻よりもものを識らない者たちなのだから……。天命もなく、縁戚もないおまえたち、そんなおまえたちを謎めいた魅力がわたしのもとへと連れてきたのだ、おそらくおまえと同じように乾いた愛の産物でありながら、ふしだらなその創造者たちを裏切ったわたしのもとへ……。さようなら！……

わたしは水平線に背を向け、逃避行を再開した、今度は逆方向に……

未だ満足できないままに、駅に向かって埠頭を辿った。夜は明けていき、街は間もなく日常通りの顔と色彩を取り戻すだろう。それはもはやわたしの興味を引かない。海さえも、わたしを引き留められなかったろう。わたしは郷愁の他には何も持っては来なかった。

あの大天使は誰だったのか？　彼はわたしに名も告げなかった。知らされていたなら、闇の瞬間、魔術の兆しがあった時、わたしはその名を口にしただろうに！　右手に大聖堂が見えてきた。側面や尖塔を目で探ったが無駄だった。不確かな存在である我が守護者が自らの住処へ帰った痕跡は見つからない。確かに、彼はここから来たのではない。結局のところ、彼がわたしと同じ人間だったとしたら？　違う。あれは化身だ、わたしはそう信じる……。改めて、永遠の謎に何らかの解釈を与えなければならず、わたしはあれが彫像の化身に違いないと断じた。数世紀前にヴェネツィアから来てわれわれの海に沈んだ古い船の舳先《へさき》に彫られた像。それは世界が平穏を失う日に泥土に押し戻されるだろう。どうでもいいことだ！　我が大天使は存在する。わたしは見たのだ、許欺師と言われようと構わない……。

列車が待っていた。わたしが飛び乗るや否や、大きな音を立てて平野へ向けて走り始めた。わたしは目を閉じて、本当に、もう何も考えなかった……。

不起訴　*Non-lieu*

トーマス・オーウェン　Thomas Owen
岡本夢子 訳　Yumeko Okamoto *trans.*

こう考えていた。「振り返らなければ落ち着かないだろうし、振り返りたいと思い続ける。しかし、もし振り返ったら、尾《つ》けているのに気づかれたと奴は思うだろうし、それにおそらく私が怯えているると思うだろう」

私は怖がっているのだろうか？　否、苛立っているのだ。

振り向こうか？　いや……もう少しだけこの楽しみを味わおう。ほとんどぴたりと尾いてくる、奴のイメージを膨らませるのだ。もうすぐかれこれ十分近く、執拗に私の足跡を追ってくる。廻り道をしているにもかかわらず。

この追跡が偶然でないのは明らかだ。偶然だとしたら、蛇行しながら先を歩く私にうんざりして、無視して別の道を行くか、追い越しただろうから。ところが、男は私を追い越さなかった……私は速度を落としたのに。

突然振り返ってみよう……。誰も……誰もいない。一秒前まで、尾けられているのが聞こえ、感じていたのに。

この事が可笑《おか》しくて、「面白い」という言葉が口をついて出た。これは不安を前にした楽天家の言葉だ。

それから不安が私を支配した。少しも面白くなどない……。再び歩き出す、すると私の背後の歩みもまた始まった。

今度は恐怖を覚えた。ナイフが鞘《さや》に納まりにくるように、私の肩に手が触れ、鋭く尖ったものが脊髄に突き刺さってくるのをはっきりと感じて、肩甲骨を引き締めた。

一気に振り向く……。何も見えない。不意を喰らったかのように歩みは二歩進んだ。まるで放心していて、私が止まったのにも気が付かず足が進み続けたかのように。

だが、何も見えなかった……。つまり見えるものは何もなかった。ならば私は……何に尾けられているのだろう?

私は思い切って今しがた足が向かった方向へ歩き出した。ただし少しずつ速度を遅くした……不安だ。道には明らかに誰もいない。誰かいれば歩を進めるのだが。用心したほうがいいだろう。

自分の中で理性の声が「馬鹿げている」と叫ぶ。「無謀だ」と私に言う声、それもまた理性の声だ……。

私は立ち止まった。自分の前方二メートルを見る。何もない。日が沈んだ。道は少し泥濘《ぬかる》んでいる。靴が汚れている。ウェルズの小説にあるように、素足の足跡にでも気づきはしないか、と足許を見るが何もない……。ウェルズ、彼の『透明人間』のことを考えた。誓って、面白がっていたわけではない。

いつもそうするように「ぼんやりしているな」と心の中でつぶやいた。自分の愚行に対する驚きを表すために……。

私の膝の辺りに屈んだ子供が「落とし物ですか？」と声をかけてきた。

夢想から引き戻されてその子を見た……なんと！　みすぼらしい子供の前で私は這いつくばって地面を見ている。

*

ところが、私はしっかりと立っている。空ろな声をしてその子に「何も探してなんかいない、あっちへ行ってくれ！」と言っているのはこの立った姿勢の私なのだ。

しゃがみこんでいる男に話しかけたのに、上からくるこの声を聞いて子供は吃驚《びっくり》して頭を上げた。が、しかし、子供には何も見えない。それは確実に言える。私は子供と目が合った、だが子供は何も見なかった。それで、その子は起き上がり、脅えて逃げて行く。

私は這いつくばる自分を見た、そいつの目は泥の中を探っている。からかおうとした。「おい、あんた、ぼさっとしやがって！　そこで何してんだよ！」その時、恐ろしいことに私は答えた。立っている私が。私の口から。まるでしゃがんでいたかのように。「何もしてやしない……探しているんだ」

私は振り返らずに急いでその場を去り、自分の部屋に逃げ込んだ。

疲れ過ぎたんだ。過労だ、と思った。薬を一錠飲んで、念入りに服を脱ぐと、ベッドに潜り込んだ。夜の六時のはずだ。

細かいことを忘れるところだった。明日までもう出かけないだろうから、靴まで磨いた、習慣通り。

そして眠った。クロロフォルムを嗅がされたように……。

*

十一時の鐘が鳴った。寒い中、目を開ける。ランプが付いている。消したはずなのに。窓が開いていて部屋に霧が立ち込めている。ツゲの香りがする霧……。シャツの前を閉じようとする。寝るときはいつも胸元をあけたままにしているからだ。着ている。すっかり着替えている。シャツを着、カラーをつけ、ネクタイを締めて背広を着ている。シーツを剝いだ。ズボンと、靴を履いている。

ベッドから跳ね起きた。靴が汚れている！

箪笥《たんす》に走った。ついさっき、寝る時にすっかりきれいに磨いた靴をそこに置いたのは確かだ。が、靴はそこにない！

だが、箪笥の下にいつも置いてある、小さな箱はある。靴磨き用の刷毛《はけ》、ワックス、フランネルの布を入れてある。数時間前にしまった通りの新しいワックスの缶を取り出した。先ほど靴を磨いてから、ワックスは少しも減っていない。

寝ている間に外に出たのだろうか？　いや、そんなことは不可能だ。ドアは閉まっているし、何も散らかっていない。意識がない人は道に出たりはしない――私の靴は泥で汚れている――出て行く痕跡も残さず、誰にも会わず、ましてその間起きないなんて……。では窓から出たのだろうか？私は四階に住んでいるのだ。建物のまっすぐな壁を階段のように上ることは不可能だ。

もしかすると……そのような考えは止めだ。どうしたことか……私の目の前には、襤褸《ぼろ》を着た子供の傍で私がしゃがんでいる。

＊

医師は書く手を止めた。

彼は緑色の吸い取り紙にペンの先で点を付けた。日誌を閉じた。今しがたそれに彼が本当に体験した奇妙な出来事を書き留めたのである。ただ夢に見ただけのほうが良かっただろう出来事を。

彼は長い間、机に向かっていた。ぼんやりと考えながら、考えをしっかりと一点に集中させることも出来ず、無理矢理考えて答えを見つけ、何とか行動する意気込みもなかった。

医師は自分に降りかかった出来事を再度しっかり脳裏に焼き付けようと努力していた……。すると彼の思考は少しずつ彷徨《さまよ》い、綻《ほころ》び、関心を抱いていることとは何の関係もない些細なことに引っ掛かってしまうのだった。

彼は思考を泳がせ、ある主題から別の主題へと飛躍させ、連想の赴くままにした。泥で汚れた床を見ていた、足跡を思い描いた。大きな靴底の、小さな踵《かかと》、ゴム底の靴が滑った跡を……。

歩道にある石を見ていた。それは他の石から一つだけ孤立し、石畳から外れて、縮こまって穴をぎりぎり塞いでいた。他の石とくっつかずに。子供の頃「びっくり石」と呼んだやつだ。その上を歩くと動く石、雨の日に踵でちょっと押し潰すと泥水を跳ね上がらせるやつ……時に道が乾いていると、全く予期せず動く石。

乾いた道を思い出したことで、陽の当たる道、不自然な明かりに照らされた白い道が思い描かれた。というのも薄暗い時間に考えていると、本当の太陽のどぎつい明るさは不自然に思われるからだ。太陽のことを考えながら、医師は幼い子供の自分を思い描いた。虫眼鏡と太陽光で古い新聞紙に黒い穴を焦げ付かせるのを……。

本題に戻って分析を進めようと努力した。事実を思い起こしていたが、ただ単に、それだけだった。単純な確認。

何の解釈もできなかったせいで、彼の思い描いた想像は何も補足してくれなかった。渾身の努力にもかかわらず、この一連の出来事を豊かに描写することは出来なかった。この錯綜した無秩序な思考の底を少しでも照らせる、閃《ひらめ》きに繋がるほんの小さなことすら見つけることは出来なかった。

底なしの暗闇を無為に掘り起こすことに苛立っていた。

医師は苛立つ拳を何度も机にぶつけ、痛みを感じた。彼はそれが嬉しいのだった……。精神を苛《さいな》む雰囲気から脱するような気がしたのだ。

デスクチェアーにだらりと身を伸ばした。足を机に乗せて、両腕を床の上でぶらつかせながら。

正面の大きな鏡が医師の背後の壁を映し出していた。「この壁は全く味気無い、鏡の位置も高過ぎる」と考えた。

その時、水蒸気のような、煙の影のような、霧のような得体の知れないものが鏡の中を横切った……。

「私は完全におかしくなってしまった」と医師は皮肉っぽくつぶやいた。

「何もこの鏡の前を通ってはいないはずだ。だって何も私の前を通り過ぎなかったのだから……。後ろ？　いや、何も横切らなかった……」彼は考えた。突如として今考えていたことに確信が持てなくなった。

ツゲの匂いが色々なものから滲み出し始めた……。

＊

急に神経の自律を失い、医師は飛び上がった。非現実的な空気が彼を包み込み、凝固した物体になっていくようだった。今に麻痺し、もがくことも身じろぎすることも出来なくなるまで。

医師はじっと、部屋のほんの微《かす》かな軋《きし》む音にも注意を向けようと、全神経を集中させた。ふと自分の姿を鏡で見た。そして自分の取り乱した顔に恐れをなして目を閉じた。そのまま長い間動かずにいた。それから少しずつ自制心を取り戻した。

医師は背にしている壁に凭《もた》れかかろうとした。影が横切ったように見えた鏡にしっかり向き合うため、そして何かが壁と自分の間で動き回れないようにするため。

もし、何かが起こるとすれば——何か起こるのだろうけれども——、それは自分の視界の中で起こることになる。

彼は長いこと待った、夜の不安を掻き立てる静寂の中で。

部屋の薄暗い片隅から聞こえるのは掛け時計のチクタクという音だけだった。この音が聞こえるのはいつも夜だ。昼間は決して聞こえない。掛け時計は夜の住人なのだ。断言できるが、夜、私が掛け時計の前で立ち止まると、それは呼吸をしているのだ。

＊

医師は震え、息苦しくなった……。呼吸するのもやっとだった。丁度そのとき鏡の中に笑った横顔が現れた。その横顔は自分のものだった！

しかし、医師は正面からしっかりと鏡を見据えていた。そしてこの瞬間、彼の顔つきが微笑みを浮かべていたはずは無かった。

肌が裏返る感覚……手で額を拭《ぬぐ》った……。鏡の中では、自分の横顔が笑い続け、他には何も映し出されていなかった。

瞬時に医師は、これはもう避けることができない、と理解し、それならば、ここから先はもう何にも止めることができない不可解な出来事を、出来るだけ知ってやろうという粗暴な喜びに身を任せることにした。

医師は笑みを浮かべて待った。この作り笑いは、絶望した人か、あるいはそれなりに勇気のある人が困難なことをやってのける時に出るものだ。だがそれも彼らが苦心しているということを押し隠すには十分ではない。

急に鏡が木っ端微塵に飛び散り、破片が医師の足許に散らばった。視線を落として、破片が落ちていくのを見ていた。暖炉の方へ視線を戻すと、鏡は元のまま彼の目の前にあり、今度は恐怖と痙攣で見分けがたいほどになった形相をしっかりと正面から映し出していた。しかし、床には破片が散らばっていた……。

医師は考えた。「きっと鏡は二つあったのだ……」それからまた彼は待った……頭を空っぽにして。

足音が階段の方で鳴り響いた。

それが帰宅した借家人だとは思わなかった。もうこれはすでに正気の沙汰ではなかった。

それが何だったかはすぐに分かった。

扉が軋みながら開いた。実にゆるやかに。残忍なまでにゆっくりと。戦慄させようと、あるいは待っている医師を嬲《なぶ》るように。

大きく開いた扉はすぐ中から閉じられ、カチリと音が鳴った。奴は部屋の中だ。

壁に寄りかかり、全てに備え、医師はあらん限りの力を振り絞った。胸の中で心臓が恐怖に慄《おのの》いていた。肋骨の下で心臓がパンク寸前になって跳ねているのを感じた。

目の前で足音が一歩進み、鏡の右側にある、壁に掛かった異国趣味の武具コレクションの前で止まった。

強引に壁から剝ぎ取られて短刀が軋むのを聞いて、医師はぞっとした……。灯りが消えた。スイッチがぱちりということも無く。まるで見えぬ手がランプシェードの電球を僅かに回して消したようだった……。

＊　＊

鋭い、人のものとは思えない恐ろしい叫び声が家中に響き渡り、瞬く間に騒然となった。

医師は両腕をまっすぐのばし、指を引き攣《つ》らせて床にうつ伏せに転がっていた。背中の中央に短刀が柄を見せていた。柄には恐ろしい顔が彫刻され、その顔はにやにやと笑っていた。

警察官は死体の恐ろしく引き攣った顔を長いこと観察した。

「顔の表情からするとこれは極めて悲劇的な状況で死んだ男だ。しかし彼は抵抗しなかったに違いない……少しも争った形跡がない。彼は何が待ちうけているか知っていて殺されるに任せたのだ」

警察官は何にも触れないよう指示し、指紋を採取し、医師の自筆の日誌、短刀、割れた鏡の破片を持って立ち去った。

＊

調査は徒労に終わった。

集められた指紋は、短刀に付着しているものも全て被害者のものだった。不可解なこと、それは、医師はこの武器を日頃自身の武具コレクションに納めていたということである。抵抗するために短刀を壁から剝ぎ取って、殺人犯との争いの最中に落としたのではないか、という仮説は、医師に何ら抵抗の標《しるし》がないことで覆《くつがえ》された。この点が解明されることはなかった。

暖炉の前の鏡の破片とそれが元々どこにあったものかということについては、誰にも分からずじまいだった。

被害者の日誌を調べた警察官だけが、ある日こう洩らした。

「これは科学が何も出来ない、巧みな推理も子供だましになる領域の話だ。過去に何度もこの手の当惑させる事件に遭遇した。殺人犯が想像以上に被害者に近いのだ……しかしそれは別の世界……口を噤《つぐ》んだ方がいい世界だ……。これはまさに証拠の揃った自殺の一例だが、私にとっては殺人だ」

夜の主　*Le Grand Nocturne*

ジャン・レー　Jean Ray

三田順 訳　Jun Mita *trans.*

I

西より来たる篠突《しのつ》く雨中に組鐘《カリヨン》は鉄と銅の雫《しずく》を振りまく。雨は夜明けから容赦なく市中と郊外に降り注いでいた。

星の次々と瞬き始めるが如く、靄《もや》がかった通りの彼方から不可視の人が街灯に火を点《とも》して行くのをテオデュール・ノット氏は目で追うことができた。カウンターの端に置かれたオイルランプの、刻み目のある部品を操作して灯を点す。カウンターはくすんだ色合いの生地や青みがかったキャラコの裁屑《たちくず》で埋め尽くされていた。

丸みを帯びた炎が古ぼけた洋品店を照らし出す。茶色の木棚にはチェックの生地がぎっしり詰まっている。

店を閉めるのは日が暮れて街灯の輝き始める頃と決めていた。

敷居に取り付けた呼び鈴が大きな音を立てぬよう入口をそっと少し開け、通りの湿った空気を気持ちよく吸い込む。

雨樋に空いた穴から絶え間なく水が噴き出していたが、看板のおかげで濡れずに済んだ。金属製の看板には巨大な糸巻が描かれている。

赤い陶製のパイプに火を付け——慎重を期して、店の中では決して吸わないことにしていたので

——日々の労働に背を向け、家路を急ぐ人々の様子を窺った。

「カナル通りの角を通り過ぎて行くのはデスメット氏だな」と彼は独りごちた。鐘楼《しょうろう》の関係者であれば、街の大時計をデスメット氏が通る頃合いに合わせることもできただろう。氏は立派な人物だった。ビュリュス嬢は遅れていた。いつもであれば〈カフェ・トランペット〉の前で二人は擦れ違う。デスメット氏がこのカフェに入るのは日曜日だけで、十一時のミサの後と決まっていた。ああ、やってきた……今日二人が挨拶を交わすのはデルトンブ教授の家の前になる。雨降りでなければ、ちょっと足を止めて天気や互いの健康状態について言葉を交わしただろう。そして教授の飼い犬が吠え始めるのだ……。

店主はため息をついた。物事の規律の乱れが彼の機嫌を損ねていた。ハム通りの家々の屋根に十月の夜の帳《とばり》が降り、パイプの炎がノット氏の頤《おとがい》を赤く染めた。

黄色い車輪の辻馬車が橋の角を曲がる。——車庫に帰るピンケルス氏だ……パイプの火がもうじき消えるな——

パイプの小さな火皿には、粗く刻んだフランドル産のタバコが二抓《つま》みだけ詰めてある。煙の輪が宙に広がり、回転しながら夕暮れ時の空を昇って行く。

「おや、できた!」煙をくゆらせて彼は驚いた。「狙わずしてだ。これはイポリット氏に話さねば」

こんな風にしてテオデュール・ノットの平日は終わり、友人との気晴らしに充てられた自分の時間が始まるのだった。

——コツ、コツ、コツ——

薄暗い通りの彼方で杖の鋲が石畳を打つ音が響くと、イポリット・バース氏が姿を見せた。小柄で足の短い氏は、着心地の良い青緑色《ヴェロネーゼグリーン》のフロックコートを身に付け、非の打ち所ない完璧な高さの帽子をかぶっていた。この洋品店〈鉄の糸巻〉へ、氏は三十年来毎晩のようにチェッカーの勝負をしにやってくる。感心するくらい氏は時間に正確だった。敷居で歓迎の挨拶を交わし、天気を予想しようと西の空に姿を見せた雲の動きに目を遣ってから二人は中へ入る。

「鎧戸を閉めるよ」

「ノックする奴なんて構うことはないさ」とバース氏。

「私が明かりを持って行こう」

「照明をね」とバース氏が続けた。

「今日は火曜だ。チェッカーでやっつける前に夕食としよう」とテオデュールはおどけた。

「いんや、今晩は勝たせてもらうよ……」

延々と続くこのやりとりは長年繰り返されていた。変わらぬ声の調子と身振りで、同じように喜んでは揶揄してみせる。これが二人の老人の活力の源となっていた。

時を従わせ、前日と翌日が異なることなど許さぬ男たちは死に勝る存在といえた。テオデュール・ノットもイポリット・バースも口にはしなかったが、二人とも、それを抗いようのない、深奥なる真実の如きものとして感じ取っていた。

オイルランプに照らし出された食堂は、こぢんまりとしていたが天井がとても高かった。ノット氏は食堂を管に例えたことがあったが、その比喩の的確さに我ながら恐れ戦《おのの》いた。とはいえ、天井に闇と神秘が澱み、丸いランプの微少の月に穿《うが》たれた食堂が二人とも気に入っていた。

「この部屋で母が生まれて、ちょうど九十九年になる」とテオデュールが語る。「あの頃、上の階はスダン船長に転貸ししていたからね。そう、百から一つ引いた年数だ。私は五十九で、母はすっかり分別がついた年頃に結婚したんだが、神は四十の母に息子をお授けになった」

イポリット氏は太くて短い指で勘定した。

「わたしは六十二になる。母君のことは存じ上げていたよ。清らかな方だった。〈鉄の糸巻〉の看板を取り付けさせたのは父君だった。素晴らしい顎髭をお持ちで、美味いワインに目がなかった。それにベール家のお嬢さん方も。マリーとソフィー、よくここに来ていたね」

「マリーは私の代母でね……。大好きだったなあ」とテオデュールは嘆息した。

「……それに」とイポリット・バース氏は続けた。「それにスダン船長だ。実に嫌な人だった」

テオデュール・ノットはさらに深く息をついた。

「確かに大変な人だった。死ぬ時に家具を全部置いていってね。両親はあの人が住んでいた時のまま、何も動かさずにそっくり残したんだよ」

「友よ、あなたと同じようにね。あそこを何も変えていない……」

「ああ、いや私は……よく知っているはずだよ。私にはその勇気がないんだ」

「思慮深い判断だよ」重々しく、小柄な老人は鍋の蓋を取りながら応じた。「ほほう、肉汁ソースを合わせた冷製の子牛肉か。賭けてもいいが、この褐色のテリーヌにはセルノーの店の雛鳥のパテが入っているね」

はたして、バースは賭けに勝つことになる。火曜の晩の献立は滅多に変わらなかったのだ。バターを塗った薄切りのパンを少しずつかじりながら、二人はゆっくりと食事を楽しんだ。イポリット氏はパンをこっそり肉汁に浸した。

「実に見事な腕前だね、テオデュール」

この褒め言葉も決まり文句だった。

テオデュール・ノットは独り身だった。美食家で、店は客が少なかったので自由になる時間がたっぷりあり、ちょっとした料理に精を出すことができた。

膨大な家事は耳の不自由な老婦人に任せていた。彼女は毎日数時間ほどかけて家事をこなす。影のようにやってきて仕事を片付け、そして去って行くのだった。

「パイプをやって、これを飲み干したらチェッカーの勝負だ」と、デザートにマルメロのフランを堪能したイポリットはがなった。

黒と黄土色の駒が格子模様の盤上を滑る。

毎晩こんな調子だった。水曜と金曜は例外で、イポリット・バース氏は夕食を共にせず、日曜は訪ねて来なかった。

雪花石膏製の振り子が十時を告げると二人は別れる。厚い青ガラスを嵌《は》めた小型の常夜灯を松明の如く高くかざして、ノットは友を戸口まで送る。それから両親がかつて使っていた三階の部屋のベッドにもぐり込んだ。

二階の踊り場を素早くやり過ごす。踊り場の前にはスダン船長が住んでいた部屋があった。閉ざされた、その細長い両開きの扉は黒々として、夜の暗さと手垢で黒ずんだ壁に空いた昏い染みとなっていた。ノット氏は決して扉に目を遣らなかった。部屋を護る扉を押し開け、青い常夜灯の放つ微光を部屋に忍び込ませるなどという気を起こさぬように。

氏がこの部屋に入るのは日曜だけだった。

＊　＊　＊

とはいえ、亡きスダン船長の部屋に謎めいたものは何もなかった。

ありふれた寝室には、重厚感のある天蓋付きのベッドに円筒型のナイトテーブル、艶のあるクルミ材の箪笥《たんす》が二棹鎮座している。ニスの塗られた丸テーブルにはパイプと葉巻の焦げ跡が残り、グラスや瓶の底の痕が円形の幾何学模様を成していた。ただ、寝室が平凡な分、船長は応接間を快適かつ立派なものにしたかったようである。

そこは巨大で豪華な食器棚が壁の一面を占領していた。ユトレヒト天鵞絨《ビロード》の張られた、流線型の優雅な肘掛け椅子が二脚、どっしりとした数脚の椅子にはコルドバ革が贅沢に用いられ、金箔を貼った銅のピンで留められている。重そうな薪台《たきぎ》付きの暖炉に彫り物のある机、ブール様式の象眼を施された小型円卓が二つ、暖炉の上部にある背の高い姿見のガラスは澱んだ水のようにくすんで緑がかっている。本の詰まった書棚は天井近くまで聳《そび》えている。これらのものがあえて乱雑に所狭しと置かれているため、身動きの取りにくい部屋となっていた。

テオデュール・ノット氏が家を空けるのは、近所の行きつけの店へちょっと出かける時ぐらいなので、スダン船長の応接間は静かながら素晴らしい日曜の楽しみを提供してくれていた。

午後二時ちょうどに昼食をとると、襟に縫い取りのある、ゆったりとした上等の上着を羽織り、刺繍の施されたスリッパを履くと、禿頭に黒い絹の丸帽子を載せて応接間の扉を押す。室内の空気は重苦しく、古革と埃の匂いがしたが、テオデュール・ノットはそこに遙かな土地を思わせる、神秘的で馥郁《ふくいく》たる芳香を嗅ぎ取っていた。

あのスダンという人物については、大柄の老人という漠然とした印象しか残っていない。袖口の広く開いている赤みがかった外套《ウプランド》を纏《まと》い、細身の黒い葉巻を吸っている御仁。しかし、黒い豊かな顎髭を蓄えた父や細身の物静かな母、美しく聡明なベール家の令嬢たちの姿は、いなくなったのが昨日のことのようにありありと思い起こすことができた。

とはいえ、死が彼らをわずかな間に次々と奪ってから、早三十年以上もの時が過ぎ去っていた。五年足らずの間に、人生の大部分を占めていた四人の存在の永遠に失われたことが脳裏に蘇る。

会食のために皆が一階の小さな食堂に集った。食通の四人はテオデュールの舌を肥えさせた。ただし日曜日は、ハム通りの老女たちが黒い絹地のケープで身を膨らませて聖ジャック教会の晩課に赴く時刻、一同は二階の応接間に身を落ち着けた。

テオデュール氏は記憶の糸をたぐり寄せる……

やや咎めるような妻の眼差しを感じながら、ノット氏の父がおずおずと手を伸ばして、書棚から本を一、二冊取り出す。

「ねえ、ジャン＝バティスト。置いておきなさいよ……そんな本からなんて良いことは何も学べないわ」

髭を生やした柔和な人は弱々しく反論する。

「ステファニー、そう悪いものじゃあ……」

「いいえ、そうよ……ミサ典書と時禱書で読書は十分。それに、子供の悪い見本になります……」

ジャン＝バティスト・ノットは妻の言葉に従う。少し哀しげな様子で。

「ソフィーお姉さんがなにか歌って下さるわよ」

ソフィー・ベールは、刺繡をしていた彩り鮮やかな生地を脇に置く。それは暗紅色のフラシ天の大きな買い物袋に入れて持ってきたものだった。そうして食器棚へ向かう。その所作は、あの素敵な一時《ひととき》の始まりを幼いテオデュールに告げる。食器棚の下部に背の低い小型のクラヴサンが隠れていた。側面のレバーを押し込むと、この鍵盤楽器が前にせり出し、手前に引くと巨大な棚の中に仕舞い込まれる仕組みになっていた。南瓜《かぼちゃ》の断面のような黄色い鍵盤に触れると、細い音が甲高く鳴った。

かすかに震える快い声色でソフィー嬢は歌う。

——いずこより　たゆたひ来たるゝ天雲《あまくも》よ　風ぞ汝を運び給《たま》ふか……——他には、高い塔やツバメ、溢れる涙を詠う歌もあった。

その涙の調べは実際に母の涙を誘い、美しい顎髭を摑む父の指を震わせた。

マリー嬢だけは、ほとんど心動かされていないようだった。膝にのせたテオデュールを青のシュラー地で覆われた胸に抱きしめていた。

——三千《みち》の花咲く　花咲く苑《その》へ　我らは行《ゆ》かん——とソフィー嬢は小声で吟じる。

「その庭ってどこにあるの」テオデュールも小声で尋ねた。

「それは言えないの。自分で見つけないといけないのよ」

「マリー姉さん」幼子《おさなご》は囁いた。「大きくなったら姉さんと結婚するんだ。そしたら一緒に行こうね……」

「あらあら」マリーは笑い、テオデュールの唇に口付けた。

彼女の青いブラウスからは花と果実の上等な香りがした。テオデュールは思う。薔薇色の頰、人形のような瞳、衣擦れの音を立てる絹のドレスに身を包んだこの女《ひと》より麗しく甘美なものなど、この世には無いと。

七月の酷く暑い日、シャベル一杯の乾いた砂を彼女の棺に掛けた時、テオデュール・ノットは、四十も年嵩のこの女性を心から愛していたことを悟った。マリー・ベール嬢は母の幼友達で、年は余り変わらなかった。

彼女の死から幾年も経ていたある日のこと、あの忌まわしき日曜のことは決して忘れられないだろう。彼は円卓の秘密の引き出しに書簡を見つけたのだった。そのやりとりは示していた。老スダン船長とマリー嬢が……

テオデュール・ノット氏はその不快な記憶を言葉にすることができなかった。それは彼の人生で一度きりの恋の思い出を踏みにじるものだった。心と記憶の内で彼は深く苦悩した。八日間連続チェッカーで負け、ヘーゼルナッツのピュレーを添えたヒレ肉のステーキの支度をしくじったのには、さすがのバース氏も唖然とした。それは母が教えてくれた、とっておきの献立だった。

ハム通りに建つ、この百年ものの家に一人残されてからというもの、目立った出来事といえばこれくらいしかなかった。あの三月の日曜日までは。風が舞い、俄雨《にわかあめ》の降るあの暗い日、いかなる秘密の力によるものか分からないが、スダン船長の書棚の上方から、その本は落下したのだった。

II

テオデュール氏がこの本を目にするのは初めてのことではなかったが、それはもう誰も憶えていないくらい昔の話だった。

しかし彼は驚くほど鮮明に記憶していた。半世紀もの時の彼方に埋もれた、あの十月八日の出来事を。

もっとも、記憶に留め、忘れずにいるがために彼は生きていたのかもしれない。

嘘のような、奇妙な出来事が、猫に似た姿をして彼に飛びかかってきていた。その不安感で嫌な感触が喉元にこみ上げる。あの日の午後四時、下校していた時のことだった。

四時という時刻《とき》は精彩に欠ける。淹れ立てのコーヒーと焼きたてのパンの芳《かぐわ》しい香り。誰も煩わせることのない刻。

水に濡れて輝く歩道を女中らが後にする。レースのカーテン越しに外を窺っていた老婦人たちは、噂話をし尽くすと食料庫へ向かい、湯沸かしの湯気の彼方に消える。

怠惰で無知な若さゆえの気怠《けだる》げな様子で、テオデュールは学校を後にした。忌々しい算数の問題で脳がすり減っていた。

「あのむかつく追いつき算の問題が一体何の役に立つっていうんだろう。パパもママもたくさん稼いでるし、いずれ店を継ぐんだ。そうしたら今度は僕がそれで稼ぐわけじゃないか……」

「革職人の所の鳩たちが小さな広場を駆け回ってる。奴らに石を投げてやろう。青いのが殺したいんだ」と誰かの声が応じた。

独り言を言っていたので、返事は予期せぬものだった。足の太くて短い、がに股の少年が一緒に歩いており、それが教室の一番後ろの列に座っている同級生であることにようやく気付く。

「なんだ君か」とテオデュールは言った。「君がいたとは思ってなかったよ……校門からジェローム・メイエルが一緒だった気がしたんだけど、君だったのか。イポリット・バース」

「それじゃあメイエルが下水道に逃げ込んだのは見なかったのか」とバースが訊いた。

テオデュールはバースに追従しようと口の端をわずかに歪めて笑った。彼のことはよく知らなかった。イポリットはワルで通っていて、教師たちに好かれておらず、彼とは付き合わないのがよしとされていたのだが、この日、テオデュールは少年に何か惹かれるものを感じていた。

人気《ひとけ》の無い通りは黄色い太陽と残暑の熱で満ちていた。鳩たちは逃げてしまい、遠くの切妻屋根の上で忙《せわ》しなく動いている。イポリットは鳩に投げようとしていた石を地面に落とした。二人は陰気で薄暗いパン屋の前にいた。

「バース、ほら」とテオデュールは声を掛ける。「陳列台に一切れもパンがない……」

確かに柳の簀子《すのこ》には何も載っておらず、箱にも鉢にも色褪せたパンくずしか見当たらなかった。陳列台の大理石の上に、灰がかって粘土のようなパンが一つぽつねんとあった。それは大洋に浮かぶ孤島に似ていた。

「イポリット」と幼いノットが言う。「ここはどうも嫌な感じがする」

「君には配達係の追いつき算は一生解けないだろうね」と連れ合いがやり返した。

テオデュールはうなだれた。あの問題が解けないのは、考え得る限り最悪の事態に思われた。

「あのパンを切ったら」とバースは言を継いだ。「生き物がたくさん詰まっているはずだ。パン屋と家族はそれをすごく恐れてる。それであいつらは製パン室に逃げ込んだんだ。ナイフを持ってね」

「ベール家の姉さんたちがソーセージ入りのパンをここで焼かせてるんだ。すごく美味しいんだよ、イポリット。一つくすねられたら持ってきてあげるよ……」

「べつにいいよ。パン屋は今夜全焼するはずだ。みんな中で焼けてしまうのさ。パンの中の奴らみたいにね」

焼いてもらえないソーセージ入りパンのことを惜しんだが、それ以外に口にすべき言葉が見つからなかった。

「どちみち君がそのパンを食べることはないよ」とバースは話を打ち切った。

またしても、小さなノットには返す言葉がなかった。

この時、なんと言えばよいのか分からなかったのだが、細かい事柄や脳裏をよぎる脈絡のない考え、垣間見たものが全て酷く不快に感じられた。

「イポリット」テオデュールは言った。「なんだか目が見えにくい。なんで鉄櫛で引掻くみたいな話し方をするんだい。風が厩舎の匂いを運んでこなくて助かった。あれは堪《たま》らないから。今、蝿が一匹僕の頭に止まったとしたら、頑丈な六本の脚が頭蓋骨に刺さったみたいに感じるだろうね」

返事は耳鳴りのように響いて聞き取りにくかった。

「君は次元を変えたせいで、感覚が狂っているんだな」

「イポリット」テオデュールは嘆願するように言った。「なんでスダンじいさんが見えるんだろう。書棚の所で一冊の本と格闘してるんだ」

「大丈夫。全部本当のことさ。でも、肉眼で見ることと、君が今してるみたいに時空を覗き見ることの間には……」

テオデュールには何のことかまるで理解できなかった。頭が酷く痛んだ。連れ合いの存在は不快だったが、この通りで独りきりになるのも恐ろしかった。

「学校を出てからずいぶん経ったよね」とテオデュールは言った。

イポリットは頭を振った。

「いや、そんなことはない。影の位置は変わってないだろう。ほら、小さな広場の影は動いてない。あの背が高くて滑稽なポンプの影も、パン屋の荷車の影もね。哀れに嘆願しているみたいに轅《ながえ》が空を向いているのが見えるかい」

「ああ、人がいる」と小さなノットは声を上げた。

二人はグロ・サブロン広場をゆっくりと横切っていた。広場は三角形で、三つの角はそれぞれ排水管のように、うら寂しい長い通りに続いていた。

人影が見えたのはセードル通りの奥だった。

テオデュールはそれが誰か分からなかった。それは覇気の無い面長の婦人で、薄い青の瞳が光っていた。真っ黒な縁飾りが小さく施された、暗色のドレスを着ている。白髪交じりの頭にレース地の縁なし帽をかぶっていた。

「誰だか分からないけど」と彼は囁いた。「なんだか、あの小さなポリーヌ・ビュリュスを思い出すな。近所のバトー通りに住んでる子だよ。すごく大人しくて、誰とも遊ばないんだ」

その時、テオデュールは声にならない叫び声を上げ、バースの腕にしがみついた。

「ほら見て……見てよ！　服が変わった。黒いドレスじゃなくて、花柄のガウンになってる。そして……叫んでる！　声は聞こえないけど、彼女は叫んでるんだ。倒れた……辺りが真っ赤だ」

「何もないじゃないか」

テオデュールは息をついた。

「たしかに何もないよ。もう消えたんだ」

「全部別の時空で起きてるってことか」とバースはいい加減な、気のなさそうな素振りで言った。「行こう、薔薇色のレモネードをごちそうしてやるよ」

見ると、広場の影が本来の位置に移動していた。一条の日の光はファサードに逃れ、二人の小学生はセードル通りの一角を歩いていた。

「レモネードを飲もう」とバースが言った。「薔薇色だけどレモネードなんだ。さあ入ろう……」

眼前の小さな家はナイトキャップのような変わった形をしていて、新築のように白い。窓の形は不規則で、虹色に輝く陶器を思わせた。

「綺麗だね」とテオデュールは言った。「初めて見る家だ。ピサッケル男爵の屋敷はミニュスさんの家に接していたのに、この可愛らしい建物はその間にある。へえ……男爵の屋敷が窓数個分小さくなって、その間に建ってるみたいだ」

バースはうんざりしたように肩をすくめ、扉を押した。それは巨大な真鍮製品のような凝った作りで、曇った地金の上に明瞭な字体で〈アルファ食堂〉と記されていた。

二人が入り込んだ金属の園《その》の一角は、希少な結晶物の中心部のような不思議な光で満ちていた。壁は一面ステンドグラスになっていたが、はっきりとした絵は描かれておらず、ガラスの向こうで光が揺れ動いていた。数脚置かれた足の短い長椅子は、燃えるような漆色のラシャ仕上げで、金糸が織り込まれており、床には暗色のフェルトの絨毯が敷かれていた。

靄がかった鏡に、癖のある険しい目つきをした小さな偶像が映り込んでいた。模様の浮き出た石が刳《く》り抜かれ、奇怪な臍《へそ》に当たる部分は香炉になっている。その中で芳香を放つ灰が、まだ赤々と燃えていた。

誰も来ない。

くすんだガラス越しに日が陰って行くのが見えた。ガラスの壁の向こう側で黄道光が乱れ、追われた虫のように四散した。

水の流れる涼やかな音が上の階から聞こえて来る。

知らぬ間に現れた女性が、身じろぎ一つせず佇《たたず》んでいた。ステンドグラスの光を背にして。

「ロメオーヌって言うんだ」バースが言った。

そしてまた唐突に、テオデュールは彼女の姿を見失った。悄然として、眼前でひらめいた何かに肝を冷やす。

「出よう」バースが切り出した。

「ああ神様、感謝します」テオデュールは叫んだ。「やっと知っている顔がいるよ、ジェローム・メイエルだ」

確かにメイエルが座っていた。穀物商人フレイスペールトの家の玄関に通じる、短い階段の一番上に。

「馬鹿」ノットが近づこうとすると、バースは息を切らせて言った。「噛まれるぞ。汚いドブネズミと人間の区別もつかないのか」

自分がジェロームだと思い込んだものを見て、言いようのない哀しみに包まれる。丸い穀類を滑稽な仕方で貪《むさぼ》り、気味の悪い油染みた薔薇色の尻尾を自分の脚に打ち付けているのを目にして、肌が粟立った。

「言っただろ、あいつは下水道に逃げ込んだって」

ようやくハム通りが姿を見せる。隠れ家のように。父の店の戸口でベール家の娘たちが待っており、身を乗り出したスダン船長の老けた顔が二階の窓から突き出ていた。青い石の窓台に掛けられた手には、くすんだ赤い色の本があった。

「まあ、なんてこと」とマリー嬢が叫んだ。「ひどい熱だわ」

「病気だよ」とイポリット・バースは言った。「大変だったよ、連れて帰ってくるのは。道すがらずっと譫言《うわごと》を言ってて」

「この問題は全然解けない」とテオデュールは呻いた。

「なんてひどい学校なのかしら……」とソフィー嬢は泣き崩れた。

「しっ、お静かに」とノット夫人が制する。「すぐに寝かせないと」

テオデュールは、まるで馴染みのない、雑然とした両親の部屋に寝かせられた。

「マリー姉さん」テオデュールは声を絞り出した。「正面の絵が見える?」

「もちろんよ坊や。聖ピュルシェリーね。救い主に選ばれた方……。坊やをお守りになって、病気を治して下さるわ」

「ちがうんだ」彼は呻いた。「彼女の名前はビュリュス……彼女の名前はロメオーヌ……彼女の名前はジェローム・メイエル、あいつは醜いドブネズミなんだ」

「まあ大変」母のノット夫人がむせび泣いた。「譫言《うわごと》を言ってるわ。お医者様を呼ばないと」

テオデュールは少しの間、ほんのわずかな間だけ、部屋に一人きりになった。

突然、壁を打つ奇妙な音が鳴り響く。

病める少年は、絵の画布が裏から幾度も弾かれて、こちら側に膨らんで来るのを目にした。

声を上げようにも上げられなかった。自分の声がこの部屋の外で響いている感じだった。

不意に、銀貨の散らばるような音が家中を満たし、石礫《いしつぶて》の当たる音がファサード一面に響く。石はガラスを突き破り、室内に跳ね散らかった。

その時、窓に掛かったカーテンが膨らむと、轟音と共に大火に飲み込まれた。

＊　＊　＊

それがテオデュールの大病の始まりだった。街一番の医者たちがベッドを取り囲み、快癒して後も登校は免除された。

この時からイポリット・バースが大親友となった。彼によれば、十月八日の記憶が支離滅裂なのは譫言のせいだった。

「ロメオーヌ……〈アルファ食堂〉……ジェローム・メイエルの変身……そんなのたわ言だよ、テオデュール」

「じゃあ、聖ピュルシェリーの絵や石礫の雨、燃えるカーテンのことはどう説明できるんだい」

それはマリー嬢が請け合った。あの時、彼女は紅茶を温め直すために、アルコールコンロに火を付けており、落石については、当時、切妻の破風の一部が秋雨にじわじわとやられて崩れ落ちていたことは確かだった。

忌々しいことに、そこには偶然の一致があった。

あの日のことは皆が忘れてしまった。テオデュールだけが忘れずにいて――認めねばならないが――それが彼の役目だった。

Ⅲ

さて、その本は応接間の寄せ木張りの床に落下した。原因は分からない。あの時分、港で荷を積んだ大きなトラックがハム通りを走り抜けており、不吉な地震の揺れのように家々が土台から震動することはあった。

埃と染みでくすんだ赤い表紙を見て、テオデュール氏には、あの時の本だとすぐに分かった。絨毯の青い羊毛をもてあそびながらしばし見つめ、躊躇《ためら》いがちにそれを拾いに行った。

初め、内容は全く理解できなかった。こういった類いの書物が世に存在することも知らなかったのだ。

それは『大アルベルトの書』*[1]のよくある概説書で、他に『ソロモンの鍵』*[2]の簡単な解説、サミュエル・ポジャーズ某《なにがし》がヘルメス主義の大家たちの魔術書に依拠しながら、カバラや降霊術、黒魔術について記した著作の要約も含まれていた。

ノット氏はおざなりに頁をめくっていた。中に挟んであった手書きの紙片が彼の気を引かなければ、本を元の場所に戻していただろう。

それは非常に薄い上質の紙に、数頁に亘って記されたメモで、くすんだ赤インクの筆跡は、流麗ではあったが非常に小さな字で書かれていた。

テオデュール氏はそれに目を通してみたが、新たな知見を得たとは思えず、再読しても、そこに記された神秘的な事柄に特に興味は沸かなかった。

そこには、闇、いわゆる地獄の力の呼び出し方や、この恐るべき存在と取引し得た人々のことが記述されていた。メモは赤い本に示された古風な術の数々を批判するもので、本の方法には効力がなく、馬鹿げているとまで否定していた。

――人間は――と謎の筆者は書き付けている。――堕天使達のいる次元に達することはできない。人間は彼等の関心外であるが故《ゆえ》、人と直《じか》に交わらんが為に堕天使が自分の居場所を離れようなぞとは思わない――

「直に」という単語が大文字で強調されていた。

――しかし、「夜の主」のおわす、中間次元の存在は認めねばならない――

これは頁の下部に書かれていたが、紙片を繰っていたテオデュール氏は、手書きのメモが数頁分欠けていることに気付いた。

残る部分は、先の批評の続きだった。「夜の主」という名に興味をかき立てられていたノット氏は、そこにさらに詳しいことが書かれてないかと探したが、ごく曖昧な記述しか見つからず、詳細は欠けている頁に書いてあったのだろうと踏んだ。

――夜の主は人間に見つかることを危惧しており、自衛の手段、およびその際に起こり得る能力の低下に備えていることは疑いない――

テオデュール氏は、これらの情報から単純なイメージを都合良く作り上げた。つまり、この人物、彼が人物であるのならばだが、彼は「暗黒の主達」の従僕、人知れぬ、罪深き任務を人の世で果たす代理人のようなものであろう、と。

テオデュールは特に心動かされることもなく、本を元の場所に戻した。ただ、幼い頃の悪夢の混乱した像の中で垣間見た、赤い本の記憶が彼の心を乱していた。イポリット・バースには幾らか間

＊1　大アルベルト、あるいはラテン語名で「アルベルトゥス・マグヌス Albertus Magnus」（一一九三～一二八〇）として知られる十三世紀ドイツの神学者が、ラテン語で記したとされる魔術書。

＊2　作者不明の魔術書。

を空けてから全て打ち明けた。バースは件《くだん》の本に目を通すと、古本屋で似た本を六スーで見つけて見せると言って、すぐに返した。手書きのメモには、ほとんど目もくれなかった。

「大事なチェッカーの時間を無駄にしたよ」とバースは結んだ。

その晩、二人はローストした大きな七面鳥の塊を平らげた。夜に悪夢を見たのは消化不良のせいだと、テオデュール氏は考えることにした。

＊＊＊

あれは夢ではなかった。あの夜の出来事は本当に現実から始まったのだ。

テオデュール氏は友を見送り、青ガラスの常夜灯を掲げて上の階の寝室へ向かった。最初の踊り場に来ると、スダン船長の応接間の扉が独りでに開き、ノットは葉巻の強い匂いを感じて足を止めた。恐怖に襲われ、いつもであれば大急ぎで階段を下り、通りにまで飛び出していたところだろう。

しかしその日は、港の船乗りにあげようと買っておいた、高級なウィスキーを三杯空けていた。元来小心者だが、上等の酒でいつになく肝が据わっており、彼は勇んで薄暗い部屋へ足を踏み入れた。部屋の中のものは全て然るべき場所にあり、葉巻の香りはもうほとんどしなかった。むしろもっと甘い、別の芳香が漂っていて、葉巻の香りを花と果実のそれが圧倒していた。

二部屋を検《あらた》めてから部屋を出ると、扉を慎重に閉めて自室に戻った。

ベッドに潜り込むや否や軽い目眩《めまい》を感じたが、不快感をやり過ごすと眠りに落ちた。

――いずこより　たゆたひ来たるゝ天雲《あまくも》よ――

目を覚ますと、いつの間にか身を起こしていた。口中にねっとりとした苦いウィスキーの味を感じたが、意識は冴え、酔いは冷めていた。

夜の静寂《しじま》に、クラヴサンの甘美にして澄んだ音色が響く。

「ソフィー姉さん」と声が漏れた。鼓動は早まったが、恐怖心はなかった。扉が音を立てると、階段を上る足音がはっきりと聞こえた。重く緩慢な足取りの主は疲弊しているように思われた。

「マリー姉さんだ。姉さんなんだ。私にはよく分かる。ただ、棺に掛けられた砂に長い間埋もれていたから疲れ切っているんだ。さらさらと鳴っているのは、砂の落ちる音なんだろう」

常夜灯の火は消え入りそうなくらい小さかったが、扉を照らすには十分な明るさで、それがゆっくりと開くのを彼は目にした。

そこには闇がぽっかりと口を開けているばかりで、中庭側にある上方の窓から、一条の月光が細く差し込んで来た。

誰かが部屋の中を歩き回っていたが、十分な明るさがあるにも拘わらず、テオデュールには見えなかった。

ベッドの反対側の端が軋む。何か重いものが置かれたのだ。

「マリー姉さんだ」彼は今一度呟いた。「それしかありえない」

ベッドを軋ませたものが移動する。テオデュールは手を差し伸べた。赤い絹地の羽布団が凹んだ方へ。

突如、恐慌に陥る。

気味の悪い感触のものに手を引き寄せられ、爪で引掻かれると、不可視の存在に荒々しく襲いかかられた。

「マリー姉さん」彼は哀願した。

それはベッドの反対側へ後ずさり、掛け布団とクッションが向こうで大きく凹む。ベッドの両端に押しつけられた巨大な手の位置がはっきりと見えた。胴体は途方もない大きさだった。

音は聞こえなかったが、怪物の息遣いをそばで感じる。

下の階で、クラヴサンが不快なほど甲高い音で再び鳴り始めるも、すぐに静まった。

「マリー姉さん……」再び声が漏れた。

これ以上の言葉は継げなかった。それが彼に襲いかかり、クッションに押し付ける。

途端、彼は襲ってきた得体の知れない存在に戦いを挑んだ。最後の力を振り絞り、それをベッドから投げ飛ばす。

物音は全く聞こえなかったが、謎の敵が打ちのめされて苦悶している手応えを感じていた。

ドアから差し込む月の光に照らされ、ついに姿を肉眼で捉えることができた。

形は不確かで真っ黒だったが、マリー嬢であることを確信した。それは暗闇の中でうごめき、酷く苦しんでいた。

とはいえ、それが力を取り戻しつつあることに彼も気付いていたが、もう一度戦えば自分が無残に敗北し、死よりも酷い結末を迎えることも分かっていた。不意に、奇妙で不思議な、しかし恐怖を掻き立てる物音が聞こえた。別の何かが、理解を超えた恐るべきものがそこにいた。

クラヴサンがもの悲しく柔らかな旋律を奏でると、黒々とした塊は煙と化し、月光の差す方へ消えた。無上の幸福感がテオデュールの心に染み渡ると、再び襲った眠気が救いの波の如く彼を連れ去ろうとした。

しかし、忘我の恍惚感に身を委ねんとしたその時、自分と常夜灯の間にいる大きな影を認める。彼の方を向いたその人影は天井が浮き上がる程巨大で、額には星飾りがあった。夜よりもなお昏《くら》い影の纏う深く大きな哀しみに、ノットは苦痛を覚え、全身を震わせた。

その時、魂の奥底で閃いた神秘的な天啓によって彼は悟る。自分が「夜の主」に相まみえていたこと。

＊　＊　＊

テオデュール氏は何一つ隠し立てせず、友人のイポリットに詳しく語って聞かせた。

「悪い夢だと思わないかい。随分変わった夢だ」

バース氏は黙したままだった。

ノット氏は人生で初めて、古くからの友が日々のしきたりから外れた振る舞いをするのを目にした。

小柄な老人は階段を上がると、スダン船長の応接間の扉を閉め、鍵を自分のポケットにしまった。

「これは預かっておくよ。二度と中に入れないようにね」

禁じられた扉を再び開けるための合い鍵を、テオデュール氏は三週間かけて拵《こしら》えた。

Ⅳ

ポリーヌ・ビュリュス嬢は、琥珀色のシャモワ革で、暖炉の大理石に椅子の背、幾つか置いてある素焼きとセーブル焼に似せた置物の顔を拭いた。輝きを曇らせる塵は、そこに一つと落ちてはいなかったのだが。

ルナリアが枯れていたので、今が見頃のほっそりとした菊に取り替えようかとも思ったが、暖炉の端に並んだ白い斑石製の長細い花瓶に水を入れることを思うと身が震えた。

シャンデリアの柔らかい輝きに照らされた鏡には、見慣れぬ姿が映っていた。ぺたりとなっていた髪にふくらみをつけ、頰に軽く薔薇色の白粉《おしろい》を振る。

普段は、厚手の茶色のラシャで、僧服に似た丈の長いローブを部屋着にしていたが、今晩は小さな緋色の花をあしらった軽い絹のガウン姿だった。漆塗りの中国の盆が中央に置かれたテーブルには、花柄の文様が刺繡されたクロスが掛けられている。

「キュンメル酒……アニス酒……杏酒」と、胴の膨らんだ三本の小瓶を光にかざして透かし見ながら小声で呟く。

少し躊躇い、戸棚からブリキのケースを取り出すと、ヴァニラの香りが立ち上った。

「ウェハース……マカロン……レモンクッキー……」と並べ上げる様は、腹を空かせた雌猫に似ていた。

「まだそう冷え込んでないわ」と続ける。それに、ベルギー製の重厚なシャンデリアのランプからは、かなりの熱が発せられていた。

しんとした通りに足音が響く。光沢のある赤褐色のカーテンをポリーヌ・ビュリュスは指でそっとまくった。

「あの人じゃない……どうしたのかしら……」

ブランシスール通りの小さな家で一人住まいするうちに、独り言を言ったり、身の回りにある馴染の品々に語りかけたりする癖がついていた。

「私に大きな変化が訪れようとしているのかしら」

素焼の仮面の方を向く。壁には明るい黄色地のタピスリーが掛けてあったが、手前にある仮面のレンガ色がタピスリーの染みのように見える。それはでっぷりとした女の顔で、間の抜けた笑みを浮かべるそれを、制作者は「ウラリー」と名付けていた。ビュリュス嬢の投げ掛けた大きな問いにも動じず、茶色い石の仮面は穏やかな表情を保っていた。

「いったい誰に相談すればいいのかしら」

カーテンに身を寄せるも聞こえるのは、港から吹く風が歩道に沿って今年最初の枯葉を吹き飛ばす音ばかり。

「まだ時間じゃないのね……」

皮肉気な表情がウラリーの鈍重な顔をよぎったように見えた。

「あの人は日がすっかり暮れてからしか来られないの。分かってね、ウラリー……それにご近所が何て言うかしら。すぐに悪評が立つでしょうね」

震える手を痩せた胸元に当てて囁く。

「殿方を招くのは初めてのこと。しかも晩になんて。皆がすっかり寝静まっている時間だというのに。主よ、私は罪深い女でしょうか……最も忌むべき罪に私は溺れゆくのでしょうか」

その眼差しは、ランプの丸い炎にじっと注がれた。

「これは秘密……このことは誰にもしゃべらないようにしないと」

「あら」

足音は聞こえなかったが、郵便受けの蓋の軽く撥《は》ねる音がした。暗い玄関に少し光が入るよう、応接間の扉を開ける。

「いらっしゃい……」扉を開けながら、ひとつ息をついて囁く。「どうぞ、お入りになって」

震えるほっそりとした手で示した先には、肘掛け椅子に数本の酒瓶、菓子が用意されていた。

「キュンメル酒にアニス酒、杏酒、ウェハース、マカロン、レモンクッキー……」

音のない重い一撃。

がっしりとした手が、リキュールと焼き菓子の入った箱を元の場所に戻し、ランプの火を弱めると一吹きで消す。暗い通りに立った一陣の風が、古い家々の立て付けの悪い鎧戸に激しく吹き付けた。

「フフ……叫び声はない……花柄のガウンは赤く染まっていない……フフフ……思い出すね……でも、あれは間違っていたんだ、まったくもって……。叫び声はないし……血は流れてない……フフ」

震える言葉は、風が近くの川の方へと運び去った。

それは水曜の晩のことで、テオデュール・ノット氏がイポリット・バースの訪問を受けない日だった。スダン船長の応接間で、彼はクラヴサン付きの食器棚のそばに置かれた肘掛け椅子に身を沈めていた。赤い表紙の本の頁をゆっくりと繰る。

「やれやれ」と独りごつ。「やれやれ……」

何かを待っている様子だったが、何も現れなかった。

「まさか無駄だったというのか」

苦々しく口をすぼめる。パイプを吹かしに食堂へ戻り、ランプの下で愛読書の一つ『テーレマコスの冒険』を開く。

＊　＊　＊

「ここ二週間の内に、二件の殺人事件ときた」ユルシュリンヌ通りにある事務室で、熱に浮かされたように大股で歩き回り、サンデルス警視は呻いた。

秘書を務めるデブのポルタルスが、長ったらしい報告書に略署名をする。

「ビュリュス嬢の家政婦は、針刺の一つですら家から無くなっていないと断言しています。ビュリュス嬢は隣人としか付き合いがなく、人を家に招くことはありませんでした。そもそも何者かが侵入した痕跡も全く残っていません……。犯罪があったといえるのでしょうかね」

警視は怒りに満ちた眼差しを秘書に向けた。

「自分で頭蓋骨を砕いたとでも言いたいのかね。指で思い切り弾いたとかで」

ポルタルスは丸みを帯びた大きな肩を竦めると、続けた。

「気の毒なメイエル氏についても、今のところ何とも言えません。遺体はムラン・ア・フロン地区の下水道から引き上げられました。ドブネズミに顔を酷く食われて」

「もう少し適切な表現を使ってもらえないか」と警視はたしなめた。「気の毒なジェローム、敵なんていない奴だった。あんな惨《むご》いやり方で喉を切り裂かれるとは。あれをやったケダモノは大した腕前だ。なんたることか」

「誰か逮捕しますか」秘書が訊いた。

「いったい誰をだ」警視は怒鳴った。「新聞の身元欄に載ってる新生児でも見繕って、逮捕してみるんだな」

警視は真っ赤になった顔を窓ガラスに押し付け、外を通りがかったノット氏に軽く頷いて挨拶を送った。

「おい、それじゃあ、あの実直なテオデュールでもしょっ引いてみろ」と警視は怒鳴った。

ポルタルスは、よく響く声でどっと笑った。

ノット氏はグロ・サブロン広場を横切り、背の高いポンプを親し気に見やると、ロワトレ通りへと曲がる。ミニュス家の屋敷の前に来ると、彼の心臓がキュッと縮んだ。

つかの間、赤銅の扉と、そこにきらめく〈アルファ食堂〉の文字が彼には見えていた。しかし近づくと、そこにあるのは見慣れたくすんだ色のファサードだった。

歴史ある古いペーニュ通りを横切ると、貧相な小庭に続く扉が開いており、中で痩せた背の高い女性が、痩せこけた鶏に餌をやっていた。女性を見ようと少し立ち止まり、目を上げた彼女に挨拶を送る。彼を知らない風情の女性は、挨拶を返しても来なかった。

「それにしても」テオデュールは訝《いぶか》った。「以前どこかで彼女を見かけたはずなんだが、どこだったかな」

レ・トゥルネ橋の石の欄干伝いに歩いていた時、手で額を打って叫んだ。

「聖ピュルシェリーだ。あの絵の聖女に実によく似ているんだ」

そして慣れ親しんだハム通りへと急いだ。その日は店を閉めていた。

「今晩は鶏のワイン煮にしよう。パン屋〈ランブレヒツ〉に焼かせたソーセージ入りのパンをイポリット氏が一つ二つ持ってきてくれるだろう」

＊＊＊

ピュルシェリー・メイレはうんざりした様子で、冷めたまずそうなオニオンスープの皿を押しやった。

「十一時だわ」と彼女はこぼした。「まだ幾らか稼げるかしら」

深夜十一時から午前一時にかけて、遅くまで空いているカフェを回る習慣だった。まだ粘っている飲んべえ達に、ウェハースやゆで卵、揚げた空豆といった、粗末な食べ物を売りつけるのだ。

かつては美しい少女だった。男達にさんざん口説かれたあの幸せな時代は遙かな過去となっていた。暗いエパングル通りを後にした彼女は、自分の後をつける影があるのを見て驚いた。

「よろしければ一杯……」と影の中から、躊躇《ためら》いがちな声が聞こえた。

ピュルシェリーは立ち止まり、そばにある居酒屋の薔薇色の窓を示した。

「いえいえ、お構いなければ、ご自宅で」と男性が言う。

ピュルシェリーは吹き出した。「暗がりの猫は皆灰色」という諺《ことわざ》が心に浮かぶ。

「今晩の稼ぎを埋め合わせてくれるんならね」と彼女は言った。「百スー以上〈稼ぐ〉ことだってあるのよ」

答え代わりに、男はポケットの中の硬貨を鳴らした。

「いいわ」とピュルシェリーは応じた。「今夜の仕事はやめにしとく……。うちにビールとジンならあるわ」

二人は人気《ひとけ》の絶えたマルシェ広場を通り抜ける。ピュルシェリーが専ら話をした。

「独り身の女が生きるって大変なことよ。結婚していたこともあったけど、旦那は薄汚い雌犬のところに行っちゃった。田舎で遊んでる女だったわ。私を訪ねる人がいたっていいじゃない。そうでしょう？」

「もちろんですとも」男が応じる。

「でも、夜が明ける前には出ていってね……ご近所が口さがなくって」

「わかりました」

彼女は小庭に通ずる扉を開けると、男の手を取った。

「つかまって。段差があるの……」

夜の訪問客を招き入れた台所は、貧相ではあったが、とても清潔に保たれていた。赤いタイル張りの床はぴかぴかで、壁の凹みに置かれた寝台から、気をそそる真っ白なシーツが覗いていた。

「小ぎれいにしてるでしょう」彼女は得意気だった。

そして向き直ると、冷やかすように言う。

「道端で女性に言い寄るなんて悪い人ね」

男はなにやら不満げに呻ると、扉の方に顔を向けた。

「ビール、それともジンになさる」

「ビールを」

「了解、でも私はジンを頂くわ」

彼女は小さな戸棚に向かうと、そこから青い炻器《せっき》の小瓶を取り出した。部屋の隅には、湿った布巾で覆われた小樽があり、そこからビールが微かな音を立てて、肉厚の陶器の椀に注がれた。

「〈ドイケルス〉のビールよ。きっとお気に召すわ」

「ほう」くぐもった声で彼は返した。「時々飲むことがあるね」

二人は乾杯した。

ガラス製のランプシェードの中に点った灯心はまっすぐで、仄《ほの》かな光がテーブルとグラスを照らしていた。

「素敵なお住まいですね」と丁重に男が言った。

ピュルシェリー・メイレは、気遣いと礼儀正しい男性に弱かった。そうしたことからは久しく縁遠くなっていた。

「手狭だけど、ここはお屋敷だった所なのよ」と彼女は続けた。「ミニュスさんが自分の住まいの一角を賃貸用にしたの。理由は分からないけど」

「ミニュス……」真夜中の来客は繰り返した。

「そうなの、あのロワトレ通りの年取った男爵様よ。この壁に穴を空ければ、ついと調理場に入れるわ」

快活に彼女は笑った。

「賭けてもいいけど、うちの方が飲み食いするものはたくさんあるのよ。もう一杯ビールはいかが。あたしはジンをおかわりさせて頂くわ」

ビールを注《つ》ぎに小樽の所へ戻り、高い所から注《そそ》いで、グラスの中に泡を立たせた。身を屈めると、厚手の青い毛糸のショールがほどけた。

突然、ネクタイで締め付けられる。ぎゅっときつく……

ピュルシェリー・メイレは長く息をはき出した。はや力なく、抵抗らしい抵抗もせず床に崩れ落ちた。

ランプが倒れると、緑がかった炎が零《こぼ》れた灯油に沿って広がってゆく。蝶番《ちょうつがい》を軋ませて扉が閉まる。庭で眠りを妨げられた雌鶏が身を震わせ、低く喉を鳴らした。物陰で、二匹の雄猫が威嚇の声を発して睨み合う。

鐘楼の大時計が、真夜中を知らせる鐘を十二度打った時、夜警のディーリックは非常を告げる喇《らっ》叭《ぱ》を吹き鳴らした。歴史あるペーニュ通りの屋根の間から、高く炎が噴き出していた。

＊　＊　＊

「不幸な事件が立て続けに起きた。すぐ近所でだ」と、サンデルス警視はこぼした。「火事に死体だ。どういうことなんだ……」

「同一犯なら」とポルタルスが言葉を継ぐ。「あり得ることでしょう。船乗りの世界では、あらゆることは三度起こると言います。ただ、ピュルシェリー・メイレの事件は定かではありません。我々があの事件まで背負い込む必要はありませんよ」

「私だってそう思っているさ」サンデルスは涙ぐんだ弱々しい声で同調した。「だがね、ポルタルス。繰り返しになるが、不吉なものが辺りを漂っているんだよ。伝染病が流行っている時みたいにね」

伝令を務めていた夜警のディーリックが、イタチに似た小さな顔をドアの隙間から付き出して言った。

「警視、サンテリクス博士が面会を求めております」

サンデルスは息をついた。

「ピュルシェリー・メイレの事件に不審な点があれば、あの忌々しいサンテリクスが見つけるさ」

果たして、博士は既に見つけていた。

「王室検事に報告書を提出しに参りました」と博士は告げた。「ピュルシェリー・メイレは絞殺です」

「おいおい」ポルタルスが言い返す。「油染みた灰がちょっと残ってただけだろうが」

「首の頸椎《けいつい》が折れていました」と博士は反駁した。「絞首台の縄でもあんなに綺麗にはやれません」

「じゃあ三件目だ」サンデルスは嘆息した。「まったく、定年間近だっていうのに」

細かい字で、びっしりと方眼紙を何枚となく埋めては助手に渡す。

巡査の一人がランプを運んできた。カフェ〈ミロワール〉の窓明かりが灯る頃になっても、二人の警官は報告書を埋め続けていた。

「さらば、平穏な日々よ」痙攣した手をさすりながら、サンデルスが愚痴る。

ポルタルスが続いた。「このタチの悪い労働を食らわせてくれた野郎をとっ捕まえたら、俺が代わりに死刑執行人を務めてやる」

V

テオデュール氏は通りの音にしばし耳を澄ませた。バース氏のせかせかとした足音は遠ざかり、杖が歩道の縁石を突く音だけがしばらく聞こえた。

スダン船長の部屋にある燭台の蠟燭全てに火を点し、肘掛け椅子に身を沈める。

赤い表紙の本が机の上、手の届く所にあり、その上にノットは厳《おごそ》かに手を置いた。

「あなたの術を誤解していたのでしょうか、すべきことを全て行ったのであれば、約束は守ってもらわねばなりません」と、やや大仰に言った。

何かを待っている風に周囲を見回す。

しかし、扉は閉まったままで、蠟燭の炎は揺らぐことなく、まっすぐ伸びていた。すきま風もなく空気は停滞し、炎は微動だにしなかった。テオデュールは引っ込めた手を額に当てた。

「学校では、郵便配達人の算数問題がまるで解けなかったくらいですから、あなたに何が成し得るのか理解するのは実に難儀でした。ああ、奇妙な赤い本よ、それよりも困難だったのは……あなたの恐ろしい意のままに行動することでした」

こめかみから汗が玉のように流れた。

「宿命に従え……それだけだ、とイポリットなら言うだろう。しかし、それでは納得できない。この宿命は、十月八日という日付に取り込まれているような気がする。言うなれば、私の人生はあの日に留め置かれている。ブレーキが荷車の進みを止めるが如く、私の人生はあの日に止まったままだ。一体誰が、あるいは何が、この軛《くびき》から解放してくれるのだろう」

赤い表紙の本に非難めいた眼差しを向け、哀しげに続けた。

「嘘だったなんてことはないだろうね、聡明なる書物よ」

びくり、と身を震わせる。

何も部屋で起きておらず、何一つ動いたものはなかったが、立ち上がると大急ぎで扉に向かう。何かに突き動かされるように。

「私は何も要求していない」と階段を降りながら独りごちた。「でも、誰かが、心から私の欲しているもの、生きる唯一の目的を知っている。それが今日こそ分かるのだろうか」

山の手へ向かうハム通りに人影はなかった。レ・トゥルネ橋に足音が虚ろに響き、聖ジャック広場に灯の点っているカフェは一軒もなかった。

「もうだいぶ夜が更けているんだろう」と彼は呟いた。

ロワトレ通りの闇を穿つように光が広がっているのを見ても、全く驚きはなかった。

深く息をつくと、突如興奮に襲われる。

——とうとう……現れた……〈アルファ食堂〉だ——

扉を押し開けると、かつて目にしたあの品々がそこにあった。低い長椅子、奇怪な石像、そしてステンドグラスの向こう側には神秘的な光が揺らめいている。

「ロメオーヌ」彼は大声で呼んだ。

いつの間にか、彼女は傍らにいた。

「やっと会えた」と彼は言った。「自分がずっと何を望んでいたのか、やっと分かったんだ」

彼女はテオデュールをじっと見つめ、次いでそっと呟いた。

「今、生きていたなら、どんなに素敵だったかしら」

「生きていたなら？」

彼女が身を寄せて来ると、強烈な寒さに襲われた。

「私はもう長い間死んでいるのよ、坊や」

テオデュールは、恐怖の余り叫び声を上げたが、同時に歓喜にも包まれた。

「ロメオーヌ……あなたのことはよく覚えています。でも、あなたの内に別の存在をも感じるのです」

しなやかながら、がっしりとした腕に抱き竦められる。力強い、しかし冷たい肉体に彼は魅了された。

「マリー姉さん」

「望むなら」と女は言った。「いつの日か分かるわ。奇妙で、恐ろしいものだとしても、真実はとても単純だということを。〈時が我等を隔てるも、その障壁は消え失せり……〉さあ、いらっしゃい」

ステンドグラスの向こうで不意に光が乱れた。指差したテオデュールの手を、ロメオーヌは素早く遮った。

「およしなさい。何もなかったみたいにしているのよ」

「あれは？」テオデュールは尋ねた。

女は恐れるような仕草をした。

「知るべき時はいつかくるわ。私があそこに戻らねばならなくなったら。そして坊やもね……」

質問を遮るように、唇がテオデュールの唇に重ねられた。

「もう随分前のことね、こんな風に口付けしたのは」と彼女は熱っぽい様子で言った。「私のことが分かって？」

「ええ、もちろんです。ロメオーヌ……いや、マリー姉さん、愛していたんです。やっと自分の宿命が何か分かりました。姉さんを愛すること、そのために本に書いてある通りにして、あの人に……〈夜の主〉に助けを求めたんです」

女はぞっとするような叫び声を上げた。

「そのために私を墓から引きずり出したのね」

テオデュールは、彼女から少し身を離そうとした。

「過去……私はそのためだけに生き、忘れずにいるがために自分の時を捧げてきました。分かったんです。過去に戻れるということが」

＊＊＊

三日後、サンデルス警視は新たな報告書を書き始めた。報告書は補佐が読み返し、手直しをし、三部複写した。添付書類には丸みを帯びた書体でこう記されていた。「テオデュール・ノットという名の人物の失踪について」

この時、警察署の机から三十歩ほど離れたグロ・サブロン広場にある背の高いポンプの前で、テオデュール・ノットと名指された男が満足げにパイプを吹かしているのを目にできたなら、哀れなサンデルスは狂気の闇に深く沈んでいたことだろう。二時間後、カフェ〈ミロワール〉の明るい窓の前でサンデルスはノット氏と擦れ違い、真夜中頃ロワトレ通りの角を二人は同時に曲がった。ノットは〈アルファ食堂〉を再訪する所だった。

しかし他の人々にとってそうだったように、サンデルスにも、この食堂は存在していなかった。この食堂は、人の良い警視と他の住民たちが生きている時空の外にあった。ノット氏の存在自体と同様に。

しかし、サンデルスも他の人々も、あの赤い古い書物に記された神秘を伝授されておらず、「夜の主」の関心外だった。

テオデュール・ノットの存在は、夢とは似つかぬものだった。食堂という場所とロメオーヌ、もといマリー嬢の熱烈な愛が、彼の存在を十分確かな、心地良いものにしてくれた。

「〈みんな〉に会いたくはならない?」ある日、愛する女《ひと》が訊いた。

テオデュールは、しばらくその意味が理解できなかった。

それは日曜の美しい午後、少し肌寒かったが、快晴で気持ちの良い日だった。

二人は食堂を後にし、ロワトレ通りを下っていった。聖ジャック広場は人で一杯だった。広場に東屋《あずまや》が建ち、そこで田舎の楽団が管楽器と大太鼓を騒々しく鳴らしていた。

陽気な群衆の間を抜けて行く二人は人々に見えない。彼らは別の時空にいた。

二人で橋を渡り、奥に日の差したハム通りが眼前に口を開けているのを目の当たりにすると、テオデュール氏は身を震わせた。

「これから……私の家へ?」彼は尋ねた。

「ええ」とマリー嬢は応え、優しく腕を押し付けた。

「それから……」と少し恐れを抱きながらテオデュールは尋ねる。

女は肩を竦めると、彼を引き立てた。

テオデュールが洋品店のドアを押し開けると、か細い歌声が上の階から聞こえてきた。

——いずこより　たゆたひ来たるゝ天雲《あまくも》よ　風ぞ汝を運び給《たま》ふか……——

スダン船長の応接間で、クラヴサンの前に陣取ったソフィー嬢と、趣味の悪い黄色の室内履きに刺繍をする母に再会し、長いオランダ製のパイプをくゆらせる父の傍らに腰を下ろしても、彼はほとんど動じなかった。

日曜に皆が集《つど》ったあの光景。彼らの死から三十年もの時を経たとは思えなかった。歓迎の言葉などなく、マリー嬢の傍らに五十も老けたテオデュールの姿を認めて驚く者もなかった。

漆黒の装飾が星のように施された、厚手の毛糸の夜会服をマリー嬢が着ているのに気付く。〈アルファ食堂〉を出た時、ロメオーヌは金糸を織り込んだ薄い絹の服を着ていた。しかし、彼は全てをありのままに受け入れた。

旺盛に皆が夕食を楽しんだ。テオデュールは、母が秘密にしていたワインとエシャロットのソースを再び味わうことができた。

「ほら、ジャン＝バティスト……そんな本からなんて良いことは何も学べないわ」

そんな風にノット夫人は、うらめしそうな眼差しを蔵書に向ける夫を優しくたしなめる。

とっぷりと日が暮れてから二人は立ち去った。テオデュールとマリー嬢は〈アルファ食堂〉に戻ってきた。

「そういえば」唐突に彼は言った。「スダン船長にはお目に掛かれなかった」

連れ合いがびくりとした。

「あの人のことは話さないで」と彼女は哀願した。「私たちの愛を思って、もう二度と」

好奇心丸出しで、テオデュールは彼女を見た。

「ふふ」彼は笑った。「分かった。そうするよ」

そして話題を変える。

「パパとママの話していたことは全部、前に聞いたことがあると思う。聖ジャック広場のコンサートの曲も。食べたものも……」

少しいらだった様子で彼女が遮った。

「当然よ……全てはあなたの彷徨《さまよ》っている過去のイメージなのだから」

「それじゃあ、パパとママ、ソフィー姉さんは本当に……死んだまま」

「そう……あるいはほとんど」

「姉さんは」

「わたし？」

その言葉を、彼女は恐怖に震える声で叫んだ。

「わたしは、坊やがわたしを死から引きずり出したのよ。坊やのものになるために……」

その時、彼女の内で何かが形を変じたのを目にしたように思われた。黒々とした、奇怪な、激しい敵意を有するものが垣間見えたが、あっという間のことだったので影の悪戯《いたずら》とも思えた。ちょうどその時、わずかに開いた窓の隙間から忍び込んだ夜風に蠟燭の淡い炎が揺れていたから。

「それしか望んでいなかった」とテオデュールは率直に言った。「でも、それをはっきりさせることも、表現することも、なかなかできなかった」

それ以上問うこともなく、妙な、気詰まりな間が流れた。穏やかで甘い日々を二人はがらんとした食堂で過ごした。ハム通りの家に戻って、ありし日の再現を共にしようとテオデュール氏が思うことはもうなかった。

ある夜、目を覚ますと、彼女の頭があるはずの枕下に手を伸ばした。

そこは空で冷たかった。

呼んだが返事はなく、彼は部屋を出た。

家はまるで見知らぬものに思われ、夢幻の、非現実的な漠とした世界に入り込んでしまったようだった。階段を這い登り、別の階段を降り、淡く不気味な光に沈む部屋を幾つも通り抜けたのだが、再び自室と空の寝台に行き当たる。

心臓が縮こまり、胸を締め付ける新たな感情が、心の奥底に湧き起こった。

――行ってしまったんだ……〈あいつ〉に逢いに……私には分かっていた。あの円卓の引き出しに入っていた何通もの手紙がその証拠だ――

海に飛び込むように、テオデュールは通りに飛び降りた。大股で聖ジャック広場を抜けると、橋を二つやり過ごし、ハム通りの深い闇の奥へ駆け込んでいった。

月明かりが店の大きな鉄の糸巻きを照らし出しており、テオデュールはしばしファサードを見つめた。羽板の隙間から漏れ出ていると思《おぼ》しき室内の微光と、月光がせめぎ合っていた。

「あっ」差し迫った声を上げる。「〈あいつ〉が部屋にいる。蠟燭に灯を点して、忌まわしいあの赤い本を読んでいる。そして、〈あいつ〉のそばにいるのは〈あの女《ひと》〉だ」

店の扉は自前の鍵で開いた。閂《かんぬき》は掛かっていなかった。

階段に最初の一歩を踏み出した途端、葉巻の匂いが鼻を突いた。

上階の天窓を透過した仄かな月明かりを頼りに、労せず暗闇の中で歩を進める。二階の扉の一つ、その下の隙間から一条の光が漏れ出《い》でて、扉の下部を浮かび上がらせていた。

テオデュールは部屋に飛び込んだ。

背の高い銅の燭台が幾つかあり、六本の蠟燭に火が付いていた。暖炉にわずかに残った熾《おき》はまだ赤々としていた。

「ああ」テオデュールの声はしゃがれていた。「やっぱりおまえか」

肘掛け椅子に腰掛けた老いたスダン船長は、白くなった頭を上げると本を置いた。

「彼女はどこだ」テオデュールは不機嫌に言った。

老人は彼をじっと見つめたものの、返答しなかった。

「どこにいるか言うんだ……もう二度と彼女を奪うんじゃない……私はその忌まわしい本の指示通り全てやった。〈彼女が欲しい〉んだ。聞いているかね」

ガラスのような船長の瞳が微かに光った。

「いなくなったのか?」と、裏返った酷い声で船長は問うた。「そうか……そうか……逃げるには月明かりで足りたということか。つまり、彼女はいなくなったわけだ……」

船長は再び赤い書物を手に取った。

「その汚らわしい本は置いて質問に答えるんだ」テオデュールは叫んだ。「彼女はどこにいる」

「彼女はどこにいるか？　本当にかね。〈彼女はどこにいるか〉、いい質問だ」

巨大な影が正面の壁でちらちらと動き、ノットは燭台の一つで燃えていた蠟燭が三本同時に消えるのを目にした。羽板《はいた》の隙間から月光が覗き、船長の肘掛け椅子の方へ滑り込んできた。手で威嚇しながら、テオデュールは船長に近づいた。

「お前が憎い」呻くような声が漏れた。「おまえは私の青春時代から姉さんを奪った。そして今また連れ去ろうというのか」

手は老人の肩の高さにあった。船長は身じろぎせず、椅子のクッションに身を埋《うず》めていた。残りの三本の蠟燭も消えた。急に息を吹き掛けられたかのように。しかし、幾条もの月光が、闇でできた映写幕に蹲《うずくま》る船長の姿をくっきりと照らし出した。

「殺してやる、スダン」押し殺した声でテオデュールは言った。

冷たくぶよぶよとしたものを摑むと、喘鳴《ぜんめい》と哄笑が聞こえ、次の瞬間に指は虚空を彷徨っていた。

「死んだ」テオデュールは叫んだ。「姉さんはもう二度と奪わせない」

刹那、鎧戸が音を立てて全開し、応接間に月の光が満ちた。

テオデュールは恐怖のあまり声を上げた。室内で蠢《うごめ》く靄の塊が獰猛に迫る。目で見てというよりも、その気配を感じた。

緑色の光の中を巨大な亡霊の手が通り抜けるのが見えた。そして恐ろしい姿が、はっきりと形を取り始めた。

「マリー姉さん」遠い昔の夜に見た悪夢を思い出し、泣きじゃくった。

汚らわしいそれは、テオデュールを窒息させ、押しつぶそうと覆い被さり、身の毛のよだつ墓穴の臭気を顔に吹きかけてきた。

そして悪夢は、あの夜と同じように展開する。巨大な靄は退き、月の光線に沿って、煤《すす》が細く昇るように消えていった。

その瞬間、星々の狭間にテオデュールは見た。空一面に広がる厳めしい姿を。それは小さくなると、信じられない速度で窓に迫る。蠟燭に火が灯り、鎧戸が大きな音を立てて再び閉まった。応接間で我に返ると、空の肘掛け椅子を凝視していた。

しかし、消えかけた暖炉の炎の前で、哀しげな笑みを浮かべて自分を見つめていたのは、イポリット・バース氏だった。

＊　＊　＊

「イポリット」テオデュールは声を上げた。

赤い書物の定める宿命に従うようになってからというもの、古くからの友には久しく会っていなかった。

バース氏はいつものように青緑の服に身を包み、腕には鋲を打った杖を吊るしていた。と、それを急に持ち上げると、その先端で肘掛け椅子を指し示した。

「奴の姿はもう見えないかい」

「奴って、スダン船長のことかい」

イポリット・バースは、せせら笑った。

「あの薄汚い小悪魔か……〈向こう〉ではテグラットと名乗っているよ。書物の悪魔なのを鼻に掛けた奴さ。地上に居残っているのはあいつだけだ」

「悪魔……悪魔……」理解できぬままに、ぶつぶつとテオデュールは呟いた。

そんな彼を友は優しく見つめる。

「可哀想だけれど、時間がないから君にしてあげられることはあまりない。地獄が地上に残していった、あのろくでなしの首を君はしっかり絞め上げたから、奴は地上に留まる力を完全に失った。でも、そのせいで別の時空に来てしまったんだ。君が居られない場所に……」

テオデュールは両手でこめかみを押さえた。

「一体何が起きたんだ。私が何をしたっていうんだ」

イポリットは友の肩に手を掛けた。

「テオデュール、つらい思いをさせるけど言おう。スダン船長……いやテグラットは、君の……父親だった……つまり君は……」

テオデュールは恐怖と絶望のあまり声を上げた。

「ママは……じゃあ私は……私のパパは……」

イポリット・バースが、その口を押さえた。

「行こう、時間だ……」

再びハム通りに出て、二つの橋、聖ジャック広場を通ると、人気《ひとけ》が増しているようだった。そこかしこに人影があり、ざわめきが聞こえてきた。

〈アルファ食堂〉からは光が漏れていた。イポリットが入り口のドアを押した。

「気をつけるんだよ。今日、ここは他の人たちにも存在しているからね……」と彼は釘を刺し、遠くから聞こえる喧噪に耳を澄ませた。

「神より生まれし人間が、全人類の贖い主となった」と、くぐもった声で続ける。「そこで、夜の霊の一つが愛と光の行為を真似て、人の子を産ませたんだ……」

イポリットは憐れむようにテオデュールを見つめた。

「そうして、人類の中でもっとも悲しく哀れな存在を生み出してしまった」

「私は」テオデュールが言った。「……悲しく哀れな人間だよ、ああ、そうとも」

人気の無い食堂の、家庭的で温かな装飾に目をやる。

「みんな裏切る」彼は息をついた。「そして……誰も愛してくれなかった」

「違うわ！」

声なき叫びが空気を震わせた。

「ロメオーヌ……マリー姉さん」テオデュールは叫ぶ。喜びで目が輝いた。

しかし、イポリット・バースは首を振った。

「君の悲しい身の上を気に掛けている奴はいるよ。君自身の運命に手出しはできないけれど、そいつは君に寄り添い、悪夢の生んだ残忍な存在から護った。時間を止めて、過去に蹲ったままの君を見守ろうとしたんだ。君には恐ろしい未来しか待っていないから……」

「イポリット」ノットは大声で呼んだ。「熱を出して倒れたあの日みたいに、何も分からないよ……あなたのことすらも」

バースは急に扉の方を向いた。

「通りに人がいるな」と彼は呟いた。

そして続ける。

「そいつは君が行かねばならないところへも付き添うだろう。自分のこともそいつは裏切ったのかもしれないけれど……」

テオデュールは、友がむしろ自分自身に言い聞かせているのに気付いた。

そして、理解する。

「夜の主なのか」彼は声を上げた。

バースは微笑み、テオデュールの手を取った。

「フフ」

二人の背後で嘲笑う声。

イポリットは小さな仏像の方を向いた。

「黙れ、人形」イポリットが命じる。

「黙れだと」と声が返した。

通りは喧噪で満ちていた。

テオデュール・ノットは壁面のステンドグラスを凝視した。ガラスの向こうで仄かな光が再びちらちらとし始めていた。

テオデュールは手を胸に当てた。

「イポリット……ポリーヌ・ビュリュスが倒れてる。頭を砕かれて……ドブネズミたちがジェローム・メイエルの哀れな顔を齧《かじ》ってる。メイレの娘は自宅で火だるまだ。ああ、あの本の掟に従って私は三度《みたび》殺されるんだ」

突如、窓と扉のガラスが砕け散り、石が雨となって食堂の中に降り注いだ。

「石礫《いしつぶて》だ」テオデュールは悲鳴を上げた。「運命の日が到来した。十月八日、この恐るべき日に〈私の命は尽きる〉」

暴徒と化した群衆が昏い通りに犇《ひし》めいていた。馬小屋から持ってきた角灯や松明が、憎悪で歪んだ人々の顔を照らし出していた。

「人殺しに死を！」

ガラスの割れた窓の向こうに、サンデルス警視の蒼白い顔が覗いた。

「テオデュール・ノット、自首するんだ」

イポリット・バースが手を伸ばすと、奇妙な沈黙が訪れた。テオデュールは恐怖の面持ちで彼を見つめた。

バースは石造りの仏像を掴むと、像をステンドグラスに投げつけた。風船が破裂するようにガラスが弾け飛ぶ。

テオデュールの眼前に真っ暗な道が口を開けた。静止した煙幕に開いた穴のような、その道筋の彼方は赤々と燃え盛っていた。それは言語を絶する光景だった。

「ここを通っていくんだ」穏やかにイポリット・バースが言った。

「あなたは……何者なんだ」テオデュールはくぐもった声で問うた。

叫声と共に群衆が〈アルファ食堂〉に突入してきたが、テオデュールはそれを見も聞きもしておらず、足には黒い天鵞絨の絨毯のような滑らかな感触があった。

「何者なんだ」もう一度訊いた。

イポリット・バースの姿はもうそばになかったが、凄まじい大きさのものがそこにおり、巨大な頭部に淡い光輪が見えた。

「夜の主か」テオデュールは大きく息をついた。

「行こう」親しげな声が、ずっと上の方から聞こえてきたようだった。テオデュール・ノットはその声の主を知っていた。二人きりで上等の夕食を取り、チェッカーを静かに遊んでいる時にそばで耳にしていたあの声だった。

「行こう……放蕩息子たちのいる〈向こう〉だけれど」

テオデュール・ノットの心は落ち着いていた。永久《とわ》の別れとなる群衆の喧噪が彼を襲う。安らかな静寂《しじま》の統《す》べる美しい夕べ、高く聳《そび》えるポプラの梢を揺らす一陣の風の如く。

劇中劇　*La pièce dans la pièce*

マルセル・ティリー　Marcel Thiry
岩本和子 訳　Kazuko Iwamoto *trans.*

ナタリー、これはあの世からのメッセージではない。それを誰が送るというのだろう。僕は死んだ。僕とはピエール、君の恋人だ。僕は死者になったのだ。意識は肉体と同じように解体してしまったので、ひとつのまとまった意思にはなれない、だからまとまったメッセージにも。だけど僕の人生、つまり僕が地上でしたことのすべて、生きたことのすべて、命を吹き込んだ一瞬一瞬の時間、行動のすべて、苦しみや喜びのすべて、僕たちのキスのひとつひとつ、そうだねナタリー、僕たちの苦悩の一つ一つ、僕の人生だったこれらすべてはまだ廃止されず、十一月十二日のあの夜には存在したということを突然終わらせることはなかった。あの夜、僕は肘掛椅子からふさふさしたウールの絨毯の上に崩れ落ちたはずだ。そのあとはブレメールやみんなが駆け寄ってきたことだろう。君もね、ナタリー。君の夫の目の前でだ。崩れ落ちたはず、と言ったのは、僕はすでに死んでいて、かつて生きたピエールのことでしかないので、それについては何も知り得ないからだ。

僕は僕の生でしかないのだから、僕の生だけが君に話すのであって、ピエールとしての僕ではない。なぜなら僕は死んでいて、死者というのは、話さないのだ。悲しいが確かなことなんだよ。君は僕の生をそれが断ち切られてからも強く求め、僕の姿や生きた時間を一つ一つ探索し、僕の気分や振舞いの意味を探り、僕の言葉一つ一つの口調を問い直すといったことをあまりに熱心に行ったので、過去のものとなった存在の、あのばらばらになった原子を君は再びつなぎ合わせ、まとまりを与え、一つの存在を作り出してしまった。そして君の呼び声に答えて、その存在がこうしていま従順に君のもとにやってきて目覚め、君の長い問いかけに答えているのだ。僕たちは二人で、二人のために、次の強い信念を作り上げたね。どの瞬間も死にはしない、ということを。めったにないことだったが、二人で夕食をとるときには——それは冬、街から離れた、リーのホテルの僕たち専用の片隅でのことで、誰かに出会うといけないので春以降は使えなかった——、僕たちは約束し合ったものだ。ただ一瞬の時間も一つの喜びも一つの涙も、何ひとつ僕たちの愛から消すことはできないと。それを互いに確かめあうために、僕たちはテーブルクロスの上のクリスタル食器や花のあいだで手を取り合った。そうしながら膝を触れ合わせていた。蠟燭が黄色みがかったバラ色の灯で、君の顔と、この夜の祝宴のために君が着ていたドゥミ・デコルテの胸元を照らしていた。このドレスは、君の夫が一度も見たことのない、僕のためだけの三着のうちの一つだった。それを君は、この季節のあいだ二人だけが借りていた踊り場に面した部屋から、いつもかなり遅い時間に僕と一緒に降りてくる、その前に身に着けるのだった。三着のドレスは、会うのが困難な長い間、その部屋で君を待っていた。緑色のウールのドレスは君が昼食に来れる日のためのものだった。夜用の二着のドレスは、黒と白だった。幸福の震えも悪意ある瞬間も、すべてのものが残存していくのだという確信を僕たちは持つに至っていた。僕たちは言っていたね。人間もその魂も不滅ではないが、生を成すものはすべて永遠なのだと。そして一瞬一瞬の時間を救い、それを美しいものとか良いものにするためにあらゆる策を講じることで、僕たちは人類を救うのだとも。この一瞬はいつまでも存続するはずだから。美しいものや良きものを瞬間から創り出すこと、それは、その瞬間において美しいもの、寛容なもの、あるいは新しいもののことだけをひたすら考えようと努める、思考上のものでしかないにしても。しかしそれはまた行為によって、すべての行為によっても創られる。たとえば男たちにふさわしい仕事、女性の装いの適切な選択、快楽。僕たちが飲んでいたワイン、僕たちはそれらもまた持続する時間に変えていた。ごくまれに一緒に過ごす夜も、一秒たりとも、睡眠中の一秒一秒さえ、きわめて意識的に構成されたものとして永久に存在をやめないだろうと僕たちは感じていた。

それは罪びととしての僕たちの道徳だった。罪びとたる僕たちの状況への順化だった。過ちを犯している僕たちの。なぜなら君はフランシスと結婚していたのだし、フランシスは君がもう自分を愛していないことに苦しんでいるようだったし、それに君には可愛い息子のフィリップがいたのだから、罪を犯さないでいることはできなかった。ある意味での償いとしていっそう厳しく、僕たちはお互いに考え方や振舞いにおいて純粋で上品であろうとした。それでも、一つ一つの考えや振舞いが償いようもなく背徳的であることに変わりはなかった。それに、僕たちの一瞬一瞬は永遠に続くのだから非の打ちどころのない作品であらねばならないというこの信念は、気休めがほしくて作られたもので、甘美な慰めのようなものだった。二人だけの短い時間、僕たちの最高の時、それはやがて虚無へと絡め取られるのではなく、永遠に存在し続けるだろうと。ところがその信念は空疎なものではなかったのだよ。人生についてのこの手探りの宗教、不安でいっぱいの恋人たちが練り上げた宗教だ。僕の一瞬一瞬は生きている。そして君が懸命にそれらを思い起こし、寄せ集めて一つの完全な体にしてくれた。その体がメッセージを送れるというわけだ。今夜、君がどこから僕に問いかけたのかはわからない。おそらくフィリップ坊やの隣の、君の部屋に一人でいるのだろう、一つの生として再生されたあの一瞬一瞬、ピエールという僕の生、それが今やってきて最後の日のことを君に語ろう。

十一月十二日、ブレメールはいつもの夕食会を開いていた。僕が君に出会ったのはそこでのことで、不倫が始まってからはこの夕食会は苦しみの種になっていた。今回は恒例のサプライズを企画するのはフランシスの番だった。ということは、芝居があるはずだった。ブレメールなら絵画展だったろう。ティヤンジュなら妻と一緒にダンスの一曲を披露しただろう。僕なら自分で選んだラジオ放送の録音だ。これらのサプライズは驚きのないものだった。それはこの夜会を僕たちにとって耐えがたいものにしたことの一つだった。僕も君も、欠席すればその理由を詮索される危険が生じるようになってからは、夜会にはどうしても出ざるを得なかった。フランシスは、担当の順番がくると、いつもプロの俳優に芝居を演じさせることにしていた。ただちょっとした特技は持っていた。映画だ。かなり上質のアマチュア映画を上映することもできただろう。だが俳優を雇う方を好んだ、なによりもその方が費用がかかるという理由で。ブレメールは目の保養にということで、恒例の夜会には若い夫婦しか招待していなかった。僕だけが例外で、彼と同じく独身で、同じようにもうすぐ五〇歳になる古い友としてだった。若い招待客たちは、夕食後の余興を毎回企画することが求められ、そのための必要品を揃えるのは完全に任されて、費用はブレメールが出していた。フランシスの性格には、この庇護者然とした豪勢さに制裁を加え、平然とそれに付け込もうとするところがあった。ふてぶてしさを隠しつつ、こんな贅沢に復讐してやるのだという密かな喜びをもって、我らが接待役の出資者が支払うことになる伝票に度を越した額を書き込むのだ。それに、彼の演劇への趣味は本物だったが、そこにはいつも奇妙なサディズムが混ざっていた。この偏向のことは一度も話したことがなかったね、ナタリー。僕たちはフランシスのことは何も口にしなかった。それが「その瞬間を守っておく」ための僕たちの決まりの一つだったから。僕たちが関係を持つよりも前に、彼は僕にその趣味について密かに打ち明けていた。それはある晩、ブレメール家での夕食会の締めくくりにふんだんに振る舞われたシャンペンに、満足そうにしていたときのことだ。この宵に彼が演じさせたゴルドーニ[*1]のちょっとした翻案作品に僕は賛辞を述べ、彼はシェイクスピアに関する論説について話した。僕が田舎者の法律屋のくせに生半可な文学通として余暇を楽しみ、この作家に少しばかり入れ込んでいることを知っていたからだ。舞台が好きなのかと僕は尋ねた、「演劇だよ！」と彼は言った。育ててもらったドイツ人の祖父母譲りの訛《なま》りが少し入っていた。酔いが回るとその訛りが出るのだった。そして緑の眼は異様に揺れ動いていた。「司法官になるよりも、なんで演劇の作家を志さなかったんだ！　同胞たちの体や心をこれほど全部自分のものにできる仕事はないのに。観客のことを言っているのではありません、確かに観客も支配しますが、それは知的にです。私は俳優たちのことを話してるんです。あなたが加工する男たちや女たち、その顔や年齢や性格をあなたが変え、声や態度や彼らとは別の一つの全き存在をあなたが押しつけるのです……稽古に立ち会ったことはありますか？　あのねじれ、強制、言葉の屈曲、それを十回、十五回と繰り返させ、そうやって、感じ方の新しい癖、自然な反応の新しい形を押し付けます。こねて、打って、人間を八つ裂きにします。それは世界創造であり、怪物創造なのです」

僕は恐怖を覚えた。彼のような司法官の尋問は、いったいどんなものになるのだろうかと考えた。僕たちの仕事は、どんな仕事でも同じだが、性格をゆがめてしまうものだ。おそらくそれは、彼と同じように僕の性格にも影響を及ぼしていた。ただ僕たちは異なった醜悪さへと傾いていったのだ。彼にあっては、仕事は残酷さを強化させていた。僕の方は、どちらかというと用心深い偽善に向かうことになったのだ、そうだね。それはもっと心地よい密かな自由のために注意深く守っていた、うわべだけの順応主義だった。避難所としての、すべてを隠すための、赤い法服。

君もいる場で君の夫に会うことになる時はいつでもそうだったが、知らないうちにすでに永遠の別れとなってしまった、あの最後の夜会にやってきたときも、僕はやましさや気まずさに苛《さいな》まれていた。ブレメール邸の中庭に入ったとき、僕の車のヘッドライトがすぐさま、冷たい霧雨を通して君たちの車を照らし出した。君たちの車、それは最初に浮かんだ不愉快な言葉だ。僕は館に入っ

＊1　カルロ・ゴルドーニ（Carlo Osvaldo Goldoni, 1707-1793）ヴェネツィアの劇作家。「コーヒー店」「二人の主人を一度に持つと」など数多くの喜劇をのこした。

た。館の主人と、デュティウ夫妻、ブルム夫妻、ティヤンジュ夫妻に挨拶をした、それから君には、手の上に身をかがめて。その手は弱く握り返してくれたね。それから君の夫には、もごもご「おげんきですか」と言って挨拶をした。

「ありがとう、裁判官殿」

ス（c、s）の子音が鋭く響いていた。それに極端なまでの丁重さだった。ただ、三十三歳の判事が法廷で裁判官に向かって尊称を使うのはよくあることで、このようなかなり内々の会でも少なくとも一度、初対面の時ならあり得た。あの恐ろしい夜会のたびに、僕はいつでもすぐに、努めて言葉や視線の端々にほのめかしや非難や罠があると疑わないようにすべきだと分かっていた。僕はカクテルを遠慮なく飲んだ。

テーブルでは、僕は君から離れた席にいた。ブレメールが感づいているのではとどうしても考えてしまった。一緒に座らされても、同じ疑問をいだいたことだろう。まだポタージュの段階だった。そしてブレメールの独特なやり方で、ポートワインをポタージュと一緒にふるまっていたのだが、最後のポートワインが注がれるのを僕は見ていた。とそのときすでに、教師である小柄なブルム夫人がフランシスに、サプライズは何なのか教えてほしいと迫っていた。彼はあっさりと答えた。

「目新しいものを期待しないでください。少なくとも無名の劇作品を新しく紹介するものでは全くありません。『ハムレット』の一節をお目にかけます」

脅しだ、おそらく、「少なくとも」に込められたのは。

「あなたご自身の翻訳ですの？　それとも翻案？」とシュザンヌ・ブルムは尋ねた。

「翻案と言えるかもしれませんが、しかし翻訳はいっさいなしです。パントマイムなのです」

礼儀として関心を示し、またいくらかは心底からの好奇心で、ちょっとした軽いざわめきが起こった。『ハムレット』についてよく知らない若い女性たちは、さりげなくそれを隠していた。僕の右隣にいたかわいいティヤンジュ以外は。彼女は会った中ではただ一人だけ軽薄な女だった。僕はいい加減な短い講義を彼女にしてやった。その間デュティウが、高級ポートワインについていかにも物知り顔に、ありきたりのお世辞を述べていた。

「で、『ハムレット』のどの部分を観せていただけるんですか、フランシス」とフレッド・ティヤンジュが聞いた。

「第三幕の抜粋です、役者たちの出てくる幕です。あなたのことを考えてこれを選んだのですよ、裁判官殿」と、僕の方に少し身をかがめながら、しかしその緑色の眼を上げることなく、彼は言った。「まず、シェイクスピアならば間違いなくあなた向きだとわかっているからです……何と言ったらいいか？　あなたなら感動されると。それから、ずいぶん前ですが、ある日、劇中劇のことを話してくださったのを思い出したのです。洗練された混乱、とおっしゃっていましたね。劇中劇の発明によって、それが舞台の視覚的な効果にもたらされたのだ、と。私はまた、あなたが無秩序についてそんなに熱弁を振るわれることにも感嘆したのですよ、裁判官殿、お見受けしたところとても完璧な知識をお持ちなのに……」

今度こそ、彼は徹底的に突いてきた。毒を塗った剣の切先を僕は感じた。会食者たちは、この執拗な「裁判官殿」に少々驚いていた。彼らは、かなり無礼な冗談としてそれを笑っていいのかためらっていた。でも僕は警戒していた、アルコールでかなり興奮してもいた。不意打ちを受け、僕は剣を構えた、今や思う存分に。僕は君を見てはいなかった。君は対角線上にいて、ボヘミアガラスのシャンデリアの下にあるうず高く盛られた薔薇で少し隠れていた。僕が思いつくままにべらべらとしゃべりだしたのは、自然に振る舞うことでフランシスを面食らわせるためだったが、またそれは、君が僕の方を見ることができるようにするためでもあった。そう、君だよ、薔薇の花越しにでもね。君が僕を見てくれるのがわかるだろう。間接的にでも、こっそりとでも。少なくともそれが僕たちをつなげてくれるだろう。君のために戦っているかのように僕は話した。君自身のためにも、フィリップのためにも、恐れてはいけないと——君の恐怖、それは知っていた、坊やを失うことだ——、そして僕が急襲をうまくかわせると君に感じてもらうために。僕はカワカマス料理の間中、話したと思う。

僕は言った。「よく覚えていますとも。素敵な思いつきですね！　どんなふうに抜粋されたかを観るのが楽しみです。劇中劇という手法にずっと惹かれてきたのはほんとうにその通りなんです。それは観客を奇妙な仕方で順応させていきます。第一の芝居を介した第二の芝居のあの光景は、異様な隔たりを感じさせる遠近法を生じさせます。観客はまるで双眼鏡をひっくり返して隅っこから観ているようなものです。いずれにしても、劇の二つの場面をひと続きにすること、それは二つのレンズを前後に重ねて配置するのにちょっと似ていますし、このとても単純な発見から望遠鏡ができたのです。どちら側に目を当てるかによって、拡大したり縮小したり、近づけたり遠ざけたりする、望遠鏡です」

「あの時、この発明をもっと押し進める可能性についても話しておられませんでしたか」フランシスは、まるで法廷にいて尋問を仕切っているかのように、しかし同時に、いずれにしてもごく単純に劇中劇の問題に興味を持っている演劇好きとして、質問した。

「ええ、よく覚えていますよ。果てしなく続く通路のことを話しました。第二の芝居の中で登場人物たちが第三の芝居に立ち会っている、それが実のところは第一の芝居でしかない――第一の役者たちは第二の芝居が演じられるのを見ている――、そのとき、通路が開かれるでしょう……像がどこまでも遠ざかっていく鏡遊びのとっかかりと同じ効果です。芝居に応用された、鏡の奥への旅です」

こんどはヤマウズラの紙包み焼きが出てきた。小柄なブルム夫人が、左側の三つ離れた席にいたのだが、僕に話すためにユダヤ人特有の雁首を伸ばしてきた。そちらに向きながら、僕は君をちらりと見ることができた。君は神妙にし、懸命に僕に微笑みかけていた。

「シュルレアリスム的なちょっとした遊びですね」とティヤンジュが言った。

「でも、演劇の四次元へのトンネルのようでもありますわね」とユダヤ美人は熱を込めて言った。

「そうですね」と僕。「とても興味をそそる探求です……例えばシェイクスピアが『ハムレット』や『じゃじゃ馬馴らし』や『真夏の夜の夢』の中で様々な方法を使って挑戦しようとした初歩的なものでも、すでに演劇的錯覚を利用したそうとう見事な知的曲芸ですし、僕たちの演劇的感覚への知的な刺激になります……」

「まさに、その刺激の限度を測ってみたいと思ったのです」とフランシスが言った。「あなたががっかりされないといいのですが」

僕は驚いた。そこにはもう、攻撃的なほのめかしも、「裁判官殿」の呼びかけもなかった。最後の方の言葉に、隠されたはっきりわからない脅しがまだあったのでは？　いや、彼が疑っていると常に勘ぐってしまうのは、彼の前でいつも感じる強迫観念だった。それにたぶん、僕も思い違いをしていて、彼の言葉にはとりたててほのめかしなどなくて、誰にでも使っていた痛烈な皮肉にすぎなかったのだ……僕は君を見て、薔薇の花越しにはっきりと君に微笑みかけた。それから、君の夫がこの視線と笑みを追っていたことに気づいた。彼も僕に微笑みかけて、ポマール[*1]のグラスを僕に向かって掲げたのだ。

夕食の終わりはとても愉快だった。他の連中は別として、デュティウとフランシスと僕は、ブレメールの高級ワインを大いに楽しんでいた。アリス・ティヤンジュは僕にしなを作り始めていた。それが彼女には茶目っ気を見せるのにうまくいく唯一のやり方だった。ドレスの肩ひもをずらすという、心地よいおまけもついていた。コーヒーは書斎で立って飲んだ。僕たちは一瞬、一緒にいたね。僕たちの最後の瞬間！　十人の会食者たちが目まぐるしく動く中に紛れ込んでしまい、ゆっくりと回転する流れの一つに逆らえなかった。僕はありがとうと言い、君はすぐにわかってくれた。君が着ていたローブモンタント[*2]のことだった。僕たちはカップの中の角砂糖をかき回し、劇中劇について大声で話した、でもごく小さな声で君は、僕を愛していると言ってくれた。それから皆は上演用の部屋に移った。

　舞台は壁面の隅を切った平面に設《しつら》えてあり、ヴェロネーゼ緑[*3]と白銀との幅広い縦縞模様をした、ビロードの美しい幕で覆い隠されていた。余興は金がかかったものと予想でき、フランシスは我々のホストからの予算を鷹揚に湯水のごとく使ったに違いないと思った。彼はしつこく——この小劇場では僕たちは彼の掌の上に乗せられ、彼も自分が接待役だと思っていた——僕に舞台から遠くない特等席に座るよう求めた。審判席ですよ、と言って。愛人という立場上、夫に従っておくのがいい。他の連中は、演壇の方を向いてばらばらに置かれた十脚ほどの椅子に適当に座った。彼が指定

＊1　ブルゴーニュワイン。
＊2　昼間用の正装。
＊3　ポールベロニーズグリーン、エメラルドグリーンの別名。

したその席からは、あからさまに振り向かなければ君を見ることはできないと気がついた。

自分の席から親しげに、君の夫は二言三言しゃべり、この一節において、劇の登場人物の数は必要最小限に減らしたことを詫びた。王、女王、ハムレット、オフィーリアの役を演じる役者たちを彼は指名した。ブレメールのために豪勢に金をかけて。それに、役者たちに自分自身を変形させ、ことによるとある種の身売りをさせたいという自分の趣味を僕に白状していたのだ。その趣味によって無言劇にしたこの短い場面のために、彼は首都の優秀な役者たちを集めていたのだ。彼は自ら手を叩いた、幕が開いた。ハムレットが一人舞台の上にいて、王の従臣たちを待っていた。そして舞台の奥には少し高いところに別の舞台が見えていた。第一の舞台が僕たちの客席から少し高くなっているのと同じだった。閉じた幕が、たった今開かれた最初の幕に対応していて、その正確な縮小版だった。同じヴェロネーゼ緑とオフホワイトの縞模様だが、ただこの第二の舞台枠の、より小さい長方形と釣り合いのとれた幅だった。それだけでも距離感を創出していた。フランシスの新機軸は、本来の大きさの登場人物たちによる効果を壊さないために、人形芝居を使うことなのだろうかと僕は考えた。

「すごいぞ、フランシス！」とブレメールが言った。「第二のレンズは見事にはまっている」

オーボエが舞台裏でデンマーク行進曲を奏でた。エリザベス朝風に豪華に着飾った国王夫妻と、とてもアリ・シェフェール風[*1]で、オフィーリアの衣装がこれ以上似合う人はいないとフランシスには思えたほどのオフィーリアが、黒服のハムレットの方へ降りてきて、メヌエットの型で挨拶をした。四人は右手に来て座った。ハムレットはオフィーリアの足元にいる。その間、彼らの傍らで三人の廷臣がポーズをとっていた。——ところで君は？　僕は直接フランシスの監視下にいた。彼は自分の椅子を僕の座席の見える角度に、しかもごく近くに置いていた。僕の意見に敬意と注意を払うためのようにも見えたし、監視のためとも思われた。それでも僕は客席の方を振り向いてみることにした。ゆっくりと、観客たちに微笑みかけ、彼らも微笑んでくれ、それでも肩を回し続けてやっと君のまなざしを見つけた、僕たちの交わした最後のまなざしだ。君はほとんど最後列にいた。僕が倒れて人々が慌てて助けに来たが手遅れになるだろうとき、君は最後にたどりつくことになるはずだ。

オフィーリアとハムレットが他愛ない会話に少し媚態を込め始めたころから、僕は第二の幕が上がるのを期待していた。しかし、シェイクスピアのその一節の展開にもかなっていたのだが、フランシスは劇中劇のプロローグ、公爵と公爵夫人の登場を、時代錯誤的なところが好ましくもあったその幕の前で演じさせた。公爵はゆったりとした黄金色の式服を、公爵夫人は緑と白と黒の服を着ていた。僕たちは、眠り込んだ公爵の耳の中に液を垂らして毒殺する場面を観た。単にフランシスはテキストを自由に解釈したのだが、それが僕に不安を呼び戻した。公爵も公爵夫人も王冠を被っ

＊1　アリ・シェフェール（Ary Scheffer, 1795-1858）オランダ出身のフランスの画家、古典主義。

ていなかった。二人は、毒殺犯と同ように仮面をつけていた。毒殺犯は死刑執行人か重罪裁判所の司法官のような赤い服を全身に纏《まと》っていた。その上、かなり奇妙な変更なのだが、公爵は耳に入った毒では死ななかった。そして時々、麻薬の作用であるかのように、腕を上げたり起き上がろうとしたりした。公爵夫人と毒殺犯は、倒れたその体の前で、座って情熱的に抱き合いながら激しくキスをしていた。そして公爵が動くたびに、なだめるようなしぐさで彼を支え、催眠術師の手にかかったように再び眠りにつかせるのだった。それは、暗殺された夫と、暗殺者と再婚する未亡人というよりも、不貞の妻と騙された夫の駆け引きだった。今や僕は事態を理解し、黄金の服の公爵の中に騙された夫を認め、逆臣である愛人の赤い服が僕の法服を指しているのだと察するのに、まず疑いは挟めなかった。色による象徴はそこまでだった。公爵夫人の服の色には意味があるとは思えなかった、少なくとも僕にはわからなかった。それでもなお、まだ不確かな不安の中で僕は緊張していた。

プロローグでのパントマイム俳優たちが観客にお辞儀をし、皆は拍手喝采した。ブレメールだけが、拍手をしながら、偉大なテキストに対するこれほど自由な新解釈の意味についてフランシスに質問した。しかし君の夫は、役者たちに笑いかけていて、聞こえないようだった。第二の幕が上がった。完全な暗がりだった。みんなの「あぁ！」という声やくすくす笑いが聞こえた。

「いつか君はこういうはったりをやってくれると思っていたよ」とデュティウが叫んだ。

実際、スクリーンが現れたところだった。そこにはすでにカラー映像が映しだされていた。前置きもなく。そして前景には、ヴェロネーゼ緑と白銀の幕――前の二つと同一の、第三の幕――を背景にして、フランシス自身がプロローグの公爵のように黄色い式服を着て映っていた。彼は、自分の試みについてひとこと話す許可を求めた。丁重に、その功績は僕にあるのだと紹介した。なぜならば僕が劇中劇の可能性について彼の注意を喚起したからだ。彼は言った。「私は演劇史の専門家ではありませんが、シェイクスピア以来、もはやそれほど頻繁には、この技法は利用されなくなった気がします。今夜私は、芸術作品を作るためにそれに挑戦するのではないと、みなさんもお考えでしょう。私は劇作家でも芸術家でもありませんから。皆さんと同じように愛好家にすぎず、入れ子式の劇作品の創案が何をもたらすかに興味があるのです。その作品から新しい作品の数々が無限に出てくるかもしれないとか、あるいは新しい作品の数々がそれ自体に戻ってきて、ついには最初の劇の役者たちを登場させるに至り、その彼らが二番目の劇を見る……などなどです。もちろん、芸術作品はひとつのまとまりであって、その中では挿入劇は主要な劇の意図に奉仕するものでなくてはなりません。ハムレットが旅回り役者たちに要求した劇は、デンマーク王の暗殺を暴くための捜査のおとりです。しかしみなさんにお尋ねしますが、今夜は犯罪捜査のためのテストが必要でしょうか。単なる余興ですし、たぶん入れ子式の劇の単純な実践でもあって、実際にやってみて出てくるものを何でもちょっと見てみようという楽しみのためなので、ある程度動機がなくてもたぶん許されるでしょう。まず驚いてもらうだけでも、立派な成果でしょう。みなさんは私がスクリーン上に出てきたのを見て驚かれましたね、しかも毒を盛られた公爵が着ていた古臭い衣装で。それはもちろん何の意味もありません……驚きそれ自体が、すでに望遠鏡式演劇の素晴らしい成果ではないでしょうか。それにもし、きちんと予告されていても、驚きは驚きのままであるなら、演出家にとってはなんという成功か！　劇中劇のサプライズ劇の幕開けです！」

彼はお辞儀をした。つまり、スクリーン上で黄色の服を着たフランシスがお辞儀をした。というのも白い胸飾りのついた黒服のフランシスは、ずっと僕のほとんど真横にいたので。彼は部屋全体を通り抜ける青みがかった光線の束の弱い光に照らされていた。僕から三メートルのところで、彼は椅子の上で後ろにのけぞって、少し体を揺らしていた。煙草を唇に挟んで下げ、目は半ば閉じていた。煙を避けるためと、作者として映画を鑑賞するためだった。寝取られ男の色の式服を胸の上にゆったりと羽織ってスクリーン上から自分が去っていくのを、彼は見つめていた。こんな風に道化師に扮している自分を見て悦に入っていた。道化的な役、それが登場人物の説明だった。すぐに僕は気づいた。彼は暗示による攻撃をもっと続けて、僕たちにしか見えないはずの隠された陰謀の核心に迫ろうというのだ。僕はめまいに襲われた。どうしたらいい？　君のために何ができる？　すべてやめさせるための口実を見つける、立ち上がる、灯りをつけろと要求する……いや、だめだ。ハムレットがホレイショウに言ったことを思い出した。「もし、劇中のある時点で、彼の罪が身を隠している心の隠れ家から出てこなかったら……」フランシスはとても皮肉を込めて犯罪捜査テストを馬鹿にしたけれど、僕に対してしていたのはその同じテストだった。それが必要だったとすれば、まだハムレット以上に確信を持てなかったからだ。まだ疑念を抱いていたにすぎず、ハムレットが王の反応を探るように、この時は僕の様子を観察していたのだ。同じ方法で。冷静に、敢然と構えていればいいのだ。

映画のシーンの背景をなしていた幕が拡大していき、前景になった。それから幕が静かに開いて、覚えてるかい、撮影された君の姿が出てきた。そう、君の姿。

それがわかると、女性の仲間たちから小声で感嘆の叫びが上がった。カメラは君を後ろから、そして斜め前からとらえた、それが君だと分かるまで一瞬、間があった。素人の、うまいとは言えないショットだったからだ。逆光があまり成功していなかった。君は料理の並んだ小さなテーブルについていて、一人の男と向かい合って食事をしていた。男は画面に映ってはいなかったが、その手が一、二回見えた。

「あなた、素敵な横顔なのに見えにくくって！」

「どこで撮ったの、フランシス？」

「どこか、旅行中にですよ」

リーのホテルだ、明らかに。僕たちは、僕たち二人は、ある黄色の縞模様のカーテンと君が着ていたドレスを認めた。緑色のウールのドレスで、フランシスが知っているはずのない、僕たちの祝宴の一つから次の回で君が着るまでは、洋服ダンスの中にしまい込んだままの、三着のドレスのうちの一着だった。突然僕は怒りに逆上した。怒鳴るんだ、すぐに、たとえそれで彼に勝利を与えることになっても。今ではもう、彼がすべてを知っていて悪辣な証拠を握っていることは疑いないのだから……でもそのシークェンスは短くて、別のシークェンスに移っていた。つなぎ目もなく、よくできてはいたがそれだけのことで、お風呂や庭にいるフィリップ坊やの映像が流れていた。映画監督としてのフランシスの声価は怪しくなりかけていた。それは初心者の手抜きの作品で、構成も編集もなっていなかった。でも僕たち二人には、これらの映像の言わんとすることは明白だった。兵器を、証拠となるフィルムの断片を見せ――どうやって、どんな捜査の手を使って、どんな協力を得て、制作されたのか？――それから攻撃すべきところ、つまり子供を見せているのだ。彼はどうしたいのだろう？　ここで今すぐ公然とスキャンダルにすることか？　それならば、中断させて、猛烈な陽動作戦に出て、彼が選ぶであろう瞬間を待たずに、僕自身で騒ぎを起こす方がいいだろう。連中には何も理解できないだろう。酔っぱらいの喧嘩だとずっと思わせておけるだろう。それとも、僕たち三人の間で秘密を守りつつも、彼は自分の恐ろしさを僕たちに思い知らせたいのか。もしそうなら、君のフィリップを救ってあげるために、ぎりぎりまで我慢し、夜会が終わるのを待ってから弁明を試みるべきではないだろうか？　今は、回り道か、引っかかった魚を糸から放してやろうとするかのように、彼は居合わせている友人たちの、いくつかの目撃映像を見せていた。車に乗りこむブレメール、カフェでのデュティウ、店から出てくるティヤンジュと妻。

「君の言っていたちょっとしたサプライズって、そうとう探偵めいたものじゃないか！」とデュティウは、自分がビールを一気にあおってからまた注文するところを見られて気を悪くしながら言った。

彼はこの探偵の才能をひけらかしていた。それはやや反感を持たれつつも笑いをとっていた。仲間たちにはこのバラバラで断片的な映画に正統性を与えるためであると同時に、僕たちには、僕たち二人には、彼の力と能力を感じ取らせるためでもあった。観客はそれぞれ、とまどったり腹を立てたりしつつ、それでもこっそり撮られたこれらのスナップショットを楽しんでいて、次にどの人物が出てくるかを当てて盛り上がっていた。自分ではないかと内心少し恐れながら。この興奮の方が勝って、初めは悪趣味ないたずらを前にして拒否反応もあったのだが、それを打ち消そうとしていた。それでも抵抗はあった。

「とても面白いよ」とブレメールが言った。「だけど、見せられたくだらないギャグを全く理解できないはずの人物というのは、デンマークの王と王妃、それにハムレットとオフィーリアだよね」

ブルムが言う。「実際、シェイクスピアはどこかへ行ってしまったね。それで、結局ビールを飲んでいるデュティウを我々に見せるために、シェイクスピアを介する必要がどこにあるんだい?」

それでも楽しさとか、少なくともこの失敗については寛容さの方が勝っていた。シェイクスピアの技法を利用すると予告されていた試みは、そのもくろみとは何の関係もない田舎芝居になってしまった。笑劇は洗練に欠けたもので、これ見よがしの圧倒する豪奢な演出でいっそうひどくなっていた。それでもなお皆は、好意的に笑い、パーティーがつつがなく終るようにしていた。しかし客席でまず察せられた軽い糾弾がこうして消えていくのを感じることになった。客席は結局のところ僕たちの味方だったのであり、僕の怒りはそれに向かって跳ね返っていた。非は僕にあり、間違いは僕たちにあることを努めて思い出そうとした。それにしても彼のとった攻撃は陰険で冷淡な裏切り行為だった。この奸策、この長期間にわたる隠し立て、僕たちを包囲して黙らせ、囲い柵を突破できない僕たちをゆっくりと責めさいなむためのこれらの計算……今や彼は拷問のねじをもう一周締めているのだ。映画の中では彼が出てきて、車をリーのホテルの前に停めている。看板をじっと見つめて、裁判官らしいゆっくりとした足取りで中に入って行く。

「宣伝費でもたっぷりもらったのかね？」とティヤンジュが言った。

彼は聞こえない様子だった。僕は彼の視線をとらえようとしていた。僕の視線は、スクリーンからその顔へと不安げに動いていった。我々の頭上を通り抜ける群青灰色の光線に照らされた顔が見えたが、煙草の吸いさしをしっかり口にくわえているのと、目を細めているのとで、しかめ面も倍増し、あいかわらずこわばっていた。でも僕のことは無視していて、スクリーン上の自分の作品から一度たりとも目を離していなかった。立ち上がり、彼のところへ行かなければ。僕は飛び出しかけて——君と、君のフィリップのことを考え、肘掛椅子の木に爪を押し付けて、じっとこらえていた。こんどは僕が映される番だ。僕は家の前で車に乗ろうとしていた。ブレメールの時にすでに見せられた映像と同じように。向かいの家から撮られたにちがいない。その上、使用人か小売店主を完全に言いなりにさせたのだ。僕たちの周りの連中は、驚くこともなく僕のスクリーン上への登場を歓迎した。みんなが出演するだろうとは予測ずみだった。車での出発というモチーフの繰り返しが、少々疲れを増しているだけだった。暗がりの中で、僕が快活そうだと一、二回お世辞が聞こえた。しかし今回は、発進したあともシークェンスは終わらなかった。走っている僕の車が撮影された、それを追いかける別の車から。

「おやおや！　今度は尾行か！」とティヤンジュがつぶやいた。彼はいらいらしていた、それを他の連中よりも露骨に見せていた。

そう、尾行だ。僕の車はいくつかの近郊地区を通り抜け、映画監督探偵を引き離した。それから映像は、市街を出たあとで再び僕の車を映し出した、車道のかなり遠くからだったが。そしてこの道はリーに至るものだった。ホテルに着く前に撮影をやめてくれるだろうか、それとも今度こそ彼は、中断や迂回や再開でカットされたこの凝った展開を、派手にスキャンダルにまで持っていこうというのだろうか？　ここでは僕が当事者だった、あからさまに、初めて。皆の眼には、僕の車を撮影した方法は、デュティウが三杯目のピルゼンビールを注文するところを見せたよりも、もっと無作法に思われたはずだ。何も感づかれないようにしてやろう、今口出しをすれば君を巻き添えにはしないだろう。今、やるのだ。怒りからの震えがあまりに強かったので、何とか落ち着いて深呼吸をし、冷静さを取り戻す必要があった。一瞬、もう映像を見ないために、僕は顔を伏せた。決めた、ブレメールに声をかけてこの下品なものをやめさせるのだ。

「ブレ……」

しかし暗室のほどほどの沈黙、ずっと他愛ない世間話で適度に破られていた沈黙が、突然深く完全なものになっていた。左にいた女性のほとんど呻くような「おぉ！」という声だけが聞こえた。アリス・ティヤンジュだったにちがいない。僕は目を上げた。君だ、ナタリー、服が半ば脱げてむき出しになった肩と腕が見えた。化粧台の前、リー・ホテルの部屋の中だ。映像は少しぼやけていて、きっと僕たちの部屋が面している公園の木の上から、望遠レンズで撮られたのだ。それでも横顔から、君だということはよくわかった。君は美しい腕を上げて、光に縁どられた髪を整えていた。部屋の奥では、タンスの一つが開いていた。そこに三着のドレスが掛かっているのが僕にははっきりと見えた。緑と黒と白、プロローグで公爵夫人が着ていたドレスの三色だ。暗がりの中の観客たちは、茫然としていた。理解できず、ある種の狂気に恐れをなしていた。この劇的な沈黙は、深淵のように感じられた。立ち上がり、叫ぶ、君が辱めを受けている今となっては、それは僕たちの関係を暴くことで、スキャンダルを解き放つことなのだ。しかしそのスキャンダルももう起こっているのではないか。フランシスが最後の爆発のボタンを自分で選んだ瞬間に押すのを、まだ待たねばならないのか？　僕は叫んだ、少なくとも叫ぼうとした。「もういい！　こんな恥さらしは止めてくれ！」そしてフランシスに飛びかかった。しかし、僕が沈黙を破ったその時、何かが僕の体と意識の中で切れた。残虐行為をついに止めるのだ、そして、僕が夜の闇の中に落ちていこうとすると同時に慌てて点灯された光の中で、君を責めさいなむスクリーン上の映像も止まるのだ、と考えるだけの時間はあった。それから僕は倒れたにちがいない。僕が止めようとした映画と同じように、僕は自分自身をも終わりにした。

僕は終わりにした、僕ピエールの生を。それが今夜君に話しているのだよ。眼の見えないまま、君がどこにいるのかも、どうなったのかも知らないままで、君に話している。ただ確かなのは、君がどこかで生きているということ。なぜなら、僕のこと、ピエールの生のこと、ピエールの一瞬一瞬のすべてのことを考えながら僕に生命を吹き込んでいるのは、君なのだから。僕は存在する、僕たちは間違っていなかったんだよ、そうなんだ。僕は永久に存在する、一瞬一瞬は持続できるのだ。僕たちのものだったそれら全てを合わせていっぱいになった生として、今夜僕は戻ってきたのだから。でも君は一人ぼっちだね、ナタリー。ピエールはもう何ものでもなく、苦痛も後悔も、数々の報復の矢面に君を一人置き去りにしたことへの劫罰も、感じることができない。僕もそうなのだ。彼の生である僕は、苦しみや後悔を感じられる存在ではない。悲しむ魂ではない。君は離婚して、家を出たのかい、君のフィリップは一緒にいるのかい？　僕は何も知らない。僕はこの対象物、一つの生、永久に、かつてそうであったものだ。彫像のように不変で穏やかで、それが今夜君に話している、なぜなら君が僕を呼んだから。君の前にいることが慰めになっているのかわからない。眼の見えない僕の教えを君に繰り返そう。それは、追い詰められた恋人たちの手さぐりから作り出された者が言うことの復唱だ。つまり、僕たちの喜びの瞬間、僕たちの芸術の瞬間、僕たちの過ちの瞬間といった、すべての瞬間が、永久に僕たちの彫像のわずかな部分になっていくということ。いや、僕たちの愛が確かに永遠のものだったと知って、君が慰められるかどうか、僕にはわからない。今夜の君の孤独もまた、それゆえ、永遠に続くものなのだから。

作家・作品紹介

「夢の研究」モーリス・マーテルランク

モーリス・マーテルランク（Maurice Maeterlinck, 1862-1949）はオランダ語圏フランドル（蘭：ヴラーンデレン）フラーンデレン地方の中心都市ガン（蘭：ヘント）で生まれ、当時のブルジョワ階級の常として使用言語は家庭内でも教育もフランス語だった。ヴェラーレンやローデンバックの後輩としてカトリック系の名門サント＝バルブ中等学校を出て、ローデンバックと同じガン大学で法学を修める。パリで弁護士見習いをするかたわら象徴派の文学者たちと交わったのち、ブリュッセルに戻り『若きベルギー *La Jeune Belgique*』誌などへの投稿によって象徴派詩人として名を成していく。詩集『温室 *Serres chaudes*』を一八八九年に出版。同年出版の戯曲『マレーヌ姫 *La Princesse Maleine*』が『フィガロ *Le Figaro*』紙の文芸評論家オクターヴ・ミルボーに絶賛され、その後作家活動に専念、フランスに拠点を置くようになる。「死の三部作」「マリオネット三部作」などと称される、愛と死、運命、不可視のもの、神秘などをテーマとした戯曲を手掛けていく。

一八九二年にブリュッセルで出版した象徴主義の五幕悲劇『ペレアスとメリザンド *Pelléas et Mélisande*』が翌年パリのブッフ・パリジャン劇場で制作座により上演される。作曲家ドビュッシーがそれをオペラ化し、一九〇三年に初演。歌詞は原作のテクストほぼそのままだが、二十世紀の新しいフランス音楽として、オペラ作品の方が有名になっていく。一九〇八年に五幕象徴派劇『青い鳥 *L'Oiseau bleu*』が出版され（初演はロシアのモスクワ座）、一九一一年には一連の作品に対して、今日までベルギー人としては唯一となるノーベル文学賞が授与される。ニースに城を買い、昆虫の生活を題材としたエッセーなども残す。第二次大戦中はアメリカにわたるが、戦後ニースに戻って同地で没する。

日本では西欧文学翻訳が隆盛をきわめた明治初期から昭和初期を中心に、マーテルランクの作品についても数多くの翻訳が出版された。特に『青い鳥』は児童劇として人気を博し、チルチルとミチルの冒険は子供向けのお話として、また「幸せ」の象徴として、本国ベルギーやフランス以上に現在でも有名である。

「夢の研究 Onirologie」は一八八九年六月にパリの『ラ・ルヴュ・ジェネラル *La Revue générale*』誌第四十九巻に発表された。その三年前（一八八六年）の処女短編「幼児虐殺 Le massacre des innocents」が、十六世紀フランドル画家ブリューゲル（父）の同タイトルの絵を言語化した自然主義的傾向のテクストだったのに対し、本作品は、神秘や夢、魂に関心を寄せる象徴主義的なもので幻想文学の片鱗も見られる。その後の諸作品の原型とも言えよう。二短編は一九一八年に『二つの物語 *Deux contes*』としてパリのクレ社から出版される。その際に加えられた異文についての指示がG・ヘルマンスの論文中にあるが（G.Hermans, « Onirologie. Conte de Maurice Maeterlinck », in *Le Livre et l'Estampe*, No35, 1963, pp.241-247）、今回の翻訳に用いたのは、初版テクストを収めた短編小説・論文集『夢の心理学序説 *Introduction à une psychologie des songes et autres écrits 1886-1896*』である。語り手の「僕」は幼い頃両親を亡くしてアメリカの孤児院で育つが、ふとしたきっかけで幼少期の記憶につながる不思議な夢を見る。やがてオランダへの旅で「謎」が少しずつ解かれていく。エピローグで引用されたトマス・ド・クインシーの『阿片常用者の告白』の一節が象徴するように、阿片による幻覚、死の瞬間に蘇る過去の記憶、夢の解明、現実と非現実の曖昧な境界などがテーマとなる。無意識世界の探求とも言えるが、フロイトの精神分析学が世に知られるのは十数年後のことである。なお邦訳としては堀田郷弘訳「夢の研究」(『フランス幻想小説傑作選3——世紀末の夢と綺想』白水社、一九八三年)がある。参考にさせていただきつつ、全面的に訳出し直した。

(岩本和子)

「時計」 ジョルジュ・ローデンバック

ジョルジュ・ローデンバック(Georges Rodenbach, 1855-1898)は、ワロニー地方の町トゥルネーで生まれ、生後すぐ家族とガンに移り住む。サント＝バルブ中等学校に入学、学友ヴェラーレンは終生の友となる。ガン大学で法律を学び、一八七八年、弁護士を目指してパリに一年間遊学。ボードレール『悪の華』に衝撃を受け、デカダン派や象徴派の詩人たちと交遊。ヴェルレーヌやマラルメとも面識を得る。

帰国してガンで弁護士生活に入るが、一八八三年、ブリュッセルに移り、文芸誌『若きベル

ギー *La Jeune Belgique*』の主要なメンバーとなる。一八八六年、詩集『白い青春 *La Jeunesse blanche*』を発表。一八八八年、パリに移住。マラルメの火曜会、ゴンクール兄弟のグルニエの常連となる。作風は象徴主義的傾向を強め、一八九一年に詩集『静寂の国 *Le Règne du silence*』を刊行。一八九二年には、小説『死都ブリュージュ *Bruges-la-Morte*』を出版、好評を博す。一八九四年、一幕韻文劇『ヴェール *Le Voile*』がコメディ=フランセーズで上演され高い評価を受ける。一八九七年、長編小説『カリヨン奏者 *Le Carillonneur*』を刊行。一八九八年、最後の小説『樹 *L'Arbre*』を上梓後、同年十二月、逝去。享年四十三。

日本では上田敏の訳詩「黄昏」(一九〇五)をはじめ、永井荷風、北原白秋らの紹介により明治期からローデンバックの名はよく知られており、代表作『死都ブリュージュ』の邦訳だけでも七種類にのぼる。三島由紀夫、福永武彦など日本近代文学への色濃い影響においても特筆される小説家・詩人である。

取り上げた短編小説の原題は L'heure (時間) だが、内容を端的に示すべく本稿では「時計」と訳した。一八九四年七月七日、週刊新聞『イリュストラシオン』に掲載されるがその後再録はされず、二〇〇〇年刊の『全集』にも収められていない。収載されなかった理由は、三年後に出版された『カリヨン奏者』にこの短編の主な要素は取り込まれたからと考えられる。

短編の主人公ヴァン・ユルストは、老女中バルブとブリュージュで孤独に暮らしている。正確な時間へのこだわりから、様々の様式の古い時計をコレクションしている。足しげく通う骨董商ヴァルビュルジュの店で、主人の娘ゴドリエーヴと親しくなり、ヴァン・ユルストは思わぬ結末に導かれる。

いっぽう長編『カリヨン奏者』の主人公ヨーリスもブリュージュ（蘭：ブリュッヘ）に住む独身男で、フランドルを愛する集いに参加している。催しは骨董商ヴァン・ヒュレの所で開かれている。ヴァン・ヒュレには二人の娘がいて姉バルブは黒髪で情熱的、妹ゴドリエーヴは金髪で清楚である。ヨーリスはゴドリエーヴに惹かれながらも肉感的なバルブと結婚する。バルブが療養中にゴドリエーヴとヨーリスは親密となり、それが露見して姉妹ともヨーリスから離れて行く。ヨーリスはブリュージュの近代化に反対するが、進歩派との闘争に敗れ自ら命を絶つ。

この長編の幾つかの章に、短編のエッセンスが挿入されている。短編小説の主人公の執拗な収集癖は、長編では骨董商の人物像の上に移し替えられている。こうした固定観念はフロイトの提唱する強迫神経症の反映を思わせる。妹娘ゴドリエーヴは、まさしく短編中の蒼白にして金髪のゴドリエーヴに由来する。ローデンバック文学において、「時計」は優れた短編というだけでなく、『カリヨン奏者』、『樹』ほかの作品にやがて発展する先行作として重要な一編といえる。

（村松定史）

「陪審員」 エドモン・ピカール

エドモン・ピカール（Édmond Picard, 1836-1924）は一八三六年、ベルギーのブリュッセルに生まれる。ブリュッセル自由大学で法学を修め、弁護士としてブリュッセルの控訴院、青年弁護士会で活動、その後、重罪院弁護士に選出される。『ベルギー法大全 *Pandectes belges*』を編纂、『裁判所 *Journal des tribunaux*』誌を創刊し、ベルギー司法の基礎資料を後世に残す。自由党急進派、後に労働党と関わり労働者弁護の政治活動も行う。その一方で芸術の分野にも積極的に身を投じ、一八八一年、オクターヴ・マウスと共に『現代芸術 *L'Art moderne*』誌を創刊、同時期の『若きベルギー *La Jeune Belgique*』誌の掲げた「芸術のための芸術」に対抗し「社会のための芸術」を主張して芸術論争を巻き起こした。一八八四年から九三年まで「二十人会 Les XX」を主宰し、ベルギー、フランスの象徴主義やポスト印象主義の作家たちの展覧会を開催、芸術家の支援者として大きな役割を果たす。著作は「法曹生活の情景 Scènes de la vie judiciaire」としてまとめられた弁護士の経験に基づく文学シリーズ、『コンゴにて *En Congolie*』に代表される植民地の旅行記、『ジェリコー *Jéricho*』などの戯曲の他、自伝的エッセー、定期刊行物に寄せた芸術批評、時評など多岐に渡る。一九二四年、ナミュール近郊のダーヴにて死去。

『陪審員 *Le Juré*』は、一八八七年にブリュッセルの出版社ヴーヴ・モンノン Veuve Monnom より出版された。「五幕の独白劇 monodrame en cinq actes」

の副題が付く、戯曲形式による文学である。物語は、ある事件の裁判に関わった陪審員ピエール・ラルバレストリエが、有罪死刑を承認した自身の判断に疑念を抱き、次第に被告人の亡霊に苛まれ、追い詰められていく様を語るものである。物語の背景には、当時のメディアを賑わせ、世論が裁判に影響を与えたと言われる一八八二年の「ペルツァー事件 l'Affaire Peltzer」があった。主人公の認識世界が幻想に少しずつ支配されていく過程を描出した本作は、自然主義そして象徴主義の傾向を示すもので、思索劇の性格を持つピカールの本作を含む戯曲は、マーテルランクの哲学的戯曲と共に世紀末ベルギーの戯曲文学に変化をもたらした。

本書には、フランスの画家オディロン・ルドン（Odilon Redon, 1840-1916）のリトグラフによる挿絵（七点）が挿入されている。ルドンの作品コレクターでもあったピカールは、テキスト完成後の一八八六年十月にルドンに挿絵を依頼したが、実はテキストにはすでにルドンの絵画世界を想起させる表現が現れていた。一方のルドンは自らの過去作品を再利用しながら挿絵を制作する。現実から幻想を導き出すという、共通の美学を持った作家と画家の作品世界は本作において共鳴し、ピカールはルドンの挿絵について「私の作品の素晴らしい解釈」と喜んで、一八八七年二月の二十人会展で素描を飾り朗読会を行った。

原書には、本文と挿絵の他に、ピカールによる「独白劇についての手紙 Lettre sur le monodrame」、「現実的な幻想 Le fantastique réel」と、ルドンの自画像、テオ・ヴァン・リッセルベルグによるピカールの肖像画が収録されている。

（なお本翻訳は『群馬県立館林美術館研究紀要第4号』（二〇〇七年）に掲載した訳文を修正したものである。）

（松下和美）

「分身」フランス・エレンス

フランス・エレンス（Franz Hellens, 1881-1972／蘭語読み：フランス・ヘレンス）は一八八一年にベルギーの首都ブリュッセルで生まれる。父親がガン大学細菌学教授として着任したことに伴い、一八八六年から学業を修める（法学博士）までガン及びその近郊で育った。本名のフレデリック・ヴァン・エルメンゲム（Frédéric Van Ermengem）が示す通り、フランドル系の家柄だが、教養層では出身民族を問わずフランス語が使用された時代に育ち、教育は大学までフランス語で受けている。ローデンバック、マーテルランクらベルギー象徴派の次世代に当たるエレンスは、彼らと同じイエズス会系の名門校で中等教育を受けており、象徴主義の影響色濃い処女長編『死都にて *En Ville morte*』（一九〇六）によって本格的な文学活動に入る。第一次世界大戦を逃れて滞在した南仏で発見した輝く南方の光、当地で知己を得たモディリアーニを始めとする国際色豊かな前衛芸術家から得た刺激は、シュルレアリスムを予告するかの様な夢幻的ヴィジョンを鮮烈な色彩で描き出した『メリュジーヌ *Mélusine*』（一九二〇）に結実する。「幻想は日常より生ずる」とするエレンスの幻想美学の核心は、「自分自身を最も純粋に注ぎ込んだ」一九二三年の短編集の書名『幻想的現実 *Réalités fantastiques*』に端的に示されている。一九四七年、三度目の結婚を機に六十五歳でフランスへ移住して後も、『ヘルシンゲルの想い出 *Mémoires d'Elseneur*』（一九五四）、『人類最後の日 *Le Dernier jour du monde*』（一九六七）といった主要な小説作品、詩、批評を発表し続け、一九七二年にブリュッセルで没するまで精力的に執筆活動を行った。

「分身Le double」は短編集『夜行性*Nocturnal*』（一九一九）に収められたエレンス初期の作品である。一九三七年に発表された回顧録では、同郷の偉大な先達マーテルランクが『夜行性』を高く評価してくれたことに触れながら、自身は余り満足していない旨を記しているものの、本作「分身」は、新作と代表作を組み合わせる形で編まれた『新幻想的現実*Nouvelles Réalités fantastiques*』（一九四一）、『悪草およびその他の綺譚*Herbes méchantes et autres contes insolites*』（一九六四）にも再録されている。

本作は題名が示す通り、所謂「分身もの」、「ドッペルゲンガーもの」に分類される幻想譚で、第三者による報告という形式、当該人物の性格の一部が分離する点などは、特にこの分野の古典『ジキル博士とハイド氏』（一八八六）を想起させよう。一方で、本作で分身体験をするヘンドリキュスの場合、自分の人格の一部が実体化した分身が、本体と同じ時と場所に共存し、本体からはその人格部分が完全に失われている。また、性別と年齢の異なる分身が二人生じる所も面白く、その顚末も他と一線を画している。本作に彩りを添えている東洋神秘主義もまた、分身と同様にエレンスが好んだモチーフで、同短編集にも収録されている「ヒンドゥーの神La divinité hindoue」にも同様の嗜好が認められる。

エレンスを始め、本アンソロジー収録の作家は、マルセル・ティリーを除き、全てフランドル系フランス語話者である。各自のオランダ語能力はそれぞれ異なったが、家庭や学校ではフランス語を用いながら、街中ではオランダ語の交わされる二言語空間を生きる、その日常そのものが二重《ダブル》であった。

（三田順）

「エスコリアル」「魔術」
ミシェル・ド・ゲルドロード

ミシェル・ド・ゲルドロード（Michel de Ghelderode, 1898-1962）は筆名で、本名はアデマール・アドルフ・ルイ・マルテンス（Adhémar Adolphe Louis Martens）。フランス語で作品を書いたフランドル系ベルギー人作家であり、かつフランドルの民族性を強く意識していたという韜晦《とうかい》性が特徴のひとつである。約五十数編の戯曲と多数の短編小説を残しているが特に劇作家として知られており、彼の戯曲作品には一九五〇年代のフランス不条理劇を先取りするような特徴も見受けられる。

ゲルドロードは一八九八年にブリュッセル郊外（現ブリュッセル市内）のイクセル（蘭：エルセネ）でフランドルの家系に生まれ、家庭の方針でフランス風の教育を受けた。父が王室史料館職員を務めていたことから歴史に関心を寄せるようになったこと、母がさまざまな昔話を語り聞かせてくれたことなどが、彼に大きな影響を与えたらしい。少年期にはブリュッセルのカトリック系中等学校であるサン＝ルイ学院で学びつつ、絵画や音楽、演劇、マリオネットなどにも親しんだ。こうした体験もまた、インスピレーションの源となっていく。

一九一八年に戯曲『死は窓から覗く *La Mort regarde à la fenêtre*』を上演するとともに短編三作品を雑誌に発表し、文壇へのデビューを果たしたゲルドロードだが、一九一九年には兵役に就き、その翌年病を得て退役。その後は区役所職員として働きつつ、文筆活動を続けることになる。前述の処女作『死は窓から覗く』をはじめとした初期の戯曲には、マーテルランクの諷刺的で象徴的な戯曲の影響が色濃い。また、悲劇と喜劇、神秘性と究極的茶番とが入り交じった彼の作風には、同時期に活動していたベルギー人作家フェルナン・クロムランク（Fernand Crommelynck, 1886-1870）との共通点も認められるが、型にはまらず独特なゲルドロードの文体は、あくまでも彼固有のものだと言えるだろう。

ゲルドロードの名は一九四〇年代終わり頃、一躍有名になる。特に一九四九年の戯曲『地獄の狂宴 *Fastes d'enfer*』は冒瀆的側面と残酷性とでパリでスキャンダルを巻き起こし、その後世界各国で上演された。一九五〇年代初頭の不条理劇登場によってブームは短期間に終わったが、ゲルドロードは一九六一年、ノーベル文学賞受賞候補者に名を連ねることになる。残念ながら受賞は叶わず、その後の受賞の可能性を残したまま、翌一九六二年に没した。

ゲルドロードの作品は早くから日本に紹介されている。例えば、『今日のフランス演劇1』（日仏演劇協会編、白水社、一九六六年）には、戯曲『エスキュリアル *Escurial*』（一九二七、渡辺守章訳）と『地獄の狂宴 *Fastes d'enfer*』（一九三七、安堂信也訳）の二作が収録されている。なお、本書では前者をスペイン語読みに近い「エスコリアル」のタイトルで新訳した。また、幾つかの短編については幻想小説系の雑誌やアンソロジーに邦訳が掲載されたことがある。一例として、本書に収録した「魔術」と同じ短編集の収録作品である「代書人 L'écrivain public」（一九四二）を、『書物の王国7 人形』（国書刊行会、一九七七年）で読むことができる。

「エスコリアル」は、ゲルドロードの他の著作と同様にフランス語で書かれた戯曲だが、一九二九年にブリュッセルで行われた初演はオランダ語訳に拠るものであった。翌一九三〇年にはリエージュでフランス語での初演が行われている。一九四八年にパリで大々的に知られることとなった本作品は、その後各国語に訳されて上演され、世界的評判を博すに至った。ゲルドロードの戯曲の中でも特に上演回数の多いもののひとつである。なお、日本では一九七四年に東京で上演されている。発表当時は賛否両論のスキャンダラスな評判を博した本作だが、現在では演劇の古典的レパートリーのひとつと位置づけられているようである。

タイトルの「エスコリアル」とは、スペインのマドリッドに実在する修道院（王立サン・ロレンソ・デ・エル・エスコリアル修道院）を指す。膨大な数の美術作品や古文書を所蔵し、王家の離宮および墓所でもあったこの修道院が本作品の舞台と想定されよう。時は十六世紀、主な登場人物は国王と道化師。国王は自身の肖像を画家エル・グレコに描かせた人物、道化師はフランドルの人。フランドルがかつてスペインの支配下にあったことも思い起こすべきだろう。陰鬱な王宮の一室で繰り広げられるこの二人の対話がこの劇の主要な部分を占めている。ゲルドロードが得意とする「劇中劇」の手法を駆使した、きわめてフランドル的な戯曲である。

短編集『魔術 *Sortilèges*』（一九四一）には、表題作をはじめ十二の短編が収録されている。風変わりで陰鬱な短編群は死の妄想や強迫観念を共通テーマとしており、それはゲルドロードの戯曲作品にも通じるものである。想像、幻想、夢の混淆のなか、ゲルドロードは読者を深い闇へと導いていく。そこには亡霊や奇妙な表情の仮面といった、怪物たちがいるだろう。

本書で訳出したのは表題作の「魔術」である。語り手で主人公の「わたし」は、奇妙な逃避行の果てに、ある港町に辿り着く——作品中では町の名は明かされないが、「カーニヴァル」、「聖ペテロ・パウロ教会の尖塔」、「スピノラ公爵」など、散りばめられたキーワードからは北海に面するベルギーの港町オスタンド（蘭：オーステンデ）が容易に連想されるだろう。その街で、「わたし」は海と大地とが、過去と今とが、夢幻と現実とが入り交じる不可思議なカーニヴァルを体験するのである。音楽、絵画、演劇等の要素も汲み取れる、表題作にふさわしいゲルドロード的佳編と言えるだろう。

（小林亜美）

『不起訴』トーマス・オーウェン

トーマス・オーウェン（Thomas Owen, 1910-2002）は、本名ジェラルド・ベルト（Gérald Bertot）の、幻想小説家としての名前である。一九一〇年ルーヴァン（蘭：ルーヴェン）に生まれ、ルーヴァン大学で法学・犯罪学を学んだ後ブリュッセル近郊の製粉会社に就職。後年は同社の社長を務める傍らベルギー製粉業総連合会の会長に就任する等、華々しい出世をした。一方、学生時代からステファヌ・レーというペンネームで美術批評を雑誌に投稿、第二次世界大戦下、推理小説を足掛かりに創作活動をスタートさせた。トーマス・オーウェンという二つ目のペンネームは自身の短編推理小説に出てくる探偵の名前から来ている。

トーマス・オーウェン名義で一九四三年に短編集『奇妙な小径 *Les Chemins étranges*』を出版して以降、『禁じられた書 *Le Livre interdit*』（一九四四）、『蟇蛙の穴倉 *La Cave aux crapauds*』（一九四五）を次々と発表、彼の名は幻想小説の分野で大衆に広く知られるようになる。また早い時期から同郷の幻想作家ジャン・レーとの親交があった。一九七二年発表の『雌豚 *La Truie et les autres histoires secrètes*』で同年のサンデル・ピエロン賞を受賞、一九七六年にはベルギー・フランス語フランス文学王室アカデミーの会員に選出され、ベルギー屈指の幻想小説家の地位を築いた。

本邦では一九七八年秋山和夫訳の「黒い玉」（『怪奇幻想の小説7 幻影の領域』、新人物往来社）、八六年の森茂太郎訳「女豚」（『小説幻妖 弐』、幻想文学出版局）が短編選集で紹介され、九三、九四年に加藤尚弘の訳で『黒い玉』『青い蛇』（ともに東京創元社、二〇〇六年、二〇〇七年に文庫化）の二冊に分けて、傑作選『鷲異の黒い本 *Le Livre noir des merveilles*』（一九八〇）の翻訳が出ている。

「不起訴 Non-lieu」は一九三三年四月に『レックス *Rex*』という雑誌に本名ジェラルド・ベルトの名前で掲載された初期作品である。四一年にステファヌ・レーの名で、さらにその二年後トーマス・オーウェンの名で再発表され、再版の度に加筆されてきたが、今回は三三年の原版を訳させていただいた。後年の版に比べて細部は簡潔ながら、オーウェンの特徴である読者を緩やかに未知の領域に引き込む魅力をしっかり発揮している。

また本作は最初の短編集『奇妙な小径』に収録されていることから、幻想作家としてのオーウェンのキャリアの黎明期の代表作であるといえるだろう。彼の作品にはファム・ファタル的な女性に対する恐怖感や、鉛色の空の下、ベルギーの街角の薄暗がりを思わせるものが多い。「不起訴」はそういった不気味さよりもむしろ、主人公の医師と共に、ジャン・レーが『奇妙な小径』の序文で解説する、恐怖の本質を味わえる作品である。

「恐怖とは結末だ。それは理性や常識や理解力の果てに存在するものである。つまり乗り越えがたい障害に塞がれた道を前にした絶望の表明であり、虚無の出現を前にした精神の最初の反射作用なのだ」

（岡本夢子）

「夜の主」ジャン・レー

ジャン・レー（本名ジャン・レモン・マリー・ド・クレーメル Jean Raymond Marie De Kremer, 1887-1964）は一八八七年、フランドルの文化都市ガンに生まれる。現在はオランダ語圏となっているが、当時のガンでは依然フランス語が教養層で広く使用されていた。レー自身は一般的にフランス語作家としてよく知られているが、ジョン・フランデルス（John Flanders）等の筆名を用いてオランダ語でも執筆した二言語作家であった。作家となる以前の経歴については不明な部分が多く、船乗りとして世界中を巡ったとも言われている。本格的に作家活動を始めたのは三十代後半であるが、七十七歳で没するまでに膨大な量の長短編、詩、随筆、評論を残した。

今日でこそベルギー幻想文学の中心的な存在として位置付けられているものの、評価が高まったのは最晩年のことで、その契機となったのが一九六一年にマラブー社が刊行した作品集『暗黒幻想物語傑作二十五撰 *Les 25 meilleures histoires noires et fantastiques*』である。日本では、一九二五年のデビュー作『ウイスキー奇譚集 *Les Contes du whisky*』（抄訳）を始め、『新カンタベリー物語 *Les Derniers contes de Canterbury*』（一九四四）、『幽霊の書 *Le Livre des fantômes*』（一九四七）、死後映画化もされた『マルペルチュイ *Malpertuis*』（一九四三）等、主要な作品が一九七〇、八〇年代に翻訳紹介されているが、いずれもフランス語で書かれた作品である。全集を刊行している「ジャン・レー／ジョン・フランデルス友の会」によれば、一五〇〇を数える散文作品の内、三分の二はオランダ語で執筆されており、今後オランダ語作品にも光の当てられることが期待される。

「夜の王 Le Grand Nocturne」は一九四二年に発表された同題の短編集の巻頭作。本作の主人公テオデュール・ノットは、代わり映えのしない単調な小市民的生活を長年営んでいたが、ある日自宅にあった古い書物に挟まれていた紙片に記された黒魔術に手を出したことで、封印されていた破滅的な運命に飲み込まれ、謎めいた過去の記憶が解き明かされて行く。

物語の舞台となっている場所は明示されていないが、運河と港のある街の描写から、レーの故郷ガンがモデルであると思われる。作中登場する通りのほとんどが現在はオランダ語に名前を変えて実在しており、テオデュールの家がある「ハム通り」の四十八番地にレーの生家はあった。

本作では主人公が別次元に存在する平行世界《パラレルワールド》に迷い込むが、平凡な日常に突如口を開ける異次元のモチーフは、ジャン・レーが世に出る切掛けとなった掌編「パウケンシュレーガー博士の異常な研究 Les étranges études du Dr. Paukenschläger」（初出は一九二三年、『ウイスキー奇譚集』収録）や、同短編集にも併録されている「闇の路地 La ruelle ténébreuse」（初出は一九三二年、邦訳あり）等、主要作品に繰り返し登場する。本作の他、前述の『マルペルチュイ』、『新カンタベリー物語』等の代表作を送り出した一九四〇年代前半、ナチス・ドイツ支配下のベルギーにおいてレーは作家としての全盛期を迎えている。フランス市場への発表の機会が閉ざされていた占領下の困難な時代は、現実を超える想像力の翼に一層の力を与えたのかもしれない。

（三田順）

「劇中劇」マルセル・ティリー

マルセル・ティリー（Marcel Thiry, 1897-1977）はワロニー地方のシャルルロワに生まれ、翌年一家でリエージュに移り、ここをほぼ生涯にわたる活動拠点とする。十代から象徴主義風の詩を創作するが、第一次世界大戦中はロシア戦線で戦い、ニューヨークや各地の旅を経て帰国。リエージュ大学法学部に学び、その間一九一九年に処女詩集『心と感覚 *Le Coeur et les Sens*』を出版。法学博士号を得てリエージュ弁護士会に登録しつつ、詩作も続ける。一九二八年の父の死で家業の木材貿易商の仕事を継ぐが、数年後詩作を再開、詩集出版を重ねつつ小説も書き始める。一九三七年にはエレンスを中心とした「月曜会宣言 Manifeste du Lundi」に署名をし、ベルギーのフランス語文学を、地域主義を超え「フランス文学」へとつなげる主張に賛同する。第二次世界大戦を経て一九四五年にはベルギー言語文学アカデミー会員となる。

同年に代表作品となる長編『時間のチェス *Échec au temps*』をパリで出版する。一八一五年のワーテルローの戦いで史実とは逆にナポレオン軍が勝利したという「あり得た別の世界」を描く、幻想的かつSF的な作品である。一九六〇年、中短編集『大いなる可能性 *Nouvelles du grand possible*』をリエージュで出版。このころからワロニー運動にも関わり精力的に講演を行い、また「ベルギー最大の詩人」と称される。一九六八年には上院議員、国際連合への代表議員となる。政治と文学の仕事を両立させた生涯だった。死後の二〇〇〇年にはリエージュ市助役の発案で「マルセル・ティリー賞」、リエージュ市図書館に「マルセル・ティリー基金」が創設された。ベルギー・フランス語文学を代表する作家だが、日本では本書収録の作品が初めての邦訳紹介となる。

本書に収めた「劇中劇 La pièce dans la pièce」は、上記の『大いなる可能性』所収四編の一つである。構成は執筆年代順でなく、三番目の中編「アンヌ・クールのためのコンチェルト Concerto pour Anne Queur」が一九四九年に雑誌で発表されていたのが最も早い。死後に肉体を失っても骸骨の姿で永遠の生を得た「人々」の世界をリアリズム的に描いた、SFに限りなく近い幻想小説である。一番目の「隔たり Distances」は作家が一九五八年に娘から受け取った絵葉書に想を得て書いた最も遅いものとされる。その間の十年に残りの二編「盗人のように来るだろう Je viendrai comme un voleur」「劇中劇」が書かれている。最初と最後に置かれた「隔たり」と「劇中劇」はどちらも生者と死者の二重の世界や時間を描く。ただし前者は生者から死者へ、後者は死者が語り手となり生者へと逆向きに呼びかける構造である。

「劇中劇」の語り手は死者である。死者の「僕」と不倫をしている恋人、その夫とのかつての確執が、美しく悲しい愛の幻想的物語として語られる。シェイクスピアの『ハムレット』中の、亡き父王の暗殺と母の不倫を暴くために仕掛けられた劇中劇をなぞる、息をのむサスペンス小説的な様相も呈している。またティリーらしい時間の操作や意識を巡る議論は、科学への挑戦ともとれるＳＦ的な側面である。

（岩本和子）

幻想の坩堝——ベルギーのフランス語作家と幻想文学

三田順

ベルギー出身の作家の手になる幻想文学は、序文を寄せて頂いた東雅夫氏を始めとする先人たちによって少なからぬ作品がこれまでに日本で紹介されている。彼らについては幻想文学愛好家の間でベルギーという国以上によく知られてきたと言っても過言ではなく、むしろ本書に並ぶ馴染みの面々が同郷人であったことに驚かれた向きも多いかもしれない。翻って言うならば、本撰集は幻想文学史において一定の存在感を有してきたこれらの作家たちを「ベルギー」という枠組みによって一冊に編んだ本邦初の試みであろう。

日本で言えば九州より小さく人口も十分の一程度の欧州の小国ながら、とりわけ幻想文学の領域において国際的に知られる作家が多数輩出されたのはベルギーという土地と決して無関係ではない。現在ではオランダ語、フランス語、ドイツ語の三言語が公用語となっているが、第一次大戦後ドイツから割譲された東部国境地帯のドイツ語話者は全人口の一%に満たず、国土をおおよそ等分する北部フランドル（蘭：ヴラーンデレン）のオランダ語、南部ワロニーのフランス語が二大言語で、首都ブリュッセルは両言語の併用地域となっている。公用語を複数有する国は決して少なくないが、ベルギーはヨーロッパの縮図とも言えるゲルマンとラテン文化が国内で拮抗する希有《けう》な国であり、両者の対立、緊張関係がこの地の政治、文化を特徴付けてきた。

一八三〇年にオランダからの独立を宣言した当時から、オランダ語話者が人口的には多数派であったにもかかわらず、それ以前のオランダ支配への反感から半世紀以上にわたってフランス語のみが公用語とされ、文化領域においても全土でフランス語が主導的な言語となる。かといってオランダ語による文学が存在しなかった訳ではなく、言語的不平等の是正を求める民族運動と結びついて建国当初より寧ろフランス語文学以上の活況を呈していたのだが、教育言語がフランス語だったことで地域を問わず教養層の家庭ではフランス語が話され、北部フランドルの都市部では二十世紀後半までフランス語が街中で日常的に使用されていた。そのためフランドル出身であっても執筆言語としてフランス語を選択する方が自然ですらあり、興味深いことにベルギー・フランス語文学は長くこうしたフランドル系フランス語作家たちに担われていた。フランス語で書かれた幻想短編を紹介する本撰集でも、収録した八名の作家のうち実に七名がフランドル系の作家である。なお、現在は公的にオランダ語圏となっているフランドル地域の地名については本来オランダ語に基づいて表記すべきところだが、彼らの生きたフランドルではフランス語が併用されていたことに鑑み、本書では執筆言語のフランス語に基づいた表記を採用した。

フランス語による文学の中心地は今なおパリであるがゆえにベルギーのフランス語作家は一般的にフランス文学の一部として扱われてきたが、特に第一次世界大戦までのベルギー・フランス語文学はフランスに対して独自の文学アイデンティティーを主張する志向によって特徴付けられている。その際、拠り所の一つとなったのが、彼らの文化的背景にあるフランドルの「ゲルマン性」であり、ここに幻想文学との親和性の鍵がある。ホフマンやポーを生んだゲルマン、アングロサクソン圏に比してフランスでは一般的に幻想文学が広く展開せず、十九世紀末以降は純文学から幻想的要素が減少する傾向にあったとされるが、フランス語幻想文学研究の大家バロニアンが「頭と心は北へ、手は南へと向いていた」といみじくも形容するように、ゲルマンとラテンの混淆《こんこう》を体現するフランドルの作家たちは幻想性への嗜好を糧にベルギーをかくも豊饒なる幻想文学の地たらしめた。

本撰集には一八八七年から一九六〇年までの八作家九作品を収めている。最年長のピカールを始めマーテルランク、ローデンバックはベルギー・フランス語文学が最初に国際的な存在感を示した象徴派世代に属している。ピカールは「ベルギー精神」を「ゲルマンとラテンの混淆」と定義したことでも知られるが、特にこの世代の作家たちは自らのフランドル性への意識が強く、フランス文学との差異化に意欲的であった。他方、その次世代に当たるエレンス、ゲルドロード、ティリー等、第一次大戦後に本格的な活動を開始した作家たちは前世代への反動からフランス文学との同一化を志向する。中でも本書で唯一ワロニー出身のティリーは、オランダ語話者の台頭に抗して二十世紀初頭から活発化したワロニー運動の活動家でもあった。幻想文学という枠組みでは最も著名であろうレーとオーウェンは所謂《いわゆる》大衆文学を主戦場としたが、一九六〇年代以降、幻想文学というジャンルに光が当たり一躍人気が高まるとその文学性も再評価され、オーウェンに至っては一九七五年にベルギー・フランス語文学王立アカデミー会員に選出されている。

その他、本書で紹介できなかった多士済々を含めてベルギーの幻想文学の特徴を端的に表すのは容易ではない。批評家ごとに用いる表現や分類される作家が異なり、まさに夢幻の如く漠として捉え所がないが、異形のもの、異界の住人が跋扈《ばっこ》する古典的幻想と、日常のただ中に生じる幻想体験を描くものに二分される傾向が大まかに指摘できよう。とはいえ当然ながら同じ作家でも異なる様式の作品を残してもいるし、一つの作品の中で多種多様な幻想が姿を見せることもあろう。幻想文学というジャンルを怪奇と幻想の両極を有するメビウスの帯と東氏が鮮やかに例えて見せたように（『幻想小説神髄』ちくま文庫）、二つの傾向は知らぬ間に他方へ転じ得る表裏一体の関係にあると言えるのかもしれない。

紙幅の制限もあり紹介できる作家、作品はごく限られたが、本書ではベルギー・フランス語幻想文学の概観を示すべく能う限り多彩な作品を収録することに努め、それを「幻想の坩堝」というタイトルに込めた。本書が幻想文学一般のみならず、ベルギーというトポスにもまた目を向けるきっかけとなれば編者の一人として幸甚である。

ベルギー研究会と本書の成立経緯について

岩本和子

本書の成立にあたっては、筆者が主催する「ベルギー研究会」の活動が起点となった。同研究会の活動成果はすでに、本書の版元の松籟社から書籍として刊行され、また今後も、同会の活動をもとにした論集、あるいは翻訳出版が同社との協働において企画されている。

そこでここではその「ベルギー研究会」を紹介しつつ、本書の成立経緯や作品選定の背景を記しておきたい。

ベルギーをフィールドとする若手研究者を中心に、二〇〇七年に「ベルギー研究会」を立ち上げた。関西、東京、地方都市やブリュッセルで一、二か月ごとに研究会を開催し、サイトやメーリングリストでも情報・意見交換、交流を行ってきた。その過程で、ベルギーという多言語、多層的文化への問題意識を共有しつつ、多角的なアプローチで「ベルギー性」を探る共同研究として、領域横断的な論文集『ベルギーとは何か？　アイデンティティの多層性』（松籟社、二〇一三年）を出版するに至った。それと並行して、ベルギーの諸言語（オランダ語、フランス語、ドイツ語）や文化に通じた人材が集まっているメリットを生かし、必ずしも文学の専門家ではないが、有志によるベルギー文学翻訳の企画も始めた。

その結実が本書であるが、経緯としてはやや紆余曲折もあった。翻訳企画のそもそものきっかけは、日本では未紹介の女性作家マドレーヌ・ブールドゥクス（Madeleine Bourdouxhe, 1906-1996、リエージュ出身）の娘であるマリー・ミュラー氏から、主要小説『ジルの妻』（1937）を日本でも翻訳紹介できないかと依頼されたことにある。映画化され、フェミニズム、そしてジェンダー論の文脈でヨーロッパでは現在再評価されている。『ジルの妻』の翻訳出版は諸般の事情で実現できなかった（できないままである）が、その後ベルギーの作家たちを紹介できないかと考え始めた。そこで松籟社の編集者木村氏に相談し、「マイナーな」ベルギーの文学に対して日本の読者の興味を引き、出版可能性を高めるには、どのような作家や作品の選定であるべきかの検討を続けた。現代の人気作家に注目してみたり、しかし特定の作家の単行本というよりも、まずは現代小説短編集として複数の作家をいちどに紹介してはどうか、という方向に進んでいった。各自で作家や作品を選んで研究会での紹介、試訳も行った。このあたりまでは「ベルギー文学」の大前提としてフランス語とオランダ語、さらにドイツ語の作品も入れて複数言語の作品紹介をする計画だった。

その間、ベルギーのオランダ語文学については、フランドル政府からの援助で大阪（現在東京に移転）のフランダースセンターにおいて翻訳セミナーや出版企画が立てられ、短編集『フランダースの声』（松籟社、二〇一三年）が出版された。さらに同センターの助成により現在単行本の小説翻訳が随時進められているところである。そこで翻訳企画としては、複数言語混淆の短編集の難しさに直面していたこともあり、バランスをとるためにも、フランス語のみの短編小説集へと方針を変えた。具体案を考え始めたのはそれでも四年ほども前のことになる。悩んだのは「ベルギー・フランス語文学」を一つのまとまりとして成り立たせる概念であった。前述の論文集に続く第二弾が企画され、本書に先駆けて刊行されたが、そこでは視覚がひとつのテーマなので（三田順氏編著『ベルギーを〈視る〉テクスト―視覚―聴覚』、二〇一六年）、それと連動させることも考えた。フランドル絵画などの伝統や象徴主義時代の画家と作家の密接な関係など、絵画性はベルギー文学の特質の一つと言える。試訳を進めたが、作品としての面白さや統一感に欠けるきらいがあった。それよりも、ベルギーには幻想文学という豊かで間口の広いジャンルがあるではないか、という道を示して下さったのが、木村氏であり共同編者でもある三田氏であった。

改めての作品選択は、木村氏、三田氏の意見を参考にしつつ、岩本が対象になりそうな作家の作品集や解説、研究書に目を通して原案を考えた。ベルギーを代表する作家、幻想性、短編集にふさわしい長さ、さらに私自身の個人的好み（内容や小説構造の面白さなど）が選択基準である。それらを分担し翻訳した。比較的長い「陪審員」については、館林美術館学芸員の松下氏がかなり以前に、ピカールのテクストと共に美術館所蔵のオディロン・ルドンの挿絵を紹介すべく全訳され、それを拝読していた。日本でも導入された裁判員制度も絡まる興味深い作品なので、今回ぜひともこれを入れたいと依頼しご快諾をいただいた。

著作権などの問題もあり一九六〇年までの作品という条件にしたので、例えばジェラール・プレヴォーはじめ、それ以降の、いやそれ以前のものでもまだまだ面白い「ベルギー幻想小説」は数多くある。できれば今後も翻訳紹介を続けたい。オランダ語、そしてドイツ語の作品と共に。前述した経緯を遡り、絵画と関連する短編、長編小説、また女性作家たちにも辿りつければなお嬉しい。いずれにしても、まずはベルギーの多彩な幻想世界、未知なる異世界、パラレルワールドへと読者のみなさんを誘うことから始めたい。

今年二〇一六年は日本とベルギーが修好通商条約を締結して百五十周年の記念年になる。前稿の三田氏の解説でも触れられているが、明治期から昭和初期の西欧文学翻訳が隆盛を極める中で、ローデンバックやマーテルランクはじめ、ベルギー象徴詩（高村光太郎や堀口大学らの名訳）や戯曲、小説は実は数多く訳されている。例えばマーテルランクの『青い鳥』などは翻訳・翻案が百種以上ある。しかしそれらはたいてい「フランス文学」として紹介されてきた。本書には既訳の短編もあるが、「ベルギー文学」という枠組みで改めて読み、独特の雰囲気を持つ幻想小説を純粋に楽しんでいただけると嬉しい。

最後になりましたが、幻想文学関係のアンソロジスト、編集者としてご活躍の東雅夫氏に序文をいただき、大変光栄に思います。ありがとうございました。実は本稿執筆中に東氏の「序文」原稿を拝読し、すっかり忘れていた遠い昔のことが一気に蘇り、胸が高まりました。一九八三年三月にベルギー人留学生の勧めで行った兵庫県立近代美術館（兵庫県立美術館の前身）の「ベルギー象徴派展」で強い印象を受けたこと、フランス文学専攻男子学生に澁澤龍彦ファンが時々いて（たいてい黒いタートルネックのセーターにサングラスのスタイルで）私も影響されたこと、また「フランス文学」を学びたかったので行先としてはやや不本意だったベルギー留学直後に、『小説幻妖』第二号を手に入れて、ベルギー文学で研究することも可能だと思い始めたこと、などです。

また松籟社の編集者木村浩之氏には企画、作品選択、執筆者との連絡やとりまとめ、そしていつもながらの細やかなチェックや助言をいただき、大変お世話になりました。本書の企画を東氏につないでくださったのも木村氏でした。豊かで奥深いベルギー文化の一端をこのように紹介する機会をいただいたことも合わせて、翻訳担当者を代表して心から感謝申し上げます。我々の翻訳が東氏の眼鏡にかなったかどうか。また読者のみなさんに興味を持っていただけたかどうか。幻想文学を通してベルギーという未知の世界に一歩踏み込んでもらえたら幸いです。

編者・訳者・執筆者紹介

岩本和子（いわもと・かずこ）…………編者、「夢の研究」「劇中劇」

神戸大学大学院国際文化学研究科教授。

専攻はフランス語圏文学・芸術文化論（ベルギーのフランス語文学、スタンダール研究）。博士（文学）。

著書に『周縁の文学――ベルギーのフランス語文学にみるナショナリズムの変遷』（松籟社）、『スタンダールと妹ポーリーヌ――作家への道』（青山社）、『ベルギーとは何か――アイデンティティの多層性』（共編著、松籟社）など。訳書にデル・リット『スタンダールの生涯』（共訳、法政大学出版局、二〇〇七年）など。

三田順（みた・じゅん）…………編者、「分身」「夜の主」

北里大学一般教育部講師。博士（学術）。

専攻は比較文学（ベルギーにおける象徴主義文学、美術）。

著書に『ベルギーを〈視る〉 テクスト―視覚―聴覚』（編著、松籟社）、『ベルギーとは何か――アイデンティティの多層性』（共著、松籟社）がある。訳書に『フランダースの声――現代ベルギー小説アンソロジー』（共訳、松籟社）等。

村松定史（むらまつ・さだふみ）…………「時計」

フランス文学者。元名城大学教授。

著書に『人と思想　モーパッサン』（清水書院）、『旅と文学』（沖積舎）、『ジョルジュ・ローデンバック研究』（弘学社）など。訳書にローデンバック『静寂』『樹』『白い青春』（森開社）、ペヨ『キングスマーフ』『コスモスマーフ』他五巻（小峰書店）など。『デイリー日仏英・仏日英辞典』『身につく仏和・和仏辞典』他（三省堂）を監修。


松下和美（まつした・かずみ）…………「陪審員」

群馬県立館林美術館学芸員。

群馬県立近代美術館にて「オディロン・ルドン展」（二〇〇一年）、「アンジェ美術館展」（二〇〇二年）担当。『フランソワ・ポンポンの人と作品』（群馬県立館林美術館、二〇〇八年）執筆・編集。


小林亜美（こばやし・あみ）…………「エスコリアル」「魔術」

京都女子大学文学部外国語準学科講師。博士（文学）。

主な研究業績に、「スタンダールとシュネッツ「1824年のサロン」における「偉大なる画家」」（『EBOK』、神戸大学仏語仏文学研究会、二〇一六）、「スタンダールの小説における絵画的引用と人物描写の問題――『リュシアン・ルーヴェン』と『パルムの僧院』を中心に」（『フランス語フランス文学研究』、日本フランス語フランス文学会、二〇一一）など。

岡本夢子（おかもと・ゆめこ）…………「不起訴」

京都大学大学院文学研究科博士後期課程、ベルギー・リエージュ大学博士課程在学中。

モンマルトルに実在した文学キャバレー「Le Chat Noir」を中心に十九世紀末フランス・ベルギー文学を研究。

主な研究業績に、「Le Chat Noir におけるフュミストリーと19世紀末文学の関わり」（『仏文研究』、二〇一三）、「Le Chat Noir における総合芸術の具現化：影絵劇『聖アントワーヌの誘惑』にみる新しさ」（『関西フランス語フランス文学』、二〇一四）など。

東雅夫（ひがし・まさお）…………「序」

アンソロジスト、文芸評論家。怪談専門誌『幽』編集顧問。

研究批評誌『幻想文学』の編集長を一九八二年の創刊時より務める（二〇〇三年終刊）。

著書に日本推理作家協会賞を受賞した『遠野物語と怪談の時代』（角川選書）、編纂書に『世界幻想文学大全』全三巻、『日本幻想文学大全』全三巻（ともにちくま文庫）、『幻想文学講義「幻想文学」インタビュー集成』（国書刊行会）、『幻想と怪奇の英文学』Ⅰ・Ⅱ（共編、春風社）など多数。

幻想《げんそう》の坩堝《るつぼ》　ベルギー・フランス語幻想短編集

2016年12月9日　初版発行

編訳者　岩本和子
三田　順

発行者　相坂　一

発行所　松籟社（しょうらいしゃ）
〒612-0801　京都市伏見区深草正覚町1-34
電話　075-531-2878　振替　01040-3-13030
http://shoraisha.com/

印刷・製本　モリモト印刷株式会社
装丁　安藤紫野（こゆるぎデザイン）
Printed in Japan

 ISBN978-4-87984-352-4 C0097